A SOCIEDADE DAS ILHAS SUBMERSAS

LAÍS NAPOLI

A SOCIEDADE DAS ILHAS SUBMERSAS

1ª Edição

Santa Catarina - 2024

Qualis

Esta é uma obra de ficção. Nomes, personagens, lugares, datas e acontecimentos descritos são produto da imaginação do autor.
Qualquer semelhança com a realidade é mera coincidência.

Editora Responsável	Simone Fraga
Assistente Editorial	Lara Silva
Projeto Gráfico, Produção Editorial, Preparação de Texto e Revisão Ortográfica	Qualis Editora
Leitura Sensível	Ariel Hitz Dayane Borges Magda Jaber
Ilustração de capa	Bruno Artist
Design de Capa	Renato Klisman
Foto da autora	João Gonzalez
Imagens internas	Sharon Becker Shutterstock e Canva Pro
Diagramação	Marcos Jundurian

DADOS INTERNACIONAIS PARA CATALOGAÇÃO NA PUBLICAÇÃO (CIP)

N216a

Napoli, Laís - 1994 -
A sociedade das ilhas submersas / Laís Napoli. — [1. ed.] —
Florianópolis, SC: Qualis Editora, 2024.
246 p. : il. ; 23 cm.

ISBN Impresso 978-85-7027-131-0
ISBN Digital: 978-85-7027-121-1

1. Literatura 2. Romance Brasileiro 3. Fantasia 4. Ficção I. Título

CDD – B869.3
CDU – 821.134.3(81)

1ª edição – 2024

Qualis

Qualis Editora e Comércio de Livros Ltda
Caixa Postal 6540
Florianópolis - Santa Catarina - SC -
Cep.88036-972

www.qualiseditora.com
www.facebook.com/qualiseditora
@qualiseditora
@qualiseditora
contato@qualiseditora.com

Para todos os artistas que, ao sangrarem
suas artes, nos inspiram a enfrentar
as sombras do mundo e de nós mesmos.

Este livro é recomendado para maiores de 14 anos e aborda temas sensíveis como bullying, suicídio e preconceitos em geral. Quero enfatizar que essas questões refletem realidades difíceis que muitas pessoas enfrentam, então, caso você sinta desconforto ou esteja passando por algo semelhante, procure ajuda imediatamente.

Caro visitante, é crucial que você compreenda alguns aspectos antes de explorar o Artolestro. Por favor, leia o informe abaixo com atenção.

Artistas podem ser classificados como:

PORTENTOS: filhos de artistas da Sociedade das Ilhas Submersas;

PROMESSAS: nasceram com os dons; foram identificados na infância e submetidos a um teste que comprovasse a magia artística;

ASPIRANTES: são "artistas" ordinários que nunca passaram por um Artolestro e não possuem o verdadeiro dom da arte.

Dentro do Artolestro, além das matérias obrigatórias no Brasil, os alunos podem ter aulas específicas dos 5 grupos principais de Arte*:

1. **SOM:** música no geral, incluindo cantores e instrumentistas;
2. **MOVIMENTO:** artes corporais, tal como dança e atuação;
3. **IMAGEM:** pintura, ilustração, fotografia etc;
4. **ESPAÇO:** artes que ocupam área física, como escultura, cerâmica e arquitetura;
5. **PALAVRA:** literatura em sua vastidão.

* Algumas modalidades de obras de arte são feitas por meio da interseção dos grupos principais. Por exemplo:

- **Cinema e Audiovisual:** usam os cinco grupos;
- **História em Quadrinhos:** usam imagem e palavra.

Por favor, evite caminhar pelos corredores sem a presença de um funcionário da escola, pois há um alto risco de se perder.

Assinado:

Pérola Santoro

Diretora do Artolestro do Brasil

CAPÍTULO 1

A pintura pulsava diante de mim, como se respirasse junto ao meu peito. Diante daquela tela, entendi, pela primeira vez, o significado de liberdade. E, também pela primeira vez, eu sabia exatamente o que queria dizer.

— O valor estético é inigualável. E olha essa técnica...

— Sim, os aspectos técnicos não podem ser ignorados — interrompi *baba*, o dedo erguido, o que me rendeu uma expressão curiosa por parte dele. — Mas é a sensação que ela provoca que realmente importa. Não é uma beleza simples, superficial, sabe? É algo que transcende qualquer explicação lógica. É como se minha própria alma fosse tocada... Melhor, como se a obra me empurrasse pra fora de mim mesma! — Encarei por mais um tempo a tela vibrante e um tanto violenta, sentindo exatamente o momento em que meus olhos brilharam com coragem. — Ela captura a essência da liberdade, né? Faz com que me pergunte: por que isso não pode ser compartilhado com todos? Uma obra dessa magnitude, que carrega em si tanta vida, tanta energia... Todos deveriam ter a chance de experienciá-la, não? Uma prova do poder catártico da Arte como esta deveria subir ao mundo ordinário. Ele *precisa* sentir isso. Arte como essa não pode ficar restrita às paredes da Sociedade das Ilhas Submersas. Ela deve sair, extrapolar nossas barreiras. Deve atingir a todos, provocar a todos, porque é nisso que reside sua verdadeira força.

O silêncio que se seguiu foi ensurdecedor. Olhares arregalados do grupo de adultos, que antes discutiam com eloquência, queimaram minha pele – a pele de uma menina no auge dos seus nove anos – e as conversas foram levadas pelo murmúrio da água que corria fora da residência – o oceano não era visto de dentro daquele cômodo, claro, pois as cortinas fizeram um bom trabalho em ocultar a paisagem das janelas imensas. Então, uma risada contida partiu dos lábios de uma das mulheres. Um sorriso cínico, superior, ardeu em suas íris enquanto ela respondeu em um tom condescendente:

— É claro que a peça não faz apologia a essa extrapolação, querida, mas entendo o equívoco, pois a compreensão desta pintura requer refinamento intelectual. Mas tudo bem, você é jovem, e toda pessoa jovem tem um quê de ordinária ainda. Certo, Mario?

Ruborizei ao presenciar meu pai perder o tom de orgulho vibrante em seu rosto e assentir. Puxou outro assunto na mesma hora, enquanto eu permaneci lá, os olhos arregalados e as mãos trêmulas. Minha análise estava errada. Pior, fui considerada *ordinária* mesmo sendo uma das portentos da minha geração em que mais depositavam expectativas.

Isso não poderia se repetir. Nunca mais.

Já ouvira o suficiente sobre minhas habilidades artísticas exemplares, embora ainda não tivesse decidido quais áreas eu me aprofundaria no Instituto Artolestro de Criação Artística para Portentos e Promessas – Artolestro para os íntimos. Não era para menos, não quando se é filha de Mario e Maju Labaki. Portanto, expor minha opinião acerca das obras de arte deveria ser o mínimo que me era permitido. Eu deveria ser ouvida, levada a sério. Afinal, eu sou boa. Não, eu sou *excelente* nas minhas críticas.

Caminhei pela mansão dos Saldanãs, refletindo sobre quais detalhes havia captado mal, talvez algo nas entrelinhas, e ignorando o poder hipnótico de uma escultura mimética em gesso ali perto. Estávamos na exibição conjunta das pinturas irrequietas em aquarela da senhora daquela casa, dos poemas sonoros e dançantes de seu primogênito e das baladas às vezes animadas, às vezes melancólicas (embora cheias de personalidade) da segunda filha. Tudo foi, é claro, organizado pelo senhor Saldaña em uma exposição multissensorial digna das manchetes cheias de elogios pomposos que viriam nos dias seguintes.

Então me deparei com um mural repleto de frases e rodeado por um aroma forte, rebelde e cítrico. Entre elas, a peça que faltava no meu quebra-cabeça. Mais tarde naquele mesmo dia, eu descobriria que o mural fazia saltar aos olhos a frase que mais abraçaria o espectador, comprovando a acurácia na execução da obra. Não à toa, eu a carrego cravada em meu peito desde então, a sentença que responde a pergunta: o que viestes fazer neste mundo?

"Se você me perguntar o que vim fazer neste mundo, eu, um artista, responderei: estou aqui para viver em voz alta."

Naquele momento, a frase de Émile Zola deixou claro que eu não poderia apenas *não* errar mais. Eu também precisava *viver em voz alta*, nunca mais permitir que alguém me diminuísse como fez aquela mulher. Isso garantiria estar sempre certa, ser sempre perfeita. Como esperado da filha dos Labaki.

E é por isso que hoje, oito anos depois, Pétala Marques Tupinambá, com seus olhos grandes de sonhadores, precisa ser contida antes que eu quebre a minha promessa de ser exemplar e também tudo pela minha frente. Se alguém deve se incendiar de vergonha, é ela e seu orgulho estúpido.

Me deixo distrair ao fixar a atenção na figura do outro lado do auditório, todo coberto de móveis e paredes nos mais variados tons de cinza e de madeira, algumas centenas de velas projetando luzes bruxuleantes pelo ambiente. Pétala se exibe ao saltitar de um lado para o outro com o vestido preto de meia-manga que tem o detalhe lateral e um laço no pescoço em borgonha. Como ela é bem esguia, a peça nem chega a alcançar seus joelhos, deixando à mostra bastante da pele em um tom claro de marrom. Seu cabelo está meticulosamente preso em um rabo-de-cavalo alto, cheio de gel na raiz lisa e movimento na parte solta, pouco volumosa. E, nas unhas, percebo quando ela passeia os dedos pelos fios hidratados, usa dourado.

Assim como eu. Das sandálias pretas às pontas dos meus dedos.

Filha da...

Não acredito que Pétala tem a coragem de aparecer no Artovócia desse jeito, não depois de ontem; não depois de gritar, bêbada na festa clandestina de Higor, que não acredita que portentos deveriam ter o privilégio de começar a escolher os membros dos seus grupos na cerimônia de conclusão escolar, de me desrespeitar na frente de nossos colegas, desafiando tudo o que construí até agora.

Pétala Marques Tupinambá emburreceu ao dar espaço para as fantasias que lê fincarem raízes em seu coração. Também não aprendeu nada nas aulas de História sobre como uma monarquia é mil vezes melhor do que uma democracia.

Mas eu sim.

E uma única maçã podre não será capaz de destituir o trono de uma rainha.

Eu sou Clarissa Labaki, repito a mim mesma, e não estou disposta a encerrar meu ciclo escolar abrindo precedentes para plebeus se sentirem especiais.

CAPÍTULO 2

— *Ciao, amore mio!*

— Porra, Higor! — Meu coração bate acelerado e uma sensação incômoda passeia pelo meu corpo devido à respiração e a boca de Higor Otsu perto demais do meu pescoço. Eu me afasto dois passos devagar, ciente de que estão me observando e que uma pessoa com classe não xinga *e* sai correndo, desengonçada, ao mesmo tempo. — Para de falar em italiano que me dá vontade de vomitar.

Procuro pela fonte contagiante de palavras italianas na escola e encontro a garota loira insuportável, Antonella, que por algum motivo é a melhor amiga de Higor, ao lado de sua namoradinha exemplar: Pétala, que está com as horas contadas para passar vergonha na frente do colégio inteiro.

— Ei, foca em mim, princesa. — Volto o rosto devagar na direção do garoto e ergo uma sobrancelha. Não tenho a manhã inteira para conversar com ele, ainda mais *esta* manhã. — Não superou a bebedeira de ontem? — Ele abre um sorriso viperino demais para meu gosto, que faz seus olhos escuros e encapuzados brilharem de um jeito que me dá certeza de que ele irá me provocar por um mês com isso.

— Pra início de conversa, eu não bebo. Mas não, nunca vou superar o que *aconteceu* no porre de ontem.

— Cuidado, Cacau. Rancor vai causar rugas no seu rosto bonitinho.

Ele levanta a mão para pegar meu queixo com os dedos, mas bato nela momentos antes de ele ter sucesso. Nossos rostos estão bem próximos, uma vez que Higor não é tão alto assim. Meus lábios poderiam grudar nos dele sem esforço, e parte de mim considera a ideia de beijá-lo de novo, mas outra grita para que eu o deixe com vontade só pela ousadia de me irritar. Seus joguinhos não são bem-vindos agora que preciso prestar atenção à cerimônia de Artovócia que está prestes a acontecer. Por isso, desvio o olhar para avaliar o auditório.

Quanto mais alunos chegam, menor parece o lugar, embora *menor* esteja longe de significar pequeno. Tudo no Artolestro é espaçoso e único. Irônico seria se fosse o oposto; afinal, como uma das mais renomadas escolas da Sociedade das Ilhas Submersas poderia ser descrita com um adjetivo que não fosse majestoso?

— Se me chamar de Cacau de novo, serei obrigada a espalhar por aí que você é fã dessas *boybands* aspirantes dos anos 2000.

Higor ri, com bastante humor brilhando em suas íris.

— Ninguém vai acreditar nisso, você sabe.

— Ninguém acreditaria se não fosse eu a contar, *reizinho*.

Ofereço um dos meus melhores sorrisos para ele, que vacila só um pouco antes de passar a mão pelo cabelo liso e preto, penteado no estilo *old money*, de um jeito que faz muitas das minhas colegas suspirarem. Eu o ignoro depois disso, com um bufar entediado, pois já tomou muito do meu tempo.

Então, procuro por Priscila e Daniela, mas não as vejo em lugar algum, o que me leva a crer que as duas idiotas vão se atrasar por estarem de ressaca na cama. O atraso pouco me incomodaria se não fosse pelo fato de a cerimônia de formação de equipes do Artovócia estar prestes a acontecer. Preciso que elas estejam aqui para o sorteio, de modo que uma de nós escolha a outra para formar o nosso grupo. Depois, poderemos selecionar duas promessas que não vão me atrapalhar, e assim montaremos o melhor time possível.

Meu projeto de conclusão escolar precisa ser perfeito. Não há margem para erros. Deve ser exemplar, assim como toda minha trajetória no Artolestro. E se não for por culpa dessas duas inconsequentes, eu juro que...

— Suas vassalas *plus* chegaram, alteza — Higor sussurra em meu ouvido outra vez, mas seguro o xingamento que ameaça escapar dos meus lábios. Encaro o garoto um tanto irritada, mas ele apenas acena em direção à entrada do auditório. Lá, Dani e Pri atravessam o pórtico de madeira com a mesma pressa que devem ter se vestido, pois suas blusas estão tão tortas quanto um quebra-cabeça montado por uma criança de seis meses.

— Era só o que me faltava. — Reviro os olhos e minha raiva cresce quando a risadinha de Higor invade meus ouvidos.

Não dá tempo de repreendê-las para além do meu olhar severo, porque nesse momento a voz da nossa diretorazinha ressoa grave no auditório. Me junto à maré de olhares direcionados à Pérola Santoro com um misto de curiosidade e pavor – só que, no meu caso, é uma mistura de curiosidade e animação, com uma pitada de ressentimento. Afinal, tenho me preparado para este momento desde que fui convocada para o Artolestro aos onze anos (ao contrário de muitos, que precisam fazer provas para comprovar seus dons), e a mulher é um dos poucos seres humanos que não vai muito com a minha cara. Bom, não poucos exatamente, mas faz parte do grupo que me incomoda não ser querida.

Muitos alunos consideram o Artovócia como apenas um degrau em direção às maiores universidades artísticas da Sociedade, principalmente entre os portentos, pois é raríssimo um de nós reprovar e terminar na Sala Desbotada. Eu não sou inocente assim, claro. O Artovócia é a primeira oportunidade de deixar nossa marca no mundo. Quanto antes você for notado, melhor será sua carreira, vide Leonardo da Vinci. E aqui no Artolestro são convocados apenas os melhores, somente aqueles cuja arte é tão inerente à própria existência que é magia. Por isso não adianta ser um aspirante. Aspirantes têm talento pífio e, por vezes, até podem fazer sucesso pontual no mundo ordinário, mas depois desaparecem, nem fazendo cosquinha nas páginas da História.

Logo, ser *apenas* bom nunca será o suficiente. É preciso ser genial.

— Portentos e promessas, peço que todos se acomodem, pois a cerimônia vai começar em cinco minutos — Pérola, vestida em um terninho preto elegante que se sobressai na pele branca que faz jus ao nome, repete para os retardatários que ainda atravessavam o imponente pórtico. Pri e Dani me alcançam nesse momento e sussurram pedidos de desculpas, os quais finjo não escutar.

Avanço alguns passos, minhas vassalas atrás de mim, assim como Higor. Eu me pergunto se os beijos e amassos que trocamos às vezes o fizeram achar que teremos algo mais sério. A verdade é que o garoto não faz meu tipo; é bonito demais para isso. Higor é apropriado para encontros ocasionais, não para um relacionamento sério. Para um namoro, prefiro os maldiagramados, como o meu ex, Davi Lucas, com seus olhos verdes, muito grandes para o nariz torto, e o queixo proeminente, destacado pelo corte em formato de abajur do cabelo loiro e liso. Ah! Sem contar a constelação de espinhas que vive em seu rosto pálido, um charme por si só.

Não demora para uma grande quantidade de pessoas vestidas com nossa variedade de uniformes pretos com detalhes em borgonha, no caso de portentos, ou em laranja-frívolo, no caso de promessas, se aglomerarem em frente ao palco. Franzo o cenho, incomodada com o cheiro de suor que se impregna no ar. Alguns dos meus colegas com certeza não conhecem os benefícios de um desodorante ou de um perfume.

Ao lado de Pérola, outros professores se posicionam no palco, prontos para auxiliá-la com a cerimônia que vai determinar as equipes do Artovócia. Meu coração se acelera, mas não deixo vestígio algum do meu nervosismo transparecer no meu rosto ou corpo. Apenas engulo em seco e cerro os punhos dentro dos bolsos do meu vestido. Alguns alunos mais tímidos passam por mim e esboçam um sorriso que logo se desfaz quando eu os encaro, séria. É imprescindível que não percebam o quanto estou nervosa com a possibilidade de não conseguir o grupo que escalei na minha mente. Priscila, que já está tagarelando com algumas meninas ao lado, torna quase impossível que eu escute a fala seguinte de Pérola. Por sorte, já sei de cor o discurso. Baixinho, repito as últimas palavras que antecedem o início da cerimônia:

— Hoje, tendo a Chave Harmônica como testemunha — Pérola ergue o brasão da Sociedade: um círculo perfeito com uma chave elegante no centro, cuja cabeça se assemelha aos olhos de uma coruja. Nas laterais, os símbolos das cinco artes principais estão posicionados de maneira simétrica —, celebramos não apenas o talento e a dedicação de nossos artistas, mas também a essência que une cada nota, pincelada, coreografia, palavra e escultura em um equilíbrio inigualável. Que este dia seja o reflexo de seus sonhos mais profundos e o início de uma jornada repleta de sucesso e criatividade sem limites!

— Bah! Sempre que vejo a Chave Harmônica me sinto vigiada por uma coruja — Dani comenta, colocando um dedo na boca. Controlo o ímpeto de mandá-la tirar a unha dos dentes, mas minha amiga é um fracasso em esconder a própria ansiedade, sem contar que tende a repetir os mesmos comentários, como se fosse a primeira vez que os diz.

Respiro fundo, engolindo a impaciência como minha mãe ensinou, e avalio os olhos azuis de minha amiga com um sorriso gentil.

— Meu pai fala que não é à toa que o símbolo do Artolestro é uma chave que lembra os olhos de uma coruja. Simboliza sabedoria, mistério, proteção. Tudo que a Sociedade preza, certo?!

Ela apenas assente, sem dizer mais nada, como de costume. Dani nunca discorda de mim, o que geralmente valorizo; mas, às vezes, gostaria que ela expressasse sua própria opinião, não apenas concordasse comigo. Ela é uma artista, *porra*, ter opinião sobre as coisas e voz ativa é parte de quem somos.

Não digo nada, relembrando os ensinamentos da mamãe.

— Tô tão animada, cara — Pri comenta de repente, enfim parando a fofoca.

Assinto e finjo não ver como ela finca as unhas compridas na pele da coxa, um pouco mais escura que a minha. Já cansei de alertá-las sobre como alguns gestos de nervosismo são muito perceptíveis e como isso tira a credibilidade do artista, mas não estou a fim de ser babá de ninguém hoje.

— E se nenhuma de nós for sorteada? E se duas ou todas nós formos? — Dani segura minha mão, e seus olhos pequenos se arregalam.

— Calma, gata. As chances de isso acontecer são bem baixas — Pri diz para acalmá-la. Eu concordo com a cabeça, observando Pérola terminar de se ajeitar no palco com os outros professores.

— Olha, vai começar. — Aponto para frente.

No cenário elegante, com o fundo de peroba-rosa e cortinas pretas, os professores se organizam em uma meia-lua. No coração do arranjo, o senhor Borges abre um livro imponente, de aparência clássica, e inicia a leitura da história dos artistas e da origem do Artolestro. Ao lado dele, a senhora Ambrósio emite uma nota profunda, linda, seguida por dois colegas, cujos nomes sempre me escapam. Em meio a tudo isso, um piano reverbera, forte, sua fonte misteriosa. Em seguida, entram na composição o violão, a flauta e o trompete.

Bossa Nova, com toda certeza.

A música preenche o auditório – me preenche – ao evocar vívidas cenas da narrativa de Borges, que passeiam por entre mim e os outros alunos como serpentinas de fumaça. Além disso, aromas diversos se entrelaçam pelo ambiente, e um dos cheiros me fez lembrar dos *ataif* que meu pai prepara com tanto carinho.

Não demora até Pérola se juntar ao espetáculo, dançando com outras cinco professoras. Cada uma, ao mover-se de forma tão harmônica e sofisticada, invoca elementos que se materializam da sola de seus pés descalços: pequenos vestígios de água, fogo, terra, ar e relâmpago. No geral, não sou muito fã de habilidades performáticas como as delas, principalmente ligadas ao Movimento, pois as considero brutas, pouco profundas. Porém, preciso admitir que o jeito que elas as usam é hipnotizador.

Em seguida, dois mestres da escultura atraem minha atenção ao deslocarem duas majestosas obras até o centro do palco. Um murmúrio de seus criadores depois, e a fênix e a amazona ganham vida, enriquecendo a experiência sinestésica. Então, viro de costas, atraída pelo burburinho que irrompe entre os alunos devido à abertura abrupta das portas do auditório. De lá, três professores renomados de fotografia irrompem e, com destreza, passam a registrar a apresentação, garantindo que o momento seja eternizado nas Galerias do colégio. Um deles eu conheço bem, o senhor Bianchi, pois é um dos melhores amigos de minha mãe e um dos principais mestres da lente, cuja habilidade é teleportar o observador para o instante capturado, como em um filme, se este lhe dedicar a devida atenção.

Como eu amo essa escola!

Para pessoas ordinárias, se esta cena fosse descrita em um livro ou compartilhada com quem não consegue *sentir de verdade*, poderia parecer uma bela metáfora; mas diante dos meus olhos nada é metafórico: tudo é literal e palpável.

É mágico.

— Foi mais empolgante do que eu imaginava — Higor comenta, acariciando meu braço.

— Foi incrível!

Sei que meu semblante revela minha alma nesse momento, pois *baba* sempre me diz que sou muito expressiva quando *tocada*. E presenciar alguns dos maiores nomes da Arte brasileira se apresentando assim… É uma oportunidade para poucos, uma que honrarei sempre ou não me chamo Clarissa Labaki.

Os professores se aproximam à beira do palco ao som de ovações. Até mesmo eu me permito exagerar na altura dos meus aplausos, enquanto Pri e Dani fazem a própria bagunça ao meu lado, mas tudo bem que percam um pouco da classe, se não fosse pelo meu autocontrole, eu estaria no mesmo ritmo. Quando a diretora faz gestos para que o grupo docente volte aos seus lugares, paro e respiro fundo.

O sorteio vai começar.

Pérola caminha até o centro do palco, onde o brasão da Sociedade está exposto em uma escultura de aço e mármore, se não me engano. Assim como o Movimento não me desperta a verdadeira Arte, o Espaço também não. Quando ela pousa a mão sob a Chave Harmônica, o auditório inteiro se cala. Da chave central, dezessete papéis dobrados ao meio emergem em uma fila, flutuando até pararem ao seu alcance.

— Vamos começar? — ela pergunta com a voz firme, e meu coração se aperta um pouco. — A Chave Harmônica já selecionou dezessete líderes dos trinta e um portentos deste ano. Esses dezessete líderes, um a um, escolherão um dos alunos restantes pra formar suas equipes. Na próxima rodada, o último escolhido de um time se tornará o responsável pela seleção seguinte, e assim por diante. Cada grupo terá quatro ou cinco membros, mas não poderá ter mais do que três portentos. Ou seja, cada equipe deve ter pelo menos duas promessas. Alguma pergunta?

— Todo mundo conhece as regras de cor. Não sei por que repetem o mesmo discurso como se fôssemos boca aberta — Dani comenta, os olhos fixos em mim. Ela está certa, embora soe hipócrita, pois faz a mesma coisa. De todo modo, aceno e forço um sorriso gentil, já cansada da expectativa.

Américo, uma promessa de pele negra retinta, ergue a mão. Pérola permite que o garoto fale.

— Nossas reivindicações foram arquivadas outra vez então?

A pergunta incita dezenas de conversas paralelas. Eu apenas reviro os olhos e assinto quando Dani resmunga em relação à ousadia dele. Sério mesmo que Américo pensou ser uma boa ideia interromper a cerimônia para *protestar* sobre apenas portentos serem os cabeças de chave? Não à toa Higor o odeia, e é por isso que Pétala não pode sair impune por ontem.

— Silêncio, pessoal! — Pérola pede, mas sem demonstrar irritação. — Entendo sua pergunta, Américo, mas, infelizmente, não será neste ano que vamos conseguir mudar essa regra. Porém, não, suas reivindicações não foram arquivadas. Estou cuidando delas com o cuidado que merecem.

Reviro os olhos outra vez, mas não falo nada, ao contrário de dezenas de portentos contrariados com a benevolência fajuta da diretora. Hipócrita, assim como a maioria das promessas. Enfim, Pérola pega o papel, que flutua no ar, mais próximo dela e dá seguimento à cerimônia sem se abater.

— Bom, então vamos conhecer o primeiro nome, que é... — A pausa dramática que ela faz enquanto desdobra o papel me dá vontade de ir até lá e eu mesma terminar aquele ritual criado para fazer pessoas ansiosas terem um piripaque. — Pétala Marques Tupinambá!

O som de aplausos esconde a palavra de baixo calão que foge dos meus lábios. Ao que parece, somente Higor escutou, pois me encara exibindo um sorriso malicioso. Ajeito minhas vestes e postura, esperando os próximos nomes sorteados. No fim das contas, melhor que Pétala já tenha sido chamada, pois garante de vez que não ficaremos no mesmo grupo.

A garota mais falsa do Artolestro sobe os três degraus até o palco e para ao lado esquerdo da diretora, um sorriso exagerado estampado no rosto conforme acena para alguns alunos. Se este momento fosse uma dessas comédias românticas ruins, o diretor certamente pediria que a câmera focasse no rosto dela – talvez um plano médio, pensando melhor – e que o editor desacelerasse a cena. O espectador perceberia detalhes sobre ela: o nariz côncavo, as bochechas proeminentes e que o lábio inferior é mais fino que o superior. Poderiam até mesmo adicionar efeitos especiais para fazê-la parecer que está brilhando.

— Julio Oliveira Santiago — Pérola pronuncia, e o garoto traça o mesmo percurso de Pétala, parando ao seu lado esquerdo.

O mesmo procedimento acontece com os cinco próximos sorteados.

— Faltam dez nomes só — Dani comenta baixinho.

— *Ainda* faltam dez nomes. Relaxa, gata. Não deu ruim, não — corrige Pri, dando uma piscadela.

No geral, costumo concordar com os comentários despreocupados da Pri, mas minha mente insiste em produzir pensamentos ansiosos como os da Dani. Nenhuma de nós foi chamada ainda e não sei se vou conseguir controlar os nervos se eu for obrigada a fazer o trabalho mais importante da minha vida com uma equipe ruim ou em que não confio.

— E veja pelo lado bom também, Dani, menos chances de chamarem dois ou três dos nossos nomes como líderes agora — adiciono com uma calma que não condiz com meu estado de espírito.

— Vocês tão certas como sempre — minha amiga concorda, exagerando no sorriso com dentes brancos ao extremo, tais como a cor de sua pele.

Nesse meio tempo, mais dois nomes são chamados.

Controlo a vontade de levar a unha à boca ou mover os pés. Descontrole agora só vai piorar as coisas, então me obrigo a manter a compostura até o final da primeira parte do sorteio, sem esboçar reação alguma conforme os líderes são anunciados.

Um a um.

Nada ainda de Clarissa Bragança Labaki. Ou Daniela Müller Stein. Muito menos Priscila Soares Rodrigues.

Quando Pérola anuncia Manuele Bruno como o último nome dos líderes e percebo que nem eu, nem Dani, nem Pri fomos chamadas, meu mundo se estilhaça diante de meus olhos arregalados. É como observar uma pintura do Abstracionismo sem técnica, formando uma pseudo-obra sem expressividade alguma.

— Puta que pariu! — afirmo alto o suficiente para algumas cabeças virarem na minha direção.

CAPÍTULO 3

— Já foram três palavrões só esta manhã. Nossa querida rainha tá virando plebeia? — Higor zomba ao meu ouvido, mas apenas me afasto alguns passos com Daniela e Priscila, os punhos cerrados dentro do vestido.

— Perderam alguma coisa? — Pri pergunta alto, dispersando os olhares restantes dos curiosos. Contudo, os burburinhos não são aplacados. — O que vamos fazer agora, Clarissa?

A hipótese de não estarmos no Artovócia no mesmo grupo era remota, mas é claro que já havíamos conversado sobre isso e não há exatamente algo que possamos fazer para mudar o destino, não sem virar chacota. Então, ter essa versão como a realidade é simplesmente sufocante. Muitos alunos da minha turma não compreendem o papel desse trabalho para nossa formação ou são arrogantes demais para abrir mão de suas opiniões na hora de seguir com os meus direcionamentos. Ter Dani e Pri na minha equipe era o ideal, pois as duas são compromissadas, têm boas ideias e sabem que em situações de discórdia, o meu caminho é sempre o mais indicado para o sucesso. Perder isso é como perder o movimento das pernas, é como ficar à deriva no meio do Oceano Atlântico.

— Pétala, minha quase-xará — brinca Pérola, animada demais para o meu gosto ao pronunciar tal nome asqueroso —, pode escolher o próximo integrante da sua equipe.

— Uma de nós vai ficar em outro grupo. Não vai ter jeito. — Daniela constata o óbvio, assustada. Não controlo meu revirar de olhos a tempo. — Ou, pior, podemos ficar as três separadas. Se isso acontecer, vai ser uma baita chinelagem.

— Acho que a Manuele vai me escolher. — Priscila dá de ombros. — A gente se pega de vez em quando.

— Aí tu puxa uma de nós! — Dani dá pulinhos de felicidade, mal sabendo que o mais provável é que Priscila *me* escolha, não ela. — Vai ser horrível de todo modo! Isso é tão injusto, tchê! Queria fazer o trabalho com minhas melhores amigas… Imagina só, cair em um grupo cheio de promessas que nos odeiam? Imagina…

— Daniela, tem como você calar a boca por dois minutos? Eu não consigo pensar! — Levo os dedos indicadores e médios às têmporas e passo a massageá-las.

— Fala sério, Clarissa, não precisa ser grosseira — Priscila me repreende.

— Eu não fui grosseira! Ela que fica repetindo informações óbvias em momentos de estresse. Já não basta vocês terem se atrasado por estarem de ressaca e...

— O que tem a ver uma coisa com a outra? E a gente nem se atrasou. Você tá sendo grosseira toda hora, principalmente com a Dani.

— Gurias, calma... — Daniela tenta apaziguar. Suas mãos se movimentam de um lado para o outro e seus olhos estão arregalados.

— Eu? — Levo uma mão ao peito, sem mover meu tronco. — Não estou nada.

— Claro que tá, cara! Tá fazendo aqueles olhares cheios de ignorância pra tudo que a Dani fala.

— Olhares!? — Arqueio a sobrancelha e faço um gesto displicente com a mão. — Está louca! Me recuso a discutir com você *aqui*, com base em alucinações e acusações sem fundamento.

Priscila está prestes a responder, o rosto contorcido por uma raiva sem sentido, mas a voz potente de Pérola soa primeiro, notavelmente mais profunda do que o habitual.

— Ei, meninas, algum problema aí? Se continuarem falando, serei obrigada a pedir para se retirarem.

Ao mesmo tempo, nós três nos viramos para a frente e abaixamos a cabeça.

— Desculpa, diretora — digo alto para não ter chance de ela implicar comigo.

Uma pontada de vergonha se entranha em minha barriga, e reprimo as náuseas de imediato. Sem mover a cabeça, fuzilo Priscila com o olhar por ter nos obrigado a chamar a atenção de forma negativa na frente de todos os alunos do terceiro ano do ensino médio e alguns do primeiro e do segundo que gostam de acompanhar a cerimônia. Não é a primeira vez que minha amiga discute comigo por nada e, no geral, sei que sua raiva vai durar algumas horas antes de ela vir se desculpar, mas cogito mandá-la à merda de uma vez por todas.

Quem precisa de amigas assim?

Quando foco o palco, os fios loiros e curtos de Antonella balançam enquanto ela desfila com seu corpo branco, forte e baixo (que faz jus ao fato de ela ser ginasta nas horas vagas) até parar na frente de Pétala. Tentando transmitir um ar descolado, mas na verdade só evidenciando a necessidade de chamar a atenção, a garota ajeita a franja alongada, jogada para a esquerda, após dar um beijo discreto na bochecha da namorada. Previsível. Não duvido que a italianinha escolha Higor na sua vez, pois, por algum motivo incompreensível, o reizinho dos portentos é melhor amigo da promessa mais sem graça da escola.

O segundo turno passa com a mesma previsibilidade, com os alunos escolhendo seus melhores amigos para se juntarem às próprias equipes – o que contraria a ilusão de Priscila de que Manuele Bruno a convocaria antes de Jade Lee. Capto o exato momento em que o sorriso de minha amiga se esvai e uma parte de mim tem vontade de ser maldosa, mas não consigo ser tão escrota assim. Passando a cerimônia, vou consolá-la. Sei o quanto a Pri lutou para ser notada pela Manu.

Na minha opinião, a estratégia do melhor amigo não é a mais indicada para todo mundo, uma vez que amizade não é sinônimo de qualidade. Mas quem sou eu para distribuir conselhos? É ótimo que as equipes sejam ruins mesmo, assim terei menos concorrência na disputa pelo trabalho vencedor do Artovócia no fim do semestre.

A terceira rodada começa e, outra vez, não me surpreende que Higor se posicione na frente de Antonella. Ele ainda me dá uma piscadinha do palco e, sem emitir som algum, sussurro para ele:

— A amizade mais sem sentido.

Não faz sentido *mesmo*. Não é como se os dois se beijassem ocasionalmente como eu e ele ou tivesse qualquer outro motivo, pois Antonella é cem por cento lésbica e sua família não é relevante. Logo, ela não tem nada de interessante para oferecer a ele. Juro, toda vez que ela está perto de mim, sinto o feminismo deixar o meu corpo.

Higor ri e balança a cabeça enquanto César Souza escolhe Daniela Stein… Espera! A Dani? Minha amiga me encara, pálida e com olhos arregalados. Do outro lado dela, Priscila faz o mesmo. Calada e com os ombros tensionados, Dani se posiciona na frente do garoto no palco. Não demora para os dedos dela subirem aos cachos loiros bem definidos que caem sobre seu peito e começarem a brincar com a mecha.

Devo admitir, a previsibilidade foi quebrada dessa vez. É óbvio que Julio e César optaram por, após se juntarem em prol do Império Romano, escolher nomes que complementam suas habilidades. Dani é exímia nas artes de Espaço, área na qual os dois, especialistas em Palavras, falham. Além disso, ela é amigável o suficiente para conversar com os garotos de vez em quando. Não há como negar que eles foram inteligentes.

O problema é que Dani não vai poder chamar nem a mim, nem a Priscila no próximo turno, pois sua equipe já atingiu o limite de três portentos.

Ok, perder a Dani é ruim, pois eu também falho bastante em Espaço, mas ainda há a chance de eu terminar no grupo da Priscila. Temos habilidades artísticas similares, mas ela é melhor que eu em Som e, embora seja um pouco avoada, é bem criativa, responsável e cumpre bem ordens.

Sem a presença de Dani entre mim e Priscila, nossos corpos se aproximam como ímãs, embora nenhuma de nós diga algo ou troque olhares. A raiva ainda é tangível, mas tenho certeza de que minha amiga vai me escolher se tiver a oportunidade, assim como eu farei o mesmo.

À medida que a cerimônia avança, os murmúrios entre os alunos aumentam. Percebo tanto conversas animadas quanto expressões de ressentimento. Como acontece em toda abertura do Artovócia, algumas amizades vão terminar ou se desgastar.

— É a sua vez, Jade — avisa Pérola, com um aceno.

Confesso que é estranho não ter sido escolhida antes do fim do terceiro turno. Sou a melhor aluna deste ano e a portento mais observada pela Sociedade. Na escola, sou considerada a rainha, sendo amada e odiada igualmente. Ao longo da minha trajetória escolar, muitos quiseram, sem sucesso na maior parte das vezes, integrar meus grupos de trabalho. Então, tudo bem que promessas não me escolham; seria uma afronta se isso acontecesse, de todo modo. Mas e quanto aos portentos que me idolatram? Onde está a lealdade deles?

— Priscila Soares — anuncia Jade, alegre demais para uma promessa.

Desta vez, nossos olhares se cruzam. Pri exibe uma centelha nos olhos castanhos, cheios de expectativa. Ela acena, e eu retribuo. Podemos estar brigadas, mas não somos burras. Manu e minha amiga são portentos, mas Jade é uma promessa e, embora doa assumir, ela é suficientemente boa. No fim das contas, não vai ser um grupo de todo ruim. Claro, seria melhor ter a Dani com a gente, mas se a escolha fosse entre eu ou ela terminar isoladas, que fosse ela.

Certo, então está decidido. Meu grupo é composto por Manuele Bruno, Jade Lee e Priscila Soares. Quatro membros em vez de cinco, pois a partir da décima quinta equipe há um aluno a menos. Mas tudo bem, dá para trabalhar com isso. É preferível desta forma do que incorporar uma promessa inútil apenas como uma formalidade, no fim das contas. E duvido que algum idiota chame meu nome agora que tem Priscila como a líder da vez. Apenas por garantia, estampo minha melhor expressão de rainha na face, caso algum engraçadinho decida esquecer seu lugar.

Se não me quiseram antes, agora que não vão ter mesmo.

— Nossa rainha, Clarissa Bragança Labaki — chama uma voz teatral.

Todos os olhares do auditório recaem em mim e por milésimos de segundo tenho certeza de que estou protagonizando "O Estrangeiro", de Albert Camus. Observo meu corpo de cima, como se não fosse mais eu mesma. Antes que isso se torne um problema, pigarreio, e o som me traz de volta à realidade.

Higor Otsu ultrapassou todos os limites. Traidor.

Antes de dar o primeiro passo em direção ao palco, respiro fundo e ajusto minha postura, me repreendendo por demonstrar minha ansiedade; meus ombros estão tensos e minhas unhas cravadas nas palmas das mãos, os punhos cerrados dentro dos bolsos. Ao caminhar, exibo um sorriso confiante. Sei que todos estão de olho em mim, inclusive a diretora Pérola, e não posso dar a ela outro motivo para que me considere apenas uma adolescente fútil.

Não, sou profissional e me comportarei como tal na frente do meu público.

Eu me posiciono diante de Higor e me obrigo a sustentar a coroa com a cabeça erguida. A cerimônia do Artovócia já está no final, então só preciso aguentar mais alguns minutos antes de me isolar em alguma Galeria antiga para liberar minhas emoções sem a presença de espectadores.

Assim que Priscila convoca Estér Damasceno para o grupo ao qual eu deveria pertencer, sou a próxima a escolher. E sei muito bem quem chamar para minha amada equipe repleta de cobras traiçoeiras.

— Américo Silva — pronuncio com a dicção perfeita.

Sorrio quando Higor xinga atrás de mim. Nem sempre a vingança é um prato que se come frio.

CAPÍTULO 4

Consigo sentir Higor tensionado atrás de mim e com certeza Antonella está cochichando algo no ouvido de Pétala enquanto a diretora continua seu discurso sobre o papel do Artovócia em nossas vidas. De soslaio, vejo minhas amigas com a mesma expressão apática que eu. Na verdade, Pri reprime um sorriso ao nos encarar, e percebo que é para esconder o quanto está apaixonada e se sentindo boba por poder passar mais tempo com a Manuele.

— Por favor, tragam as taças. — Pérola acena discretamente com a mão para os três garçons atrás das coxias.

Sorrio, pois finalmente terei alguma alegria depois de tudo dar errado.

É costume que todos os alunos do terceiro ano brindem com a diretora e os professores para marcar o fim da cerimônia. Um mês atrás, preenchemos um formulário que incluía uma pergunta sobre nossa preferência de bebida para hoje: água, vinho de amora (para os maiores de idade) ou suco de uva. Quando me oferecem a taça de cristal borgonha com meu nome em dourado, aceito e espero até que todos tenham suas bebidas em mãos, o que demoraria bastante se alguns professores não decidissem ajudar a servir para agilizar.

A expectativa me faz arrepiar e troco olhares significativos com Pri e Dani. Em um momento, as repreendo discretamente, pois percebo que estão fitando demais Pétala, o que pode comprometer o plano. Antes de seguir para o Artovócia, fiz uma parada na cozinha. Como me recuso a comer essa gororoba sem sal que servem aos alunos e sempre trago meu almoço de casa, entrei sem problemas na ala das geladeiras. E, conforme suspeitava, a lista de bebidas estava fixada no quadro branco em que as câmeras não pegam. Embora eu tenha agido mais rapidamente do que gostaria porque alguns cozinheiros fofoqueiros chegaram, foi simples mudar a opção marcada para Pétala.

Em vez de vinho de amora, ela vai beber um bom suco de uva.

A receita do suco produzido aqui no Artolestro é tão fiel em aroma e textura ao vinho que há uma teoria popular: muitos acreditam que, na realidade, servem a bebida alcoólica aos estudantes, mas o apresentam como suco para evitar possíveis problemas legais.

Bom, acho que vou descobrir a veracidade desse boato hoje.

Pétala é alérgica à uva, de leve. Vai ser divertido vê-la se coçando e com a pele avermelhada por causa disso. Se ela for um pouco inteligente, vai entender o motivo da punição divina do acaso.

— Vamos nos juntar mais, pessoal — a diretora pede, animada. — Não saiam de perto do time de vocês, mas fiquem mais próximos uns dos outros. Isso, muito bom.

Ofereço meu melhor sorriso para ficar eternizado pelas lentes do senhor Bianchi, mesmo que, ao meu lado, estejam as pessoas mais insuportáveis desta escola. O momento dura alguns minutos, até que todas as poses, das mais formais às mais divertidas, sejam capturadas pelos fotógrafos.

— Um brinde aos formandos de 2023! — Pérola levanta a taça e então a leva à boca.

Todos imitamos o gesto, mas minha atenção vagueia por Pétala. Aproveito o fim da cerimônia para me afastar do grupo, sem pronunciar nem uma palavra sequer. Higor até tenta conversar comigo, mas o ignoro sem remorsos. Que converse com a italianinha e me deixe em paz. Melhor, que fique desconfortável ao lado de Américo e suas conversas chatas sobre umbanda, Carnaval e samba. Pouco me importa. Minha cabeça lateja e sei que vou agir por impulso, como uma adolescente descontrolada, se me forçar a interagir agora. O máximo que consigo oferecer a alguns alunos é um sorriso fraco e distante, com meu queixo levemente erguido para observar a plebe de cima.

— Quanto tempo deve demorar até os primeiros efeitos começarem a aparecer? — Dani sussurra assim que se aproxima de mim.

— Não sei, mas acho que não muito. — Dou de ombros. — Olha pro outro lado.

Espero que Priscila venha conversar com a gente, agora que estamos livres da obrigação de permanecer perto de nossos times, mas ela não vem. Certo, talvez precise de mais algumas horas para perceber o quanto foi injusta comigo. Passo o tempo, então, fofocando com Dani e outras portentos. O assunto principal é o ressentimento instaurado entre algumas amizades que não honraram os compromissos de se chamarem para os grupos e, claro, me prestar pêsames por terminar no mesmo time de Pétala e Antonella.

— E o Higor, hein? Eu vi vocês ontem — Anna Carolina pergunta com uma piscada. Ela é uma garota com potencial de se tornar modelo devido ao porte esguio, cabelo escuro, longo e alisado. Uma beleza branca padrão.

— Nada demais. — Dou de ombros, um sorrisinho displicente nos lábios. — Sabe como é...

— Bonito demais pro seu gosto — ela complementa, e todas nós rimos.

Os minutos se passam e alguns alunos começam a ir embora, mas Pétala permanece linda e maravilhosa do outro lado do palco, conversando com Antonella, Higor e outras três promessas quaisquer.

— Nada ainda — Dani sussurra no meu ouvido e identifico estresse em sua voz.

— Calma, já vai...

Um grito irrompe vindo da mesa dos professores. Todos os rostos se viram imediatamente em direção a uma pessoa caída no chão. Meu cérebro não identifica a quem pertencem as mãos avermelhadas e com unhas longas que seguram com força o próprio pescoço, mas meu corpo já responde à confusão produzindo adrenalina aos montes. Por um segundo, penso se tratar de Pétala, mas ela está do outro lado da sala... Quem então? Professores se apressam para prestar socorro à pessoa, e logo ela some em meio a tanta gente. Só sei que é uma mulher.

Prendo a respiração.

Alguns alunos reagem com gritos, outros fogem dali e há ainda aquela meia-dúzia que, por curiosidade ou preocupação, se aproxima da cena. Aos poucos e em meio à taquicardia, meu cérebro processa outro fragmento de informação: a pessoa que passa mal não está usando um dos uniformes do Artolestro, mas sim um terninho preto e refinado. Uma professora então?

Permaneço estática, sem piscar; ainda assim, o mundo gira.

— O que tá rolando? — Anna Carolina pergunta, os olhos esbugalhados.

Não consigo responder.

— Quem caiu? Não tô entendendo nada — corrobora Dani, tentando avistar qualquer detalhe no meio da confusão.

— Acho que é a diretora — sussurra Anna. — Parece sério. Bem sério.

— Mais alguém ouviu isso? — inquire Dani. Diante do silêncio, ela prossegue: — Ouviram a palavra "morte"?

Minhas coxas fraquejam e quase desabo de joelhos. Acho que vou vomitar.

— Clarissa, tá tudo bem? — Dani me segura ao lado do corpo. Como não me mexo, ela aproxima o rosto, lívido, do meu. Há um brilho cinzento em suas íris azuis, e o sorriso ingênuo característico deu lugar a uma linha fina e rugas que não combinam com seus dezessete anos. — Quer se sentar?

Assinto, e Dani me conduz até a cadeira do auditório mais próxima. Anna nos acompanha, embora sua atenção continue direcionada à comoção dos professores em cima do palco. Tem... muito barulho, muita apreensão.

Sufoco um grito na garganta.

Pérola estava bem minutos atrás. O que houve? Meu corpo inteiro estremece, a ansiedade me consumindo como um tsunami. Estou testemunhando... uma morte? *Outra vez?* A diretora vai morrer assim, diante dos meus olhos? Ok que não nos dávamos muito bem, mas eu nunca quis que ela morresse, ainda mais desse jeito, na minha frente e do nada...

De repente, mãos invisíveis agarram meus punhos, como se tentassem me puxar. Não, me escalar na verdade. Então lampejos de olhos verdes piscam diante dos meus. Suprimo outro berro na garganta, e a náusea me envolve com mais intensidade. Se eu permanecer aqui, vou vomitar na frente de todo mundo. Não tenho condições de lidar com essa memória agora, com o rostinho de Giulia se perdendo em meio às ondas...

Minha visão embaça.

Estou sufocando! Não consigo encontrar o ar, muito menos alcançar as mãos dela...

Tento gritar por ajuda, mas Dani não está mais me olhando. Nenhuma das minhas amigas está; todas presas no tumulto em cima do palco.

— Será que foi um ataque cardíaco? Parece grave.

Dani soa preocupada após um professor telefonar para a emergência do hospital da Sociedade das Ilhas Submersas. Balanço a cabeça de um lado para o outro, embora eu não compreenda exatamente o que estou negando.

Por que ela está falando sobre ataque cardíaco? Não quero ouvir, não consigo ouvir...

Ar. Preciso de ar!

E sair daqui agora.

Fecho os olhos e, com o gesto, proíbo meu cérebro de captar qualquer comentário que seja. Só os abro de novo quando uma mão toca meu ombro. O contato é gentil, mas firme. Ao me virar, me deparo com o corpo franzino de Bianchi.

Minhas lágrimas irrompem. Perco os resquícios de controle que me restaram sobre meu corpo e falho em sufocar os soluços. Dani e Anna correm para o meu lado, a preocupação finalmente recaindo sobre mim.

— Clarissa? — Anna me chacoalha, os olhos esbugalhados. — Pelo amor de Deus!

Bianchi afasta as duas devagar e aumenta a pressão no toque do meu ombro. Por ser amigo de mamãe, ele sabe sobre Giulia e como esse acidente me tornou... sensível à morte. Ele então me abraça e eu retribuo o gesto com vontade. Dani e Anna continuam ao meu lado. Uma delas acaricia meu cabelo. Ficamos assim alguns segundos, até pelo menos eu impedir que os soluços continuem e que meu corpo todo trema.

Ao me soltar, Bianchi pede:

— Por favor, saiam do auditório com os outros.

Viro o corpo em direção ao pórtico, onde alguns professores ajudam na evacuação da sala. Tento me levantar, mas minhas pernas fraquejam. Bianchi precisa me amparar de um lado e a Dani, do outro.

— Ela morreu? — murmuro.

Ele engole em seco.

— Ainda não sabemos, Clarissa. Estamos fazendo o nosso melhor para ajudá-la.

— O que aconteceu? — Anna Carolina pergunta à minha frente, a voz mais fina que o normal.

— Ainda não sei, mas vamos descobrir. — Ele suspira, cansado.

Concordo com a cabeça e me deixo ser guiada até a saída, usando todo meu autocontrole para não me verem vulnerável outra vez.

CAPÍTULO 5

Da janela que ocupa toda a parede à direita, é impossível sentir medo da pintura que decora meu quarto, mesmo que a morte súbita da diretora, horas atrás, tenha reacendido memórias sobre minha relação nada amigável com a água. O azul profundo do oceano se destaca entre corais e peixes vibrantes, como se aqui fosse o jardim subaquático, não o contrário. Caso tivesse como *hobby*, mergulhar, como muitos portentos têm, não me cansaria de explorar o local.

As promessas do Artolestro sempre reclamam como é injusto que os alojamentos delas fiquem em Paraty, na superfície, em vez de nas Ilhas Submersas. Embora discorde de seus argumentos vitimizados sobre o deslocamento diário de uma hora, utilizando escunas e submersíveis exclusivos, como uma forma de segregação que prioriza os estudos dos alunos portentos com residências nas Ilhas, reconheço que não morar aqui embaixo é uma grande desvantagem – o que também não deixa de ser irônico, uma vez que prefiro elogiar o trabalho de um aspirante a enfrentar a fúria do oceano.

Eu evito até mesmo subir à superfície por conta da necessidade de me enclausurar em um tipo de submarino pequeno, principalmente depois do acidente recente com o submersível que buscava os restos do Titanic ter implodido com milionários dentro. Eu jamais estaria entre eles devido ao pavor que tenho de ficar trancafiada nesse tipo de embarcação, mas imagino o fascínio em observar de perto o que foi a inspiração para uma das mais cativantes histórias de amor, à moda de Shakespeare.

Dou um suspiro e volto a examinar meu quarto. Para manter o estilo minimalista que prefiro, optei por ter apenas uma cama *queen-size* no centro, uma ampla estante repleta de livros que contorna a porta do quarto e minha escrivaninha na parede oposta à janela, onde está a coleção de *funkos* personalizados dos meus diretores favoritos – Alejandro González Iñárritu, Sofia Coppola e Wes Anderson –, além de algumas peças em cristal *swarovski* dos meus personagens prediletos, como Anna Kariênina, Beatrice, de A Divina Comédia; Dom Quixote, Madame Bovary e Capitu, de Dom Casmurro. Ao lado das coleções, há a entrada para o *closet* e o toalete.

Observo meus dedos acariciando Madame Bovary e Capitu – não as estatuetas de cristal, mas, sim, minhas gatas siamesas, que têm olhos azuis tão brilhantes que parecem mais luminosos do que *swarovski* – enquanto brinco com a palavra "toalete", mais bonita que o vulgar "banheiro". Perco um tempo refletindo sobre essa besteira, mas os sentimentos ondulantes dentro de mim me impedem de ficar quieta, então começo a focar nas minhas gatas.

As duas foram nomeadas em homenagem à força que demonstram em suas respectivas obras: figuras femininas audaciosas em uma época em que as mulheres eram submetidas a padrões rígidos, sendo frequentemente julgadas pelo peso das ideologias daquele contexto social (imagina só me submeter aos caprichos de um homem?). Assim como a Capitu de Dom Casmurro, minha Capitu apresenta perspicácia em suas peripécias felinas, enquanto Madame Bovary, a cada ano que passa, se mostra mais ingênua e uma grande vítima dos jogos de *baba* para ganhar petiscos.

Enquanto as acaricio, minhas mãos começam a tremer. Meus pensamentos voltam para o corpo da diretora caído no palco. Droga! Por que não consigo esquecer essa imagem? Por que meu peito está esmagado desde que confirmaram o óbito dela? Por que Giulia não sai da minha mente? Por que seus dedos ainda agarram meus pulsos com força, me levando para baixo, submergindo...

Eu não lido bem com mortes desde que a presenciei se afogar em uma praia em Vila Velha, onde nasci. Logo ela, a filha da melhor amiga da minha mãe, que também era minha melhor amiga. Só tínhamos quatro anos e estávamos brincando na beira do mar quando, de repente, uma onda avançou sobre a gente. Ela se assustou e me assustou junto e... Não lembro dos detalhes, só da sensação de seus dedinhos tentando se agarrar a mim, mas quando os bombeiros chegaram...

Dou mais um suspiro antes de fitar Dani, que ri de alguma coisa no celular e, em seguida, vem me mostrar um vídeo que deveria ser engraçado, mas é apenas idiota. Largada na cama, ainda com o uniforme do Artolestro, espero enquanto Priscila toma banho e Daniela gasta tempo nas redes sociais, assistindo a vídeos curtos demais para serem interessantes ou lendo textos tão sintetizados a ponto de se tornarem obtusos. Ela poderia, pelo menos, estar cuidando dos preparativos para a minha festa de aniversário. Sei que ela e Pri estão organizando tudo em segredo, com a ajuda dos meus pais. E, pelo visto, nenhum deles é muito bom em ser discreto, pois descobri isso há semanas.

De qualquer forma, forço um sorriso para o vídeo seguinte que Dani me mostra, não querendo fazer outra cena com minha amiga depois do que aconteceu no Artovócia. Nós três nos reunimos assim que a cerimônia terminou, desamparo estampado em nossos rostos. Não bastasse a fatalidade com a diretora, assunto que sobrepujou todos os outros, nossos grupos são um desastre. Na verdade, somente Priscila teve um pingo de sorte. Para mim, tudo saiu desastrosamente errado.

Pétala Tupinambá, Antonella Granato, Higor Otsu e Américo Silva compõem comigo a equipe mais aleatória já criada para o trabalho de conclusão do ensino médio no Artolestro. Acho que esse fato, junto à morte de Pérola, amenizou a irritação de Priscila, porque voltamos a nos falar como se nada tivesse acontecido e mantivemos nossa reunião semanal aqui em casa, que acontece toda segunda-feira – um ritual para transformar esse dia, geralmente considerado um dos mais miseráveis para a maioria das pessoas, em algo a ser ansiado.

— Quando é a primeira reunião das equipes mesmo?

A figura atlética e muito alta de Priscila surge diante da porta do *closet*, manejando um secador difusor pelos cachos crespos que batem na altura dos ombros. O azul aquamarine do macaquinho pelo qual trocou o uniforme da escola combina com o tom claro de sua pele negra, o que me faz ter certeza de que a peça foi um presente de Daniela para que Pri adote outros estilos para além do esportivo. Eu apoio, é claro, porque minha amiga se veste mal às vezes. Porém, nem vou comentar nada, pois não quero abrir margem para dizerem que estou sendo, sei lá, ignorante com elas outra vez.

— Quinta-feira — Dani responde sem tirar os olhos do celular.

Pri parece pensativa enquanto termina de secar o cabelo. Meu mau humor está incubado, então me mantenho em silêncio.

— Será que vão adiar? — Priscila pergunta, os dedos se movendo em sinal de ansiedade. — Depois do que aconteceu hoje…

— Não sei, mas é bem possível — Dani comenta, e eu assinto.

— Bom, pensemos pelo lado positivo. — Pri se joga na cama entre mim e Dani, depois de colocar o difusor desligado em cima da escrivaninha. — Já que sua vingança pra Pétala não deu certo hoje, tu vai ter mais oportunidades pra fazer algo estando no mesmo grupo que ela. E também ao Higor, né? Acredito que esteja furiosa por ele ter te convocado pra ficar no mesmo grupo das suas arqui-inimigas.

Ela nem imagina o quanto. Ainda assim, arqueio a sobrancelha.

— E arriscar prejudicar meu trabalho? Nem pensar.

Com tudo que aconteceu durante a cerimônia, não tenho nem espaço entre os milhões de pensamentos que me atormentam para refletir sobre como me vingar de Pétala agora. Talvez ela até tenha passado mal por conta da uva depois da evacuação dos alunos. Não sei, não me importa muito, na verdade.

Mas e se tivesse sido ela no chão, sufocando por causa da alergia?

Não, Clarissa, não dê atenção a pensamentos intrusivos. Você sabe que ela não é alérgica a esse ponto. Você não é maluca o suficiente para arriscar a vida de alguém assim.

— Quem sabe fazer a guria reprovar? — Dani dispara, angariando nossa atenção.

— Isso seria cruel até mesmo pra mim. — Minha dor de cabeça volta com força diante da hipótese. — Terminar esquecida na Sala Desbotada é a mesma coisa que morrer. Ou seja, provocar a reprovação de alguém de propósito seria a mesma coisa que assassinato. — Faço uma careta e sinto um arrepio ao pronunciar em voz alta tal pensamento. — Posso amar uma boa monarquia ao estilo do Rei Sol e de Alice no País das Maravilhas, mas nunca curti muito a Rainha de Copas e sua obsessão por cabeças cortadas.

— Dani tem visto muita série de *true crime* — comenta Priscila, o cenho franzido. — Não esperava isso de você, cara.

— Bah, esqueci desse pequeno detalhe. Inclusive, parando pra pensar, é meio macabro que os alunos que reprovam, tipo, se tornam obras de arte e ficam dando energia pra Sociedade até serem esquecidos, né?

É mesmo. Por isso prefiro não pensar muito sobre o tópico. As chances de um portento terminar na Sala Desbotada são mínimas. Euzinha? Chances negativas.

Para melhorar um pouco o clima mórbido, compartilho com elas a perspectiva de *baba* sobre a prática.

— Como meu pai costuma dizer, não há gesto mais nobre do que entregar sua alma à Arte — afirmo, solene. — E se alguém reprova no Artolestro é porque fracassaria em ter sucesso no mundo ordinário, né? Nesse caso, que pelo menos seja lembrado e útil pros seus pares.

— Eu amo como tu é racional a ponto de ser cruel às vezes, Clarissa, e, ao mesmo tempo, abomina a morte com todas as forças.

Dani dá um tapinha na minha perna, rindo. Priscila também sorri, mas eu fico séria. Não estou com paciência para fazer piadinhas sobre morte justo hoje, quando a diretora bateu as botas na nossa frente... Principalmente vinda da Daniela, né?

— Vocês estão bem depois do que aconteceu? — disparo, incapaz de não falar sobre isso em voz alta. Não preciso explicitar o ocorrido para que as duas firmem expressões sérias. Dani pode gostar de *true crime* e Pri pode ser um pouco avoada às vezes, mas elas são bem sensíveis, como todo artista deveria ser.

— Cara, acho que a ficha ainda não caiu — Priscila confessa, baixando o rosto.

— E pensar que a Pérola deu um baita esporro na gurizada ainda ontem pra desestimular as sabotagens durante o Artovócia... Acho que as promessas tão sentindo mais a perda do que a gente, né?

Um fio de raiva me atinge. Do que ela está falando? Eu posso não gostar de uma pessoa e mesmo assim lamentar uma tragédia. Talvez Daniela não seja tão sensível como imaginei.

Eu e Priscila apenas a encaramos em silêncio, então Dani complementa, um pouco sem graça:

— Digo, ela batia de frente com alguns professores em favor daquelas militâncias deles.

Não estou a fim de elaborar mais sobre a insensibilidade da Dani. Por isso, me levanto em um salto, assustando Pri, que dá um gritinho.

— Bom, vou tomar banho. Depois, que tal assistir a uma dessas séries adolescentes tão ruins que são boas? Pelo estudo de como não fazer Arte, é claro.

— É claro. — Pri assente, com um leve sorriso de deboche no rosto.

Disparo para o toalete enquanto minhas amigas mimam as gatas e debatem se é melhor assistir *Gossip Girl* ou *Elite*. No caminho, paro no *closet* e separo um conjuntinho ao estilo Blair Waldorf em tons terrosos, com direito inclusive a um arquinho. Então, tomo banho ao som da Fairuz rodeada de mármore branco e iluminação suave para promover relaxamento e afastar outros pensamentos.

Em seguida, dedico cerca de vinte minutos secando e arrumando meu cabelo, acariciando minhas mechas castanho-médio que quase alcançam os ombros. Acompanho o movimento até minha silhueta magra, de dar inveja a muitas garotas da minha idade, que se acham feias, ainda que me faltem os peitos e as curvas da Dani e a bunda da Pri. Algumas garotas até copiam minhas roupas e meu modo de falar, mas uma joia falsa jamais vai brilhar como a original. Até mesmo meu nariz adunco, um problema na autoestima em várias primas minhas, orna bem com meus olhos castanhos amendoados, um tanto oblíquos, como os de Capitu, e com um atrevimento cândido, como os de Emma Bovary.

Satisfeita com meu reflexo no espelho, caminho de volta ao meu quarto. Antes de abrir a porta do *closet*, contudo, escuto minhas amigas conversando. No geral, pouco me importaria com o que falam quando não estou na sala, mas o teor do diálogo faz uma corrente gelada percorrer minha espinha.

— Eu também teria te escolhido em vez da Clarissa — Dani confessa em voz baixa. — Às vezes também sinto que ela é um pouco… megera.

— Sim, é o jeito dela ser passiva-agressiva — Priscila concorda, tocando a perna de Daniela. — Não tenho certeza se é por mal, mas cansa, né?

Engulo em seco, sem saber muito bem como reagir a tal confissão de traição. Hoje é o dia de apunhalar César, pelo visto. Porém, não darei tempo para as duas falarem mal de mim pelas costas por mais um segundo. Controlo o tremor da minha mão e puxo a maçaneta. Dani desvia o olhar do meu, tendo a decência de parecer envergonhada, enquanto Priscila apenas anuncia, animada:

— Decidimos por *Elite*.

— Legal. — Eu me jogo na cama entre minhas duas vassalas. — Mas vamos ver *Gossip Girl* hoje.

Se me acham uma megera, a megera terão.

Na Sociedade das Ilhas Submersas, Arte e magia são sinônimos, e o dom é adquirido já no nascimento. Essa peculiaridade tem sido objeto de estudo tanto por pesquisadores ordinários quanto nas Universidades Artanum de Excelência Artística para Portentos e Promessas pelo mundo – ou só Artanum. O motivo de isso acontecer permanece um mistério, mas já foi observada uma forte ligação genética: é raro um filho de artistas não ser um portento, especialmente porque muitos se casam entre si. Há também, contudo, aqueles nascidos de pessoas comuns que, de forma surpreendente, carregam a verdadeira Arte no sangue – os denominados promessas.

Algumas pessoas rotulam o Artolestro como elitista por selecionar apenas artistas genuínos, ou seja, portadores da magia; jamais aspirantes. Esse é um tópico que rende muitas discussões e, sem dúvidas, não estou a fim de engajar nesse debate hoje. Além disso, só tenho certeza de *querer* fazer arte na minha vida (e ser exemplar nas minhas obras!), não necessariamente fazer política. Por isso, observo o oceano do lado de fora, ignorando ao máximo o documentário que meu pai assiste na sala sobre o tema. Preferiria reassistir àquele sobre o Khalil Gibran, mas dessa vez *baba* ganhou no par ou ímpar.

Desvio meu olhar do polvo brincando entre os corais, visível apenas devido à iluminação dos postes subaquáticos ao redor das ilhas, quando minha mãe entra na sala. Estou há minutos tentando desvendar a espécie à qual ele pertence, com ajuda do *Google*, mas sem sucesso. Desde a primeira vez que vi um serzinho desses, fiquei fascinada. Esse encanto só cresceu quando descobri seu notável intelecto e que ele é o que temos de mais parecido com uma inteligência extraterrestre no nosso planeta. Eu até teria um de estimação, mas eles não se adaptam muito bem em cativeiro e não gosto de ser responsável diretamente pela morte de outros seres vivos.

— Está a sentir-se melhor, querida? — ela me pergunta, se acomodando com elegância no nosso espaçoso sofá. Então passa a acariciar meu cabelo ao mesmo tempo que oferece a bandeja com ovos moles, meu doce português favorito.

A pergunta chama a atenção do meu pai, que pausa o documentário para também me analisar.

— Aconteceu alguma coisa? Digo, além da fatalidade envolvendo a diretora Santoro.

Madame Bovary e Capitu pulam no sofá e se aconchegam entre mim e mamãe. Pego dois ovos moles e os ponho na boca, ganhando tempo. Então, passo a massagear os pelos macios das duas como minha mãe faz comigo.

Depois que Dani e Pri foram embora, meus pais me chamaram para uma conversa na sala sobre a Pérola. Desde o trágico acidente em que perdi minha melhor amiga por afogamento, eles abordam qualquer tema relacionado à morte com extrema sensibilidade. Aproveitei o momento para liberar as lágrimas que se haviam acumulado em meu peito. Foi reconfortante, especialmente porque os dois arranjaram um tempinho em suas agendas cheias de trabalho e acariciaram meu cabelo durante todo o tempo. Quando perguntei a causa da morte, eles afirmaram não saber ainda.

— A Clarissa está numa equipa com pessoas de quem não gosta muito. — Mesmo morando desde os vinte anos no Brasil, a raiz portuguesa de minha mãe insiste em viver nas profundezas de seu sotaque, o que considero um charme.

Não tenho coragem de encarar mamãe agora, então olho para minhas mãos nas gatas siamesas. É quando percebo que parei de acariciá-las e estou movendo os dedos uns sobre os outros, demonstrando ansiedade. Interrompo o gesto e blindo minhas emoções do jeito que meus pais sempre me ensinaram: "jamais revele sua essência a olhos distraídos; permita que os outros dediquem tempo para decifrar você".

— É muito ruim? — *Baba* repousa as mãos sobre as minhas, o que me faz relaxar a tensão nos ombros. Seu toque sempre me deixa mais segura, como se eu pudesse vencer todas as batalhas ao meu redor.

— Pétala e Higor são os portentos — conto sem olhar para cima — e Antonella e um garoto que Higor odeia, Américo, as promessas.

— Não é tão ruim assim, é? Você e o Higor não namoram ou quase isso?

— Claro que não! A gente só se beija às vezes.

Nunca foi tabu conversar sobre relacionamentos com meus pais, mas me incomoda quando ele infere que estou namorando com Higor só porque temos uma certa amizade e trocamos uns beijinhos às vezes. Imagina só a audácia de pensar algo do tipo! Logo Higor...

Meu pai dá de ombros.

— Certo. E também o Tupinambá não é tão ruim. Vocês eram amigos...

— Amigas — corrijo na mesma hora.

— Isso, desculpa, amigas.

Desde que Pétala revelou sua identidade como mulher trans, há pouco mais de um ano, meus pais têm se esforçado para usar os pronomes corretos ao se referirem a ela. Sei que não é intencional, já que os dois sempre reforçam que tudo bem eu ser bissexual. Ainda assim, mesmo a Pétala sendo a falsa que é, equivocar-se quanto ao seu pronome é uma forma de microagressão.

Me lembro do comentário de Dani sobre eu ser uma megera e contorço o cenho.

Pelo menos sou uma megera com princípios progressistas, como uma boa artista deveria ser.

— Eu e Pétala não estamos no nosso melhor momento agora. Mas, sim, ela e Higor são competentes o suficiente pro Artovócia. — Ergo a cabeça e deixo visível minha careta. — Mas Antonella é... intragável. Américo é um pouco excêntrico, mas acho que não vou ter dificuldade em usá-lo a meu favor.

Baba assente.

— Veja isto como um desafio pessoal, Clarissa — diz minha mãe, empertigando-se. — Se formasse o grupo com a Priscila e a Daniela, qual seria o desafio? Você é a melhor da escola, não seria interessante.

Não tinha pensado por esse lado. Deixo o pensamento se assentar no meu peito, me dando um pouco de conforto. Talvez esse grupo seja exatamente o que preciso para mostrar meu valor e apresentar uma obra de arte incrível a ponto de fazer História ainda no ensino médio, como mamãe e *baba* fizeram.

Não à toa, hoje minha mãe é a diretora responsável por internacionalizar diversos filmes e séries brasileiros. Uma lenda entre os artistas, pois possui um dom único, o qual herdei com orgulho: ao manusear uma câmera, consegue antecipar e visualizar todas as cenas que ainda serão gravadas. Isso a permite otimizar tempo e reduzir custos, pois direciona equipes técnicas e atores com precisão, garantindo o melhor resultado possível. Sem contar, é claro, sua extrema competência em criar roteiros inesquecíveis.

Já meu pai foi indicado ao Prêmio Nobel da Literatura e é o atual vencedor do Jabuti, além de já ter sido finalista em diversas ocasiões. Não é para menos; é impossível ler suas palavras e não visualizar, literalmente, um holograma de suas histórias projetado diante de nós. Até hoje, inclusive, não há relatos de leitores que não tenham terminado emocionados com os dramas escritos por ele. A profundidade de sua magia é tanta, que é impossível terminar sem ser tocado de alguma forma.

Devido ao sucesso, *baba* se tornou, há dois anos, o presidente da Academia das Artes Nacionais do Brasil. Com isso, ele agora ocupa uma cadeira para defender nossos interesses na Academia das Academias, localizada atualmente nas Ilhas Submersas da Grécia. Inclusive, dizem que lá é o berço da Sociedade, mas há controvérsias. Países orientais e em desenvolvimento disputam essa afirmação. Alguns argumentam que o primeiro registro histórico foi encontrado na Índia ou na Nigéria, mas com outra estrutura de funcionamento, fora, como eles dizem, dos padrões enraizados de países ocidentais colonizadores. Recentemente, o México também reivindicou esse posto.

Ser filha de Mario Labaki e Maju Moreira Bragança Labaki é uma honra e tanto, mas traz seus desafios. Eu me recuso a decepcioná-los ou a ser uma sombra do sucesso dos dois e não vou deixar a afronta de Higor me impedir de conquistar meu objetivo.

— Acho que faz sentido — admito com o primeiro sorriso genuíno depois do fracasso do Artovócia. — Se a vida me dá limões, farei uma deliciosa limonada.

— Perfeito, meu amor. — Meu pai passa os dedos pelo meu cabelo com carinho. — Só tente pensar em metáforas menos clichês, sim? Enriqueça seu vocabulário e repertório. Evitar obviedades sempre chama a atenção e ajuda a aflorar nuances mágicas que permaneceriam sem acesso se nos limitássemos apenas à superfície de nossa arte.

— Claro, *baba* — eu me desculpo, vergonha subindo pelo meu ventre.

Os dois estão certos como sempre.

Mais tarde, ao deitar na cama para dormir, já estou pronta para manter minha coroa intacta mesmo em um ninho de cobras; até a imagem de Pérola some da minha mente.

CAPÍTULO 6

A diretora Pérola Santoro não morreu.

Ela caminha em minha direção com um sorriso cheio de dentes no rosto. Passa pelos outros alunos reunidos no principal auditório do Artolestro sem lhes dar atenção. Seu olhar está fixo em mim, as íris meio amareladas em contraste com o cabelo castanho iluminado fazendo-a parecer uma serpente. Quando para na minha frente, alta e magra como a Blake Lively, eu a analiso em busca das evidências de que, sim, ela morreu ontem. Mas não há mácula alguma em seu corpo muito branco.

— Me acompanha, Clarissa?

Concordo com um aceno discreto e a sigo para fora do auditório, pronta para ouvir seus sermões sobre os danos dos atos de *bullying* para as vítimas. Os corredores do Artolestro estão lotados de estudantes, mas algo ofusca a efervescência artística do lugar, como se uma névoa os escondesse e guiasse meu olhar em uma única direção: a diretora. Ela me conduz por alguns minutos até chegarmos a uma sala cuja atmosfera barroca desperta em mim uma profunda angústia existencial.

— Por que fez isso? — ela pergunta ao trancar a porta atrás de nós duas. Observo o movimento com um leve erguer de sobrancelha e evito pensar no suor que escapa do meu corpo.

— Fiz o quê?

Ela revira os olhos, cruza os braços, e uma linha reta de impaciência tensiona seus lábios.

— Não seja sonsa, Clarissa.

— Eu não sou sonsa. — Recuo um passo. Talvez a experiência de quase-morte tenha matado a parte gentil que as promessas sempre comentam, porque não há vestígio algum de simpatia em seu rosto. Ou então esse tratamento bondoso seja direcionado apenas aos seus protegidos. — Não sei do que a senhora está falando.

Uma risada sarcástica irrompe. Meu corpo se tensiona e fito as fendas de cobra que são seus olhos.

— Não mesmo?

— Não — reafirmo, mas minha convicção vacila quando a mulher avança um passo na minha direção.

— Deixa eu te contar o que você fez, então, Clarissa. — Ela continua se aproximando devagar, como uma serpente prestes a dar o bote. — Você e sua arrogância finalmente conseguiram o que tanto buscavam.

— Consegui o quê?

Dou um passo para trás, depois outro, até que viro meu corpo para onde havia visto as carteiras ao entrar na sala. Agora, o espaço está vazio. Será que estou imaginando coisas? Sacudo a cabeça, sentindo o temor aumentar ao perceber que não tenho nada para me proteger. Mas por que deveria me preocupar? Estou na presença da diretora; ela não representa uma ameaça, certo? Mesmo que pareça uma predadora, não vai me atacar.

— Me matar, é claro.

O quê!?

Quase caio ao esbarrar na mesa do professor, a qual não tinha notado estar ali antes. O que Pérola está insinuando?

— Ah, não me diga que você realmente não imaginou que sua pegadinha com Pétala Tupinambá não teria consequências? — O tom raivoso de sua voz arranha minha pele. — E veja só, deu muito errado. Eu morri, Clarissa. Morri porque sou alérgica à uva.

— Mas… — tento articular, sentindo a tensão em meu rosto. — Juro que não troquei sua bebida. E não sabia da alergia...

— Tadinha, você não sabia — diz com deboche e para a poucos centímetros de mim. O ar se torna rarefeito e me encolho, quase sentando na mesa para me afastar do veneno que escorre pela sua língua bifurcada. Meu Deus! Ela tem língua de cobra? Como nunca percebi isso antes? — O fato de não saber não te impediu de errar e trocar a opção de vinho de amora pra suco de uva pra Pérola Santoro em vez de Pétala Tupinambá, não é mesmo?

— Eu não…

Minha voz morre dentro de mim e tenho certeza de que estou tremendo ao encarar os olhos acusadores da diretora. Ela avança até seu corpo se avolumar sobre o meu. Preciso olhar para cima agora. Tento me desvencilhar quando seus dedos agarram meus braços com força. Quero gritar, mas não emito som algum. Quero correr, mas não há força nem sequer para quebrar o contato visual.

Então, acontece.

Pérola abre os lábios, como se fosse dizer algo, mas apenas um murmúrio abafado e sem sentido escapa. Há, contudo, uma *forma física* dentro de sua garganta. Uma nova língua bifurcada aparece sobre a anterior e, em seguida, uma cabeça triangular com olhos enormes e escamas acobreadas emerge da boca da diretora.

Eu finalmente grito.

Aos poucos, o invólucro que era o corpo de Pérola dá espaço a uma serpente gigantesca. Logo penso em Jörmungand, a Serpente de Midgard, ou Orochimaru, um personagem nojento de Naruto, um anime que Higor adora em segredo e já me obrigou a maratonar alguns episódios da fase adolescente dos personagens por conta de uma aposta.

A serpente me observa com as íris amareladas por alguns segundos.

Então dá o bote.

Fecho os olhos, aguardando o golpe.

Mas, ao abri-los de novo, não há serpente, nem Pérola, nem sala barroca alguma na minha frente. Há apenas escuridão. Pisco algumas vezes até reconhecer os objetos ao redor: uma estante de livros, *funkos* e dois pares de olhos curiosos me observando do chão.

Madame Bovary e Capitu saltam sobre minha cama, e eu acaricio seus pelos macios. Algo pegajoso se impregnou nas palmas das mãos, provavelmente suor, então repito a mim mesma que foi apenas um sonho. Um maldito sonho infernal, de mau gosto, perturbador. Por um momento, tenho raiva do meu próprio dom, com o que pode ele fazer com as pessoas… Mas tudo bem, pois sou eu quem detém o controle de como usá-lo. Em seguida, sou atacada por outro pensamento.

— *Alexa*, acenda o abajur.

Quando o quarto é banhado por uma luz suave e acolhedora, eu me levanto e busco meu dicionário de símbolos. Eu o encontro com facilidade; é um volume tão pesado que seria capaz de acabar com o réu primário de qualquer um que decida usá-lo como arma. Ao retornar à cama, minhas gatas me recepcionam com ronronados. Procuro por "serpente" e me deparo com cinco páginas sobre seu simbolismo. Deslizo o dedo até encontrar o que Carl Jung diz sobre o réptil.

Como suspeitei. No segundo ano do ensino médio, cursei a matéria "psicologia junguiana" e me lembro de discutirmos o significado de sonhar com cobras. Então, meu coração acelera só um pouquinho ao confirmar que serpentes representam conflito interno. Ou seja, por algum motivo, a minha mente está em guerra entre consciência e instinto.

Engulo em seco.

A quem estou querendo enganar? O sonho deixou bem claro o que meu inconsciente parece saber.

Eu matei a diretora?

Eu matei a diretora.

Ela tinha quarenta e nove anos, a mesma idade da minha mãe. Deixou dois filhos, um marido e um cachorro. Sua história foi destrinchada durante a marcha fúnebre, que contou, de forma sinestésica e bem vívida, os melhores momentos da vida de Pérola.

Eu destruí uma família inteira, embora nenhuma das pessoas ao meu redor saiba disso.

A causa da morte foi anunciada em todas as televisões espalhadas pelos cinco andares do Artolestro, durante minha aula de matemática –pela manhã, assistimos às disciplinas obrigatórias do Currículo Nacional Comum do Brasil e, à tarde, às matérias específicas dos Artolestros ao redor do mundo. Depois disso, a escola inteira foi dispensada.

Alergia.

Pérola Santoro morreu por ter alergia à uva.

Os boatos começaram no mesmo instante, ainda mais pela coincidência de Pérola e Pétala possuírem a mesma condição. Assim que ficou sabendo, minha ex-melhor amiga contou para todo mundo que também erraram sua bebida no Artovócia, mas ela teve a sorte de ingerir apenas dois goles antes de perceber o equívoco. Assim, conseguiu tomar o antialérgico, que sempre carrega na mochila, sem grandes sintomas.

Eu. Matei. Pérola. Santoro.

— Como estás a sentir-te, meu amor? — Minha mãe coloca a mão no meu ombro.

Levanto a cabeça devagar e só agora percebo que as pessoas começaram a se dispersar. O caixão com o corpo da diretora já está enterrado no Cemitério da Sociedade das Ilhas Submersas, bem perto do Centro Histórico de Paraty, na superfície. Acima dele, a lápide com a epígrafe artística deixa claro que não é um engano. É real. Eu estou aqui.

Eu me aproximo o suficiente para ler o que está escrito. Abaixo do nome e das datas de nascimento e morte, estão listados os dons artísticos e maiores feitos da mulher. Conforme leio cada palavra, sinto a arte de Pérola me atravessar. Quase sou eletrocutada pelo relâmpago de seus movimentos; os sinto percorrendo minha espinha. Choro. Mesmo na morte, a arte dela permanecerá para sempre entre nós, sentida no coração daqueles que lerem sua lápide ou a guardarem na memória.

Meu peito dói a cada respiração, ainda mais forte agora que voltei do meu estupor.

— Vamos, filha.

Minha mãe me abraça com um carinho pegajoso. Ao longe, escuto o lamento do marido de Pérola; inconsolável, pois jamais imaginou que a alergia da esposa era tão severa. Abafo meus ouvidos, incapaz de escutar sua dor, de senti-la se entranhar também no meu peito. O pôr-do-sol não apazigua o calor infernal, fazendo com que meu vestido preto, por mais fresco que seja, esteja ensopado de suor; e, meu rosto, de lágrimas. Ao lado da mamãe, *baba* me observa como se quisesse tirar toda a angústia de dentro de mim. Se ele ao menos soubesse o que fiz…

Caminhamos, os três, em silêncio. Reconheço alguns rostos pelo caminho, como os de Dani e Pri, ambas com as próprias famílias. Elas me encaram, vez ou outra, com os olhos vermelhos de tanto chorar e uma pitada de aflição. Ainda não conversamos sobre Pérola desde a notícia da *causa mortis*, mas elas sabem. Tenho certeza de que sabem.

Dani e Pri podem não ter trocado a bebida assinalada no papel da cozinha, mas isso não as isenta de serem cúmplices de um crime.

De um assassinato culposo.

Mas o que muda se não houve a intenção de matar? O resultado trágico permanece o mesmo.

Meu Deus! Eu matei Pérola Santoro.

CAPÍTULO 7

Somente uma boa aula de Debates sobre Estudos Literários para me fazer aguentar a expectativa desta sexta-feira. Desde a confirmação da morte de Pérola, o diretor interino, um professor especialista em Movimento com quem nunca tive aula, suspendeu as atividades escolares até o fim da tarde de ontem. Agora, em menos de duas horas, teremos horário disponível para o primeiro encontro formal do Artovócia, o que significa que das cinco às seis da tarde ficarei presa com meus piores pesadelos.

Desde a conversa com meus pais, venho tentando levar essa tragédia grega como uma oportunidade, um desafio para me superar, mas é muito difícil quando Pétala insiste em ser falsa e me abraçar toda vez que me encontra, como se estivesse feliz por me ter em seu grupo. Antonella, pelo menos, tem a decência de se manter afastada.

Bom, prefiro pensar nisso do que no *outro* acontecimento… Aquele em que, acidentalmente, talvez eu tenha matado a diretora da minha escola. Dani e Pri também fingem não pensar sobre isso. Tirando a breve troca de mensagens pós-funeral, na qual assegurei que mexi apenas na opção da Pétala, não tocamos mais no assunto. O pai da Dani é amigo do legista que fez a autópsia do corpo e confirmou ter sido um infeliz acidente. Ninguém desconfia, sei lá, de uma troca proposital das bebidas, então a polícia não está inclinada a investigar o caso como assassinato. Ou seja, nas palavras da minha amiga, não somos suspeitas.

Então, por que isso não diminui a pressão no meu peito desde que sonhei com a cobra? Por que minha mente insiste em me atormentar com lembranças que nunca existiram? Como aquela em que, nervosa ao ver gente se aproximando, apago no quadro branco a opção da bebida escolhida para a Pérola na cerimônia do Artovócia, marcada com uma caneta apagável? Por que me vejo, de cima, dando dois "x" novos na lista em vez de apenas um?

Batuco minha caneta Montblanc com impaciência sobre meu caderno cinza de veludo enquanto escuto César Souza dissertar sobre a leitura de "Os três mosqueteiros" ter sido tediosa, recheada de valentões arrogantes e uma ambientação superficial, que não permite ao leitor sentir a mudança atmosférica das cidades. Em qualquer outro dia, eu entraria no debate, discordando do primeiro ponto e concordando com o segundo. No entanto, nem mesmo a intrigante Milady desperta meu interesse hoje.

Ainda assim, me obrigo a prestar atenção e a manter a postura ereta, lançando olhares compreensivos para alguns poucos comentários pertinentes que fogem da superficialidade. Às vezes, eu me distraio apreciando os detalhes arquitetônicos do Artolestro. Esta sala, em particular, é uma das que mais gosto, pois remete às narrativas góticas de Carlos Ruiz Zafón, membro ativo, em vida, da Sociedade. Repleta de madeira nobre e vitrais majestosos, é como se eu fosse engolida pelo Cemitério dos Livros Esquecidos.

Saio do meu devaneio quando a porta se escancara e uma promessa irrompe sala adentro, arfando. Ela dispara para a primeira cadeira vazia que encontra, mas estanca ao notar o professor Nunes a avaliando de braços cruzados e sobrancelhas arqueadas.

— Desculpa o atraso — diz, envergonhada. — Passei mal pela manhã e só consegui vir pra aula agora à tarde, mas a escuna que peguei quebrou no meio do caminho.

— E espera que eu acredite nisso? — o professor desdenha. — Saia do alojamento mais cedo da próxima vez.

Ela assente, cabisbaixa. Vestígios de raiva marcam sua expressão enquanto senta duas carteiras à minha frente. Colocar a culpa no transporte da escola é comum por aqui, e muitos docentes não gostam dessas desculpas para atrasos, pois as consideram um tanto preguiçosas. Inclusive, esse argumento é muito usado para justificar ausências em eventos extracurriculares que acontecem aos sábados. A italianinha o usa muito para convencer os pais de Pétala a permitirem que ela durma na casa deles às sextas-feiras, já que, teoricamente, o primeiro horário do submersível público sempre os faz se atrasar.

Ela deveria só dizer logo o motivo verdadeiro para isso, sabe. Adultos não são idiotas.

De todo modo, a garota tem sorte de o professor Nunes apenas ignorá-la e voltar a dar aula – que, inclusive, segue tediosa até que, em algum momento, o debate passa para Hamlet, de Shakespeare. Ao meu lado, Higor pede a palavra, gerando cochichos sobre sua beleza e inteligência entre duas colegas atrás de mim.

Pode até ser verdade, mas ele também é um traidor por ter me convocado para esse grupo de merda no Artovócia.

— Estudando sobre o tema, eu me deparei com uma análise de C.S. Lewis que gostaria de compartilhar com a turma. — Com a permissão do professor, ele começa a ler em seu caderno. — Ele diz: "Enquanto Milton marcha firmemente em determinada direção, Shakespeare se comporta mais como uma andorinha. Ele arremessa o assunto e desvia o olhar; em seguida, retorna mais uma vez para o mesmo assunto, antes que seus olhos possam segui-lo. É como se tentasse, vez após vez, e continuasse insatisfeito. Shakespeare arremessa imagem após imagem contra você e pensa que não fez o suficiente". — Ao fim da leitura, Higor levanta a cabeça com altivez. — Considero esta análise sobre o estilo de Shakespeare bastante intrigante. Por isso, decidi escrever um artigo sobre o assunto, professor.

Higor estende o braço, segurando cuidadosamente um maço de papéis grampeados, em direção a Nunes, que o recebe com um sorriso. Reviro os olhos, pois tal atitude soa *tão* desesperada. Uma pena que não importa o quanto estude, ele jamais será melhor que eu nesta turma ou em qualquer outra relacionada às artes da Palavra.

— Agradeço pelo esforço, Higor. Vou revisar o trabalho e na próxima semana retomamos o assunto. Por enquanto, peço que todos releiam Hamlet e os textos de análise que distribuí. Assim, poderemos discutir com mais profundidade. Percebi que se dedicaram bastante a "Os Três Mosqueteiros"; espero o mesmo comprometimento com Hamlet na semana que vem.

Ergo a mão assim que o professor se cala. Certo, se Higor pode ser babaca, eu também posso.

— Professor, se me permite, gostaria de sugerir uma análise mais profunda sobre as obras de Dante Alighieri, pois considero os versos de Dante os melhores que já li. — Quero trazer o debate de volta a um artista que tenho grande familiaridade, para que, no fim, mesmo que Higor se destaque com os trabalhos de Shakespeare, minha superioridade literária prevaleça. — Acredito que o ápice da arte poética é alcançado quando o autor absorve tão profundamente sua visão de mundo que, ao escrever, apenas dá espaço para as imagens fluírem no papel. E Dante faz isso tão bem que me sinto emocionada. Isso é poesia, não apenas seu conteúdo, mas também a forma. — Enxugo uma lágrima que escapa e sinto a mão firme do professor Nunes no meu ombro.

— Sua devoção às palavras é inspiradora, Clarissa. É claro que podemos discutir Dante também. Seria possível você compartilhar suas fontes de pesquisa com os outros alunos, para nivelarmos para cima o debate?

— Claro, professor.

Quando ele se afasta, Higor sussurra no meu ouvido, irritado:

— Por que fez isso, mano? Sabe que sou terrível pra analisar o Dante.

Dou de ombros.

— Você que começou.

— Como assim comecei?

— *Decidi escrever um ensaio sobre Hamlet, professor.* — Higor fecha ainda mais o semblante com minha imitação.

— Sabe, Clarissa, nem tudo é uma competição. — E se afasta, emburrado.

Se ele acha que vou cair em seu teatrinho e, principalmente, que terá a última palavra, está bem enganado. Apenas espero que os intermináveis vinte minutos finais da aula se arrastem para me levantar e parar à frente dele. Com Higor ainda sentado, disparo:

— Se não queria competir comigo, não me chamasse pro mesmo grupo da Pétala e da Antonella.

— Competir? — Ele passa a mão pelo cabelo preto e liso, exibindo um sorriso que faria minhas colegas o beijarem ali mesmo. — Você tá no melhor time do Artovócia e sabe disso. Mesmo que não admita, eu te *ajudei*. E, sinceramente, se estamos no mesmo grupo, a última coisa que quero é competir com você, princesa.

Solto uma risada baixa de escárnio.

— Ajudar? Eu ia ficar no grupo da Priscila e estaria muito feliz.

— Estaria mesmo? As pessoas têm medo de você e iriam te chamar por último, porque sabem o quanto você é tirana nessas situações. E, mesmo que a Priscila te escolhesse, você sabe que a Manuele e a Jade possuem um desempenho que te deixaria puta a maior parte do tempo. Possivelmente destruiria sua amizade com a Priscila.

— Eu *vou* ficar puta a maior parte do tempo tendo que trabalhar com a Pétala e a Antonella.

Higor se levanta, tendo terminado de guardar seu material, e joga a mochila nas costas.

— Ótimo, então somos dois, pois você me fez o favor de convocar o Américo pro nosso grupo.

Abro um sorriso dissimulado ao responder:

— Pensei que você fosse ficar feliz. Américo foi uma ótima adição pro *melhor* grupo do Artovócia. Ele é ótimo na dança e, confesso, o truque dele com o violino é bem interessante.

Higor trava o movimento por alguns segundos, e sinto uma vitória momentânea, mas então ele recorre ao último recurso dos desesperados.

— Clarissa, vá se foder. — Ele ameaça ir embora, mas antes de sair continua: — Você tem raiva da Pétala só porque ela percebeu que você era uma péssima amiga *e* uma péssima namorada em potencial. Tem raiva dela porque, se ela já era popular antes de se assumir uma mulher trans e não aceitar comentários babacas, agora disputa a coroa com você sem nem se esforçar.

— Como assim você ousa insinuar que minha questão com a Pétala tem alguma relação com ela ser uma mulher trans!? Isso é um absurdo! Eu sempre a defendo e…

Mas Higor não me dá a oportunidade de retrucar, pois dispara porta afora. Não que essa atitude vá durar muito tempo, pois em menos de meia hora teremos nosso primeiro encontro do Artovócia. Respiro fundo, engolindo a raiva até que ela se torne latente. Faço dezoito anos amanhã, não tenho mais paciência para esse tipo de imaturidade. Saio da sala, desejando uma boa tarde ao professor Nunes.

Imediatamente sou abraçada por uma harmoniosa fusão de elementos modernos e clássicos. Esta parte da escola, em especial, se destaca por sua abóbada transparente, que transforma o oceano em nosso céu. O ambiente é acentuado por colunatas curvas, enquanto as paredes, adornadas com papéis de parede florais e arabescos texturizados, exibem uma coleção rica de obras de arte, desde livros e pinturas até esculturas, fotografias e curtas-metragens. Algumas dessas peças, é claro, liberam sua magia de longe, como as pinturas em movimento, as fotografias sonoras e as esculturas que se movem ou cospem fogo quando alguém se aproxima.

Alguns alunos do Movimento performam danças e monólogos pelos corredores, enquanto outros se deslocam pelos quatro lances de escadas apressados. Passeio por eles e me fundo ao ambiente sem grande esforço, embora atraia alguns olhares enquanto desço os últimos degraus que levam ao térreo. Afinal, veteranos por si só já chamam atenção em uma escola, e ser a portento mais comentada da geração só intensifica o interesse que recebo. Cumprimento algumas pessoas pelo caminho apenas por educação, pois meu humor não está nada bom. Se tivesse tempo, eu me trancaria em uma Galeria até me acalmar, mas não vou dar a oportunidade de ninguém do meu grupo decidir o destino do *meu* trabalho do Artovócia sem a minha presença.

As salas de reunião dos formandos de 2023 estão localizadas na ala mais tecnológica da escola. Embora possua um design minimalista, ela não me encanta tanto quanto as alas clássicas. Ainda assim, possui seu próprio charme. Para chegar até lá, atravesso um dos cinco jardins, local onde muitos alunos se reúnem para conversar. Este em particular não traz o mar como céu, mas, sim, postes elegantes com iluminação intensa, pois o espaço é envolto por plantas, árvores e flores que se avolumam do chão ao teto.

Ao alcançar a nova ala, meu peito está mais tranquilo e tenho certeza de que não matarei Higor quando o encontrar. Ele não merece meu réu primário, de todo modo. A sala Tarsila do Amaral fica a poucos passos do enorme pórtico de mármore branco. Em contraste com a anterior, aquele espaço é claro em todos os aspectos, desde as cores até a iluminação.

Eu já esperava, mas é bom confirmar que este local não se assemelha à joia do meu sonho. Inclusive, nunca encontrei um ambiente como aquele no Artolestro; embora existam alguns com traços semelhantes, nenhum se compara à grandiosidade e à dramaticidade do que sonhei. Isso não me impede de me aventurar por aí em busca dele. Cada vez mais, porém, tenho certeza de que não vou ter sucesso com isso e que o estilo barroco foi um sinal do meu subconsciente.

Américo já está aqui. Sorrio para o garoto e o cumprimento, satisfeita por não ser o casalzinho ou o Higor.

— Oi — ele diz, tirando o fone de ouvido sem me encarar. Então, volta a passar um pano seco no violino preto que é assunto de diversas fofocas na escola, de alunos a professores. — Você tá doze minutos adiantada.

— Melhor que estar doze minutos atrasada. — Dou de ombros e apoio minha mochila com cuidado em uma carteira ao lado dele. Então, me sento com a coluna ereta, as mãos em cima da mesa, uma sobre a outra.

— De fato. — Américo finalmente olha para mim e mostra um sorriso cheio de dentes brancos, característico de filhos de dentistas, como ele. — Isso tem a ver com sua necessidade de controle?

— Isso, caro Américo — inclino o corpo para frente de modo a enfatizar minha resposta —, tem tudo a ver com minha necessidade de controle. Há mais alguma pergunta sobre meu comportamento que eu possa te esclarecer?

Ele ri e volta a olhar para o violino. Seus dedos acariciam o instrumento com a mesma delicadeza reservada a pequenas pedras preciosas; e não é para menos, visto a habilidade ímpar que ele possui ao tocá-lo. Do jeito que está, Américo e sua pele preta retinta parecem fundir-se com o dispositivo em corpo e, confesso, estou ansiosa para vê-lo fundir-se em alma também.

— Não, tenho certeza de que muitas das minhas perguntas vão ser respondidas ainda hoje. Como o motivo de você ter me convocado pra cá.

Apenas rio, sem intenção de responder.

— Gosto do seu senso de humor. Por que não nos falamos antes?

— Oxe, porque sou uma promessa. Aliás, *a* promessa mais odiada por Higor. E todo mundo sabe que vocês se pegam de vez em quando. — Ele coloca o violino na *case* e se levanta, então começa a alongar os braços e as costas. A camisa laranja-frívolo do seu uniforme se move, expondo um pouco da barriga saliente e da sua guia branca e vermelha, presa ao pescoço. — E ele já me odeia o suficiente sem achar que quero comer a garota dele.

Por que todo mundo acha que eu e Higor temos um relacionamento? Eu, hein...

— Quanta delicadeza ao dizer isso pra garota dele — retruco, fingindo estar ofendida.

Américo Silva já fez o meu tipo, mas no último ano vem se empenhando em deixar o estigma de feio para trás. Ou, melhor dizendo, poderia ter chamado minha atenção, já que não me interesso por relacionamentos com promessas. Devido à puberdade tardia, seu maxilar se alargou e sua voz grave se estabeleceu apenas agora, perto de completar dezoito anos; assim como a vaidade para praticar musculação quase todos os dias. A mudança o consolidou como um *big boy* de respeito.

— Então você é mesmo a garota dele, é? E eu achando que você me escolheu por causa do meu cabelo estiloso. — Ao dizer isso, ele passa os dedos pelos *dreadlocks* castanhos que chegam na altura dos ombros. Não deixo de reparar em seus lábios carnudos.

Decido mudar de assunto, porque não estou a fim de responder que o que eu e Higor tivemos não era nada sério e acabou de vez no momento em que o garoto me mandou ir me foder.

— E aí, o que estava ouvindo?

Américo olha para o seu celular, os fones de ouvido sem fio repousados em cima dele.

— Sonho Meu, da Dona Ivone Lara.

Não reconheço o nome. Deve ser uma aspirante qualquer, dessas que tocam samba e pagode. Promessas como o Américo escutam bastante e nem têm vergonha de admitir. Sou salva de responder qualquer coisa e estragar nossa conversa agradável quando Higor, Pétala e Antonella irrompem na sala. Os três nos cumprimentam com tons distintos; enquanto Antonella apenas murmura, Higor fala com indiferença e Pétala é efusiva com sua voz potente.

Como se tivéssemos combinado, eu e Américo retribuímos com nossos melhores sorrisos maliciosos.

— Égua, tás linda hoje! Cortou o cabelo? — Pétala toca em uma mecha e me obrigo a sustentar aquela delicadeza fingida.

— Obrigada, só hidratei ontem. — Então, analiso a trança com fita amarela lateral que cai sobre seu ombro esquerdo e admito, depois de um pigarreio: — Você também está linda.

Sem dizer uma palavra, Higor rearranja as carteiras, causando um barulho desnecessário, até formar um círculo.

— Vamos começar de uma vez?

Pobre criatura incapaz de controlar os próprios sentimentos.

Pétala e Antonella trocam olhares, uma expressão mista de assustada e preocupada, antes de se acomodarem em seus lugares. Nem eu, nem Américo, vacilamos em nossos semblantes cínicos ao nos sentarmos, cada um ao lado de Higor. Finjo não notar que o traidor cerra os lábios finos com força.

Pétala corta o silêncio, seus olhos exprimindo pesar genuíno:

— Tão todos bem? Depois do que aconteceu com a diretora, mal dormi nos últimos dias.

Desvio o olhar para Américo, incapaz de sustentar a dor dela.

— Foi terrível. Não esperava mesmo... — Antonella repousa a mão sobre a da namorada, o sotaque italiano impregnado em cada sílaba.

— Ela tem, tinha, né, a mesma alergia que eu... Sempre achei isso uma coincidência legal, sabe? Por ser tão raro. Mas a minha é leve... Achei que a dela também fosse.

Sinto quando minhas bochechas queimam. Esse ponto já fez um rebuliço na minha mente por horas a fio, e não estou a fim de desencadear ondas de dor de cabeça por ficar calculando a probabilidade de algo tão improvável acontecer. Então, apenas por educação, murmuro palavras de concordância, assim como os meninos. Decido mudar o tópico antes que minhas mãos denunciem o alvoroço no meu peito.

— Como se sentem estando no melhor time do Artovócia? — pergunto com uma voz doce. Higor arregala os olhos e um tom avermelhado se sobressai em suas bochechas claras.

Apesar do olhar ainda pesaroso, Pétala sorri com entusiasmo pela minha fala, sob a expressão compadecida da namorada, que claramente captou o meu sarcasmo.

— Também percebeste? Tô muito animada!

Pétala sempre foi assim, um tanto distraída, o que torna ainda mais surpreendente que seja tão popular quanto eu. Certo que somos admiradas e odiadas por grupos opostos; eu, a rainha dos portentos, e ela, a queridinha das promessas, satisfeitas com as migalhas que uma portento pode oferecer.

No fim, continuo a falar sob o olhar severo da italianinha:

— Seria interessante recapitularmos nossos talentos principais, já que nem todos aqui possuem uma relação próxima — afirmo como se o ódio mútuo entre Higor e Américo fosse um pequeno estorvo, não um elefante na sala. Após os murmúrios de concordância, prossigo: — Posso começar, embora imagine que meus dons sejam de conhecimento geral.

— *Per favore*, nos agracie com sua performance, *dai* — sibila, como uma cobra, Antonella.

Com um sorriso caloroso, assinto e me dirijo à parede atrás de mim. À frente dela, estão dispostos alguns equipamentos de filmagem, como câmeras modernas, microfones, lentes diversas, *gimbals*, refletores, drones e cartões de memória. Pego os quatro cartões com meu nome impresso na tampa, que deixei aqui ontem, e os entrego aos meus colegas.

— Uma amostra de cenas que consigo criar só de tocar em uma câmera; todas impecáveis tecnicamente e com excelente senso estético. Digamos que não herdei apenas a beleza da minha mãe.

— Você consegue mesmo enxergar todas as possibilidades de filmagem só de tocar numa câmera? — Américo pergunta, inclinando o corpo para frente. — Isso é muito massa. Simplesmente retira a chance de erro.

— Ainda teria a chance de erro, é claro, sem senso estético e domínio técnico, mas não é meu caso. Eu antecipo, em segundos, todas as possibilidades a partir das informações artísticas e técnicas que possuo no momento do toque. A partir daí, decido qual caminho seguir ou se seria melhor mudar alguma definição, como algum aspecto do roteiro, detalhes do cenário ou da lente que vou usar.

— Se você não tiver informações, não funciona então — pontua, de forma óbvia, Antonella.

— Como funcionaria? Não se cria uma obra de arte do nada, *amore,* ou não haveria a necessidade de um autor, você sabe disso. — Ela franze o cenho, quase sumindo com o verde de seus olhos juntos e pequenos; mas não dou espaço para que fale. — De todo modo, essa é apenas a minha segunda habilidade mais refinada. A primeira é bem mais evoluída.

Caminho para o outro lado da sala, onde equipamentos das Palavras estão dispostos em uma mesa. Ao lado de uma variedade de canetas tinteiro, pego quatro livros finos e os entrego para meus colegas.

— É uma coletânea com alguns textos meus. Sugiro que leiam ainda hoje e aguardem pela continuação à noite.

Américo me fita com o que presumo ser admiração, como se enfim fosse ter a honra de experienciar um dos talentos mais comentados da nossa geração: minha capacidade multimídia de criar narrativas. Cada frase que teço é uma ponte para os reinos oníricos, onde os sonhos expandem a história do dia. Ou seja: através dos gatilhos que insiro em certos trechos, moldo o sono de cada pessoa. Não é apenas entretenimento; é uma ligação íntima com o subconsciente humano, habilidade dificílima de dominar mesmo entre os artistas mais experientes.

Assim como uma pintura ganha vida com cores vibrantes e texturas diversas, ou uma música nos envolve através de notas e ritmos variados, minhas histórias são enriquecidas por múltiplos canais sensoriais. A experiência se torna mais completa, mais profunda, pois é vivida não apenas com a mente, mas com todos os sentidos.

— Clarissa, você é incrível — Américo deixa escapar e noto o olhar desconfiado que Higor lhe lança. Sinto o calor subir até as maçãs do meu rosto. Não pelo elogio previsível de Américo, mas pelo breve, quase imperceptível, franzir de sobrancelhas do traidor. — Bom, minha vez.

Quando ele se levanta, Higor retesa o corpo.

— Algum problema? — eu o provoco, e Américo suprime uma risadinha.

— Prometo não invocar nenhum parente — ele diz, se divertindo.

Higor ri, sem humor.

— Vá se foder, mano.

— Quanta eloquência! Acho que Higor está a fim de foder alguém hoje — comento, ácida.

— Clarissa...

— Olha, a realeza também fala palavrões — atiça Antonella, um sorrisinho crescendo conforme fala por cima de Higor. Minha raiva aumenta, porque ela está certa: tenho perdido o controle muitas vezes nos últimos dias. — Pensei que ele te fodesse, não?

— E a italianinha enfim solta seu veneno. É esse tipo de garota que você namora, Pétala? Baixa, vulgar.

— Cacau, para. — Pétala alterna o olhar entre mim e a namorada. — Tontom, por favor…

— Não me chame de Cacau. É Clarissa — repreendo, cerrando os dentes. Ela sempre teve essa mania, mesmo com meus pais desincentivando o uso do apelido bem na frente dela, já que eles o detestam.

— Certo, desculpa. — O pedido soa sincero, o que apenas me infla mais. Abro a boca, mas Américo se intromete:

— Calma, minha gente. Bora voltar ao foco? Precisamos nos dar bem pra isso funcionar.

— Ah, vai se foder, mano! — Higor retruca, o punho cerrado ao lado do corpo. — Sem essa de ser boa gente agora.

Pelas nossas posições, só consigo perceber o quão próximo ele está de cair no soco com Américo e sua atitude presunçosa. Não me importo nem um pouco se os dois decidirem resolver as coisas na pancadaria; mas se isso acontecer de fato, eu vou me retirar.

— Se quer fazer funcionar, então não provoque o Higor — contrapõe Antonella.

— Se quer fazer funcionar, não dirija a palavra a mim — disparo para a italianinha. — Nem você. — Aponto para o Higor.

— Meninas… — Pétala pede, mas eu e Antonella erguemos as mãos ao mesmo tempo, pedindo silêncio. — Égua, não, achei que as duas já tinham parado com essa palhaçada! Não percebem que estamos no mesmo barco e temos que colaborar? Eu, hein...

É difícil Pétala se irritar, mas quando se irrita, sabe sustentar uma discussão. Na infância, podíamos passar horas debatendo.

— Oxe, Higor é tão valente! — Américo dispara, com uma risadinha debochada. — Sempre precisa que os outros o defendam.

Higor se levanta em um rompante, e Antonella e Pétala soltam um gritinho. Américo, por outro lado, apenas continua a provocação ao fazer caras e bocas.

— Vem aqui pra ver quem vai precisar ser defendido então! — Higor o chama com as mãos, o queixo erguido. — Vamos ver quem é o covarde!

É nesse momento que me levanto abruptamente, quase derrubando minha cadeira. Os olhares se voltam para mim, e o silêncio se instala quando Higor e Américo param de se alfinetar.

— Não tenho tempo pra isso.

Saio da sala.

CAPÍTULO 8

Eu me recosto na parede e arrasto minhas costas contra ela até alcançar um banco, próximo à sala Tarsila do Amaral. Desabo sobre ele, a cabeça rodando. Como é que os últimos dias se tornaram esse completo desastre? Por que estou discutindo, soltando palavrões e me exaltando com pessoas que não merecem nem um pouco da minha energia?

Escondo o rosto com as mãos, enquanto apoio os cotovelos nas coxas. Mechas do meu cabelo agora cobrem meus olhos enquanto respiro devagar, tentando não chorar no meio da escola. É frustrante demais lidar com o que vem acontecendo, e definitivamente sinto raiva daqueles que dizem que está tudo bem não termos controle sobre certas situações. Olhe só onde a falta de controle me levou: acabei me tornando, por acidente, uma assassina e agora estou em um grupo com pessoas que mal conseguem ficar na mesma sala no projeto mais importante da minha vida.

— Clarissa.

Respiro fundo quando a voz de Pétala me alcança. Sem encará-la, disparo:

— Não estou com cabeça pra discutir agora.

— Arreda aí um pouco.

Ela gruda o próprio corpo no meu. Levanto o rosto, meus olhos arregalados evidenciando meu sentimento em relação à atitude. Por que é tão difícil me deixar sozinha?

— Nem adianta, não vou embora. Já dei esporro em todo mundo lá dentro. Chegou a sua vez.

— Ótimo. — Reviro os olhos. — Tudo que eu preciso agora é de um esporro seu.

— O que você precisa é me explicar por que odeia tanto a Tontom a ponto de me excluir da sua vida.

— Já fez a mesma pergunta pra ela?

— Já. Ela não sabe a resposta.

Solto uma mistura de risada com bufar.

— Talvez seja o fato de ela falar mal de mim pra todo o Artolestro? — Tenho certeza de que meu tom está mais ácido do que seria indicado para essa conversa, mas, ok, se Pétala quer conversar sobre isso, que conversemos. — E como não lembrar que assim que vocês começaram a namorar você simplesmente mudou a sua personalidade e resolveu, sei lá, fingir ser uma boa garota?

— Eu não finjo ser uma boa garota. — Ela tensiona o corpo e, como a conheço desde os meus três anos de idade, sei que a partir deste momento está na defensiva. — Só mudei meu jeito de pensar, Clarissa. E tu deverias também. Não é legal ficar zoando as promessas.

— Eu não zoo as promessas — rebato, indignada.

— Não que não!

— Sério. Só digo a verdade. — Dou de ombros. — Elas reclamam que temos privilégios, nos consideram arrogantes e tudo o mais. Eu apenas deixo claro que elas não serem tão boas quanto a gente não tem a ver com privilégio, mas, sim, competência.

Pétala balança a cabeça, os olhos arregalados e a boca ligeiramente aberta.

— Clarissa — ela pronuncia meu nome devagar, como se falasse com uma criança —, como explicas, na pandemia, os portentos serem permitidos estudar presencialmente aqui nas ilhas submersas e as promessas não?

— Ué, e o que eu tenho a ver com isso? — Movo as mãos, incrédula. — Perceberam que aqui embaixo o índice de contaminação era quase nulo porque ninguém entrava ou saía. Então, seria inviável permitir que as promessas descessem de Paraty, pois aumentaria em muito as chances de trazer a Covid pra cá. Não entendi, Pétala. Você queria que fôssemos prejudicadas só pra ser mais *justo* — faço o símbolo de aspas com os dedos — pra elas?

— Se o Artolestro oferecesse dormitórios aqui embaixo em vez de lá na superfície...

— Mas não era o caso. Simples assim.

Pétala leva as mãos à boca por alguns instantes, como se reunisse forças, antes de retomar sua missão incansável de me fazer sentir culpada simplesmente por ser quem eu sou.

— E o fato de os melhores estágios sempre serem dos portentos?

Ajeito o lacinho borgonha da minha gola com calma antes de responder, espelhando a mesma pausa dramática que ela fez.

— Meritocracia, ué.

Ela bufa.

— Surreal. Tu não percebes mesmo, né?

— Percebo o quê?

Sei que caí na isca assim que as palavras seguintes me atropelam.

— O quanto tu és uma babaca elitista falando essas coisas.

— Tudo bem por mim, não tem como negar que somos superiores mesmo. — Dou de ombros, tentando ignorar o quanto dói ser chamada de babaca por alguém de quem eu realmente gostava. Caramba, éramos melhores amigas! — No fim, não muda nada. Eu vou ter sucesso, as promessas não. Já sabemos quem termina chorando nesta história.

— É só nisso que pensas, Clarissa? Sucesso, sucesso, sucesso. A vida é só isso pra ti?

Dou de ombros outra vez e, com um lindo sorriso e vários bateres de cílios, digo:

— Sim.

Em seguida, me levanto para ir embora quando ela balança a cabeça outra vez, como se eu fosse o problema nessa conversa. É impressionante como Pétala não percebeu que mudou, que abandonou os amigos antigos por uma garota que ela nem vai se lembrar daqui a cinco anos e que abriu mão da única pessoa que sempre esteve ao seu lado. Meu Deus, ela odiava roupas coloridas e agora só falta sair com tudo em néon por aí, igual à namoradinha!

Antes que eu me afaste, ela segura meu braço.

— Espera. Continuar dizendo coisas que machucam uma à outra não vai funcionar…

— Magoam uma à outra? — eu a corto, o cenho firme. — Foi você que disse que eu sou uma babaca aqui.

— Desculpa. Não deveria ter dito isso. — Ela se levanta e agora preciso olhar para cima. — Vamos fazer o Artovócia juntas; é um fato. Mas a gente sempre quis isso, lembra? Podemos fazer funcionar. É só evitarmos provocações até o final do ano. O que achas? Vai ser bom pra nós duas. Pra nós cinco, na verdade. Realmente somos um bom time. — Ela se aproxima e pega minhas mãos com as suas, levando-as para perto do peito. — Por favorzinho?

Engulo em seco ao encontrar um brilho travesso nas íris castanhas de Pétala, do mesmo tom de sua pele marrom clara. Quando pequenas, ela costumava me dobrar com seus olhos grandes e sonhadores e com o sotaque de Belém do Pará, que eu sempre considerei a coisa mais linda. Por trás de seu jeito meigo, Pétala sempre foi uma pessoa bem decidida, mas isso aumentou muito depois que se descobriu trans. Ela perdeu boa parte da timidez que a segurava e se tornou impositiva – um pouco demais até, depois que se juntou à Antonella.

Lembro muito bem da primeira vez que percebi essa mudança. Alguns garotos mais velhos soltavam piadinhas idiotas sobre Pétala andar apenas com meninas e ter comportamentos considerados, por eles, inadequados para um menino. Antes, ela teria apenas se afastado e fingido que os comentários não machucavam, mas no dia anterior ela havia revelado para mim sobre sua identidade trans. Então, acredito que encorajada pelo meu apoio, ela humilhou os babacas tanto com sua eloquência, tão boa quanto a minha, que os garotos passaram boas semanas desempenhando o papel de quem sofre *bullying* até reconquistarem seus cargos de reizinhos. Senti tanto orgulho da minha amiga naquele dia.

Bufo, afastando a lembrança. Minha vida já está no fundo do poço, talvez eu possa pelo menos facilitar meu dia a dia.

— Ok. Eu vou voltar… — Pétala me interrompe com risinhos e pulinhos, mas solto minhas mãos e as ergo para reconquistar sua atenção. Seria bem mais fácil negar seu pedido se meu peito não apertasse ao estar tão próximo da pessoa que mais amei nesta vida, depois dos meus pais. Além disso, ela está certa. Aos sete anos, fizemos uma promessa de dedinho de que concluiríamos o ensino médio juntas, quem sabe até mesmo optássemos por estudar na mesma faculdade. Decidimos que a Artanum da Nova Zelândia era a melhor opção em termos de qualidade, embora soubéssemos que essa posição se devia exclusivamente aos seus dois excelentes programas nas áreas de Palavras e Movimento. — Mas você vai controlar sua namoradinha.

— Antonella — ela corrige, com um erguer de sobrancelha severo.

— Que seja.

— Eras de ti, como és cabeça-dura! Tá bom, tá bom, vou conversar sério com ela.

— Tudo bem, então. — Ao soltar as palavras, meus ombros relaxam, como se estivessem se livrando de um grande peso.

— Um abraço? — Quando ergo as sobrancelhas em descrença, ela emenda: — Pelos velhos tempos.

Ela não me dá chance para responder; no segundo seguinte, seus braços já envolvem meus ombros e pescoço. Seu abraço é firme, me deixando sem ar por um momento. Quase esqueci como a linguagem de amor de Pétala é o toque físico, o que contrasta totalmente com a maneira como prefiro receber carinho. Um afago ao ego é sempre melhor.

Ela beija minha bochecha, o que me deixa muito consciente da proximidade da boca de Pétala, me fazendo lembrar do beijo que definiu que nossa amizade não era uma amizade colorida, dois anos atrás. Às vezes, sinto falta da intimidade desses lábios. Após inúmeras noites de insônia, percebi que é porque por meio deles eu ouvia as palavras certas para enfrentar as *minhas* inseguranças e os *meus* medos, bem ao contrário do que Higor me acusou!

Droga, sinto falta da minha amiga mais do que gostaria de admitir.

De repente, uma sensação pegajosa sobe pelo meu ventre ao lembrar de como tentei sabotá-la a partir de sua alergia. E meus dedos possivelmente esbarrando sem querer na opção de bebida da Pérola e a apagando…

— Chega.

Eu me liberto de seu aperto e avanço em direção à sala. Pétala caminha ao meu lado, um sorriso grudado no rosto, cem por cento alheia à culpa que se insinua para dentro de mim. Quando entramos, um silêncio sepulcral abafa o ambiente. Não há outra maneira de descrever a morbidez da situação.

— Voltamos! Bora arrasar no Artovócia? — Pétala se esforça para animar o pessoal, mas consegue apenas sorrisos fracos de Antonella e olhares compadecidos de Américo. Higor mal disfarça sua infelicidade.

Após nos acomodarmos, é Pétala quem conduz o resto da apresentação.

Ela quebra o gelo sendo a primeira. Assim como eu, começa exibindo sua segunda melhor habilidade: cantar. E quando Pétala deixa uma melodia suave fluir de seus lábios, eu logo sou envolvida pelo sabor e pelo aroma de grama, e não demora para que a aspereza da terra acaricie a sola dos meus pés, mesmo que estejam protegidos por tênis. À medida que ela modula o tom, o sabor se torna mais sólido; a sensação de madeira invade o ambiente como se tons pastéis flutuassem ao nosso redor.

Lindo, como sempre. Só não é tão legal quanto minhas habilidades.

Em seguida, ela pega o celular e cria um grupo chamado *O melhor time do Artovócia* no *WhatsApp*, por onde compartilha um link com suas melhores performances em teatro de sombras. Conheço muito bem sua principal habilidade, a forma como seus personagens ganham vida por minutos e conseguem tocar, literalmente, a plateia. Às vezes, ela até é capaz de fazer com que as sombras ou marionetes executem feitos mágicos, embora ainda precise de ajuda para se aperfeiçoar nisso.

Antonella é a próxima. Como suas habilidades principais não são performáticas, ela apenas envia outro *link* no grupo do *WhatsApp* e explica o que consegue fazer:

— Se forem até as Galerias 52 e 100, vocês podem ver pessoalmente o que tem nos vídeos. Sei fazer o básico de dar vida a esculturas, o que costuma ser útil para o Artovócia, mas minha principal habilidade é a energização de pedras preciosas. Eu as incorporo nas esculturas pra emitir luz, purificar água, fortalecer estruturas e coisas do tipo. *Inoltre*, tô aprimorando minha técnica pra desenvolver monumentos que preservem memórias coletivas. — Diante do olhar de incompreensão de Américo, ela prossegue: — Eu permito que as gerações futuras tenham visões mais vívidas do passado ao tocar esses monumentos, como se um vídeo fosse projetado em suas mentes.

Eu me lembro da lápide da diretora e como a peça permite exatamente isso. Movo o corpo, desconfortável com a memória.

— Uau — Américo deixa escapar.

Odeio admitir, mas o que Antonella faz é bem legal.

Então, só fico em silêncio enquanto ela recebe os elogios.

Higor vai em seguida. Assim como Antonella, prefere apenas explicar como sua arte funciona, o que diz muito sobre seu estado de espírito. Embora nem sempre tenha sido assim, hoje ele *ama* ser o centro das atenções.

— Todo mundo sabe que sou fotógrafo e cinegrafista. Bom, eu capto a essência espiritual das pessoas em fotos. — Seu tom de voz é tão *blasé*, que dá sono. — Minhas fotos revelam aspectos profundos da alma do fotografado, o que pode ajudar em processos terapêuticos, além de melhorar a imersão e compreensão da obra, claro. Além disso, eu *nunca* perco o meu trabalho por problemas tecnológicos, pois consigo recriá-lo através da memória. A ideia é que na faculdade eu possa aprimorar meu dom a ponto de não depender mais de uma câmera pra transpor pro papel ou computador as imagens que capturo com meus olhos e mente.

Pétala e Antonella o elogiam, enquanto eu e Américo competimos para ver quem consegue ficar mais tempo calado. O garoto só quebra o silêncio quando a italianinha pede para ele mostrar suas habilidades. Ao contrário dos dois anteriores, ele se levanta. O primeiro talento que exibe é o da dança, e hoje ele escolhe uma música de samba que nunca ouvi antes para performar. Imediatamente as ilusões sensoriais surgem. Em vez do Artolestro, estou em uma roda de samba na Pedra do Sal (em todo seu glamour, boemia e suor), no centro do Rio de Janeiro, até ele parar os movimentos.

— Também invoco espíritos quando toco violino — diz, sem olhar para Higor. — E tambor, cavaquinho e saxofone, mas ainda preciso melhorar muito nesses outros. Na verdade, o tambor eu só toco como ogã, dentro do meu terreiro. Da umbanda, vocês sabem.

Essa é uma habilidade conhecida por todos e é a razão pela qual os dois garotos se detestam. No sexto ano, Américo a descobriu sem querer ao evocar o espírito do avô de Higor, que havia falecido há poucos dias. O problema é que Higor o temia. Como filho de uma mãe solteira, meu ex-ficante costumava frequentar muito a casa do avô, até sua mãe descobrir as agressões, que começaram quando ele só tinha nove anos. A imagem translúcida do homem o insultando na frente de toda a turma foi o suficiente para fazer Higor se mijar na calça. É claro que ele virou piada entre os alunos, e o ressentimento foi instaurado. Até hoje Higor afirma que Américo realizou a invocação de propósito, em uma espécie de vingança macabra por conta de uma discussão entre os dois, a qual Américo alega que nunca existiu.

Por isso, quando ele não faz menção de se mexer para demonstrar o dom, ninguém o incentiva.

— Ótimo. E que caminho vamos seguir? — Pétala pergunta na sequência.

— Instalação artística não. É o mais comum — digo sem esconder uma careta.

— É o mais fácil também — contrapõe Américo, se ajeitando na cadeira. — Eu gosto de algo tipo o Palácio Barolo.

De fato, o edifício inspirado na Divina Comédia, em Buenos Aires, dividido em três partes – inferno, purgatório e paraíso –, é bastante elogiado e mencionado pelos professores, já que começou como um projeto de Artovócia. Por ser amante de Dante Alighieri, eu o adoro; porém, devido à sua popularidade, nos inspirar nele agora seria um tanto clichê.

Com um sorriso cínico, contraponho:

— Exato. E não estamos buscando facilidade aqui, certo? Espero que estejam todos de acordo.

Um pequeno silêncio se instaura antes de Pétala concordar comigo e sugerir:

— Uma peça teatral então? Vai valorizar nossos talentos.

— Não vai valorizar tanto o meu. — Então olho para Higor, lembrando que ele existe. — Nem o dele.

— Peças podem ser gravadas — Antonella pontua, séria.

— Filmes também. Tento ocultar minha irritação, mas sei que meu tom mais áspero deve denunciar minha impaciência.

— Filmes também tão batidos — Higor enfim se intromete, cruzando os braços.

— E peças de teatro não? — retruco, ainda mais seca.

— Também, mano. Acho que podemos ser mais ousados. — Higor pode estar irritado comigo, mas ele entende o papel do Artovócia na nossa carreira.

— Um desfile de carnaval? — sugere Américo, pensativo.

— O melhor projeto do ano passado foi um desfile. Vai ser repetitivo, já perdeu o impacto — explico, embora não odeie a ideia.

Então, Higor dispara:

— Acho que precisamos ser multimídias. Vai ser o melhor formato pro que conseguimos fazer.

Eu me ajeito na cadeira. Gosto do raciocínio, e meu pensamento se ramifica em dezenas de caminhos promissores.

Pétala pede para ele prosseguir. Higor dá de ombros.

— Só pensei até aqui, na verdade.

Mas ele não precisa continuar, porque já sei como podemos fazer um projeto que potencialize todos os talentos do grupo.

— A gente vai fazer um jogo multimídia.

— Pronto! — Américo se anima.

Explico a minha ideia e tenho certeza de que todos a adoraram quando até mesmo os olhos da italianinha estão brilhando de empolgação.

— Eu posso interpretar as personagens! — Pétala dá pulinhos de alegria.

— Perfeito. Posso ajudar com isso também, além de compor a trilha sonora — afirma Américo, os olhos escuros brilhando como se já enxergasse a obra completa em sua mente.

— Com minhas esculturas, podemos reduzir significativamente ou até eliminar o uso de CGI — observa Antonella.

Ela está certa, mas não quero verbalizar isso. Então, apenas assinto e dedico a última meia hora reservada ao projeto do Artovócia debatendo as poucas lacunas que ficaram em aberto na minha ideia genial. Uhul! Pelo menos uma vitória nesse dia infernal.

— Podemos incluir pautas raciais no conteúdo — sugere Américo de repente, rompendo o silêncio que já durava algum tempo enquanto cada um de nós estava absorto nas próprias anotações sobre o projeto.

— E da comunidade LGBTQIAP+ também! — O tom de Pétala sai mais esganiçado do que o normal. Ao lado dela, sua namoradinha concorda com uma falsa expressão de entusiasmo.

— Acho válido — digo, dando de ombros.

— Eu também — sussurra Higor, sem levantar os olhos do próprio caderno.

— Talvez possamos até mesmo exemplificar com o que acontece no Artolestro, sabe? — propõe Pétala.

É quando me levanto para ir embora.

— De novo isso? Sério, pessoal? Existem tantas maneiras mais impactantes e autênticas de abordar essas pautas. Vamos elevar a conversa!

De soslaio, noto Higor me observando, mas ele não se move; permanece calado escutando a militância infundada, que Antonella faz questão de continuar como se eu não tivesse dito nada, após um revirar de olhos afrontoso. Não quero perder o gostinho de triunfo por termos pensado em um projeto tão legal, então apenas cerro os punhos e me despeço sem muita cerimônia.

Ao chegar à porta, Pétala me chama, sorridente.

— Ei, Clarissa. Feliz aniversário adiantado.

CAPÍTULO 9

Eu adoro meus aniversários, mas este, em particular, é especial. Afinal, não é todo dia que se completa dezoito anos. E também não é todo dia que meus pais e minhas melhores amigas organizam uma festa surpresa *dentro* do Salão Neoclássico da Academia das Artes Nacionais. Não que eu já não soubesse que aconteceria. De certa forma, fui eu que planejei tudo, fazendo comentários estratégicos sobre como seria incrível celebrar o aniversário que marcaria minha transição para a vida adulta no salão mais elegante e exclusivo da Sociedade das Ilhas Submersas.

Nessas horas, é bom demais ser filha do presidente.

Ainda me lembro da primeira vez que entrei aqui, com oito anos. Logo de cara já fui fisgada pelas imponentes colunas coríntias que saúdam os visitantes e que sustentam um entablamento ornamentado com esculturas elaboradas, contando histórias de eras passadas. Meus olhos se perderam no salão de proporções épicas, e dediquei longos minutos admirando um lustre suntuoso que pendia do teto abobadado.

Hoje, doze de agosto, esse lustre lança uma luz suave sobre as paredes revestidas por afrescos pintados à mão, que retratam a gloriosa história das artes. O mobiliário permanece inalterado, esculpido em madeira nobre e complementado por inúmeros tapetes opulentos que adornam o chão de mármore branco. E o que dizer da elegância das estátuas talhadas por mestres artesãos, que, se observadas com atenção suficiente, recitam poemas greco-romanos?

Em dias normais, o Salão Neoclássico recebe exposições de artes itinerantes. Mas hoje é diferente: cinquenta dos portentos e universitários mais exclusivos da minha geração alternam entre a área de jogos alcoólicos e a pista de dança, animada por um DJ formado há uns cinco anos no Artolestro do Brasil. Meus pais foram embora há meia hora, com meus tios e algumas primas, com as quais não tenho tanta conexão. Afinal, todo mundo sabe que depois das dez da noite, a diversão pertence aos jovens.

Higor está aqui. Por mais que não tenhamos conversado desde nossa briga ontem, era óbvio que ele não perderia o evento do ano só porque não está falando com a aniversariante. Agora ele desfila por aí com uma blusa da Ralph Lauren preta, uma calça de sarja bege e um tênis da Gucci, rodeado por uma dezena de garotas e garotos. Ele exibe mais dentes do que deveria e está patético com esse porte de pavão, como se fosse dono da Academia. Não o flagrei me observando uma vez sequer, mas tudo bem, pois quem precisa de Higor quando se tem Leonardo Melnik, simplesmente o feio mais bonito que já pisou no Artolestro, sussurrando atrocidades no meu ouvido enquanto dançamos?

— Você é a garota mais linda que já vi, sabia?

— Aposto que você diz isso pra todas lá em Paris. — Deslizo minhas unhas compridas pelo cabelo castanho-claro do garoto, descendo suavemente pelo pescoço até chegar ao braço. Sua pele branca logo se avermelha sob o toque. Então, ele geme e me puxa contra si.

— Não. Faltam mulheres como você lá — diz com a voz macia, roçando os lábios no meu pescoço.

Tenho plena consciência de que suas palavras têm o único objetivo de me levar para a cama, mas o deixo acreditar que estou caindo em seu papinho de homem hétero que se acha mais interessante do que realmente é. Ele se formou há uns dois anos e agora está se especializando em Espaço na Artanum de Paris; ou seja, é um bom nome para ter no meu portfólio pessoal de bocas beijadas – PPBB, para os íntimos.

— Ah, para, Léo — provoco, fingindo querer me soltar.

E é com um toque adicional de vingança ao tratamento de silêncio de Higor que cedo ao charme de Leonardo. Quando ele busca minha boca com a sua, paro de me fazer de difícil. O beijo é bom, e me permito envolver pelo toque. Mesmo de olhos fechados, sinto a atenção de todos sobre mim, apreciando o momento em que abandono minha persona como Blair Waldorf para abraçar a essência de Serena van der Woodsen. É unanimidade entre os seres pensantes que a Blair é infinitamente mais cativante do que a Serena, mas também é inegável que a tentativa da Blair de se apresentar como uma santinha puritana é tediosa.

Nas festas, escolho a exuberância de ser desejada. Até porque quem ousaria questionar a minha inteligência? Os fatos falam por si só.

Continuo com o Léo por um bom tempo, nossos corpos grudados se movimentando pela pista, até Dani vir me resgatar. É um combinado entre mim e minhas amigas: em eventos sociais, sempre que uma de nós beijar alguém, nós temos a obrigação moral de aparecer em resgate da outra dentro de até uma hora, no caso de garotos, e de uma hora e meia, no caso de garotas.

— Achei que não viria — sussurro enquanto nego sua oferta silenciosa de um copo com caipirinha. Uma coisa é ser vista beijando pessoas e sendo desejada; outra é ser vista bêbada passando vergonha.

— Ainda tinha dez minutos, guria! Vim cedo — ela brinca. Em seguida, sorve um gole da caipirinha que recusei e faz uma pose altiva, empinando o nariz pontudo. — E vim por um bom motivo. Tem alguém querendo te ver.

Dani aponta para a entrada. Curiosa, acompanho o movimento com o olhar. E sorrio, pois, entre as colunas coríntias, uma deusa grega, não, melhor, uma deusa libanesa sorri para mim.

— Shadia! — Disparo até minha prima mais querida e a abraço teatralmente. — Achei que estivesse em Beirute!

— Achou mesmo que eu perderia sua festa de dezoito anos, *qalbi*?

Shadia se afasta o suficiente para me encarar com seus olhos grandes e castanhos. Ela está linda com o *hijab* azul-cobalto que emoldura o rosto redondo e simétrico e se destaca na sua tez mais clara que a minha. Já a túnica em tom de creme desliza com graciosidade pelo corpo gordo, cheio de curvas. Eu lhe ofereço meu melhor sorriso, mas paro ao identificar algo extrínseco a ela. Embora minha prima me observe com carinho, identifico uma sombra em seu olhar que há algum tempo não notava. Somente agora percebo a minha ingenuidade; é evidente que não conseguiria detectar essa tristeza, já que nos comunicamos apenas por meio de fotos ou videochamadas, e minha prima sempre foi uma excelente atriz.

— Por que só chegou agora? Abu Shadia estava aqui mais cedo… — Minha prima solta meus ombros com o olhar cabisbaixo ao ouvir sobre o pai. Meu tio mantém uma forte ligação com a cultura libanesa e entre os árabes é comum se referir a alguém como "pai (Abu) de seu primogênito (Shadia)".

É por causa dela, inclusive, que me refiro ao meu pai como *baba*. De tanto copiá-la quando criança, a alcunha pegou e, no fundo, acredito que meu pai gosta dessa pequena referência à própria infância, por mais que insista em afirmar que prefere se manter longe da cultura libanesa. Bom, ele nunca me censurou nesse sentido pelo menos.

— Às vezes queria que você prestasse menos atenção nos detalhes — resmunga, um sorriso triste se formando. — Briguei com meus pais, óbvio.

— Por quê? E, aliás, quando você chegou?

— Ontem à noite, mas pedi pra *mama* e pro *baba* não estragarem minha surpresa pra você. — Shadia para de falar, e a encaro com severidade. Ela apenas dá de ombros. — Brigamos pelo motivo de sempre… Eu tentando romper o ciclo de traumas geracionais e tal. Já deve ter ouvido falar. O termo tá na moda nas redes sociais.

Reviro os olhos. Certo. O mesmo motivo de sempre.

Shadia deveria reduzir seu tempo de tela. Não tem nada de errado com os seus pais; pelo contrário, sempre foram uma família unida, muito semelhante à minha. A principal diferença é que meu tio Osmar criou minhas primas com fortes traços da cultura libanesa, já que meu avô nasceu em Beirute. *Baba*, por outro lado, mostrou pouco interesse nisso, principalmente devido ao *bullying* que sofreu por ser filho de árabe no Brasil.

Ao ver Shadia feliz com seu *hijab*, fico me perguntando se algum dia terei interesse em conhecer mais sobre essa parte da família. O amor dela pelo Líbano, de onde não quer mais sair, é inspirador. Tudo bem, não posso negar a forte influência que minha prima sempre teve sobre mim, apesar da diferença de quase cinco anos entre a gente.

Limpo a garganta, pronta para repreendê-la sobre a briga, mas ela ergue um dedo e toca meu nariz adunco, gêmeo do dela.

— Um dia você ainda vai entender, *amari*. — Suspira. — Talvez tenha sido mais fácil pra mim por ser a mais velha entre quatro irmãs, mas tenho certeza de que você vai perceber que a gente ainda pode amar nossos pais e não concordar com tudo que eles fazem. Que eles podem ter milhares de acertos, mas dezenas de erros também.

— O que foi dessa vez?

Shadia balança a cabeça como se não quisesse tocar no assunto. Um instante depois, porém, ela dispara:

— Quando a gente vai pra faculdade, percebe muita coisa por conta própria. Paramos de repetir as ideias de nossos pais e começamos a cultivar as nossas. Há tantos problemas na Sociedade, *qalbi*. Ela não é tão meritocrática quanto nos fazem acreditar ser... — Minha prima para de súbito, acho que por perceber meu olhar de incredulidade diante de suas palavras. Sério mesmo? — Mas não vamos falar sobre isso hoje. Hoje é dia de comemorar!

— Isso, por favor! — Agora que minha prima favorita está há quatro anos cursando Artes Cênicas na Artanum de Beirute, tudo que quero é aproveitar nosso tempo juntas sem ouvi-la se ressentir da própria família. Por isso, mudo de assunto. — Vai ficar até quando?

— Aqui em Paraty, só até terça. Preciso passar em São Paulo para participar de um congresso antes de voltar pro Líbano.

— Então vamos aproveitar!

— Mas é claro! Inclusive, parabéns, Clarissa!

Ela me abraça forte e distribui beijos animados nas minhas bochechas. Em seguida, abre seu sorriso mais travesso e me arrasta em direção à pista de dança, onde Dani, Pri e Anna Carolina já estão. Minhas amigas também são fãs da Shadia, o que faz com que as brincadeiras e fofocas comecem instantaneamente. Em algum momento, cansamos de dançar as músicas pop internacionais e migramos para a área de jogos alcoólicos, onde a maioria dos rapazes está, incluindo Higor. Decido tornar minha presença evidente, provocando comentários. Se alguém deve se sentir desconfortável aqui, que seja o traidor. Funciona, pois ele se afasta com alguns amigos.

— Já são quase meia noite e não teve nenhum jogo de *verdade ou consequência* ou *eu nunca* — Pri comenta com um *moscow mule* em mãos. — Hora de começar, né?

— Isso nunca dá certo — observa Anna Carolina, mas pelo sorriso, sei que não é uma objeção de verdade.

— Eu topo! — Dani grita, já altinha.

Não demora para um grupo se formar e depois de valorizar em cima da minha participação, eu entro no jogo. Shadia hesita por mais tempo, mas eu a convenço com um biquinho e uma dose de por favorzinhos. A maioria vota por *verdade ou consequência*, então logo uma *long neck* vazia começa a girar no centro do grupo formado por umas quinze pessoas.

— E já começa com Shadia e Léo! — grita Priscila quando a garrafa para de rodar. — O que vai ser, Shadia?

— Verdade.

— Ah, que sem graça! — reclama o garoto, rindo. — Você já não tá bebendo e começa com a opção segura?

— É a vez de quem escolher aqui, Melnik? Eu ou você? — minha prima brinca, sem perder a compostura.

— A Shadia é muçulmana, Léo — explica (o óbvio) a Pri. — Ela não bebe pra se proteger de situações de vulnerabilidade.

— E também outras pessoas, porque quando estamos entorpecidos, podemos cometer atos imprudentes — complementa Shadia, o semblante sério. — É meu dever honrar o Islã sendo a melhor versão de mim mesma.

— Que cafona! — ele zomba, e minhas sobrancelhas se arregalam instantaneamente diante da grosseria gratuita.

— Pelo menos não vou acordar com ressaca amanhã. — Shadia desconversa com um sorriso e uma piscadela.

Léo abre a boca para rebater, mas eu o encaro com tanta rudeza, que ele desiste de bancar o babaca. Ajuda o fato de os presentes conhecerem bem a minha prima e não esboçarem vontade alguma de caçoar da decisão dela.

— E dá, sim, pra se divertir sem álcool! — Como se para provar seu ponto, Shadia respira fundo e dispara: — Desafio, então!

Mesmo sem beber por motivos religiosos (mais nobres que os meus, confesso), ela sempre foi a rainha das festas, confiante e decidida. Não à toa, é a responsável por me fazer abandonar a persona Blair em eventos sociais descontraídos e por me convencer, para início de conversa, a assistir a *Gossip Girl* e *Elite*, com o argumento de que, se ninguém soubesse que as assistíamos, não haveria por que nos julgarem.

A verdade é que desde a adolescência, Shadia é autêntica e não se preocupa com as opiniões da família, amigos ou escola. Mesmo ao optar por usar o *hijab*, enfrentando os estigmas associados aos muçulmanos, soube lidar com a situação de maneira tão leve que inspirou outras jovens religiosas a adotarem o traje no colégio. Ela também foi a responsável por me fazer refletir sobre o que chama de "ditadura da magreza".

Desde então, tento me policiar para não comentar sobre o corpo alheio – o que é bem difícil, confesso.

— Acho que a Clarissa quer te beijar. Olha como ela tá te encarando — zomba Marcel.

— Que nojo! — repudiamos ao mesmo tempo. Shadia completa: — A gente é prima, quase irmãs. Isso nunca vai acontecer, nem adianta ir por esse caminho.

— Tudo bem — diz Léo, com um sorriso sarcástico no rosto. — Então te desafio a beijar a Dani.

— Não, eu sou hétero!

Léo revira os olhos.

— A Pri então.

— *Ya Ilaahi*! Se querem tanto me beijar, sugiro ir até minha casa pedir pela minha mão, hein! — Shadia ri, mas se levanta e se ajoelha na frente da Priscila, que a encara um pouco confusa. Todo mundo sabe que minha prima não terá relações carnais com alguém antes de se casar. — Mas eu beijo a Pri, sem problemas. — Então, ela toma a mão esquerda da minha amiga e lá deposita um beijo.

— Isso não vale — protesta Marcel, gesticulando à beça.

— O Léo não especificou onde seria o beijo, então valeu sim — rebato, rindo, e as meninas concordam comigo. Menos a Dani, mas ela não conta. Pelo jeito que pronuncia as palavras, avaliei errado seu estado antes: ela está *muito* bêbada.

— Próximo — ordena Shadia ao retornar ao seu lugar, esboçando um sorriso presunçoso.

Dani gira a *long neck*.

— Marcel pergunta pra Anna Carolina.

— Verdade — Anna diz imediatamente.

O garoto nem hesita ao perguntar:

— Você beijaria a Clarissa?

Arqueio a sobrancelha.

— Mas de novo isso? — Meus braços se cruzam de imediato. — Que fetiche chato que os garotos têm de ver mulher se pegando!

— Que tipo de pergunta é essa, véi? — Anna diz por cima de mim e franze o cenho, inconformada. — Eu já beijei a Clarissa. E, mesmo se eu fosse hétero, eu a beijaria.

Uma vozinha sussurra na minha mente que talvez Marcel também queira me beijar. Então, os meninos começam um coro pedindo por uma demonstração, mas Anna os interrompe.

— Tão abestalhados, é? E euzinha vou ficar fazendo show pra macho se excitar? Jamais!

Eu rio. O beijo da Anna é bom. Quem sabe a gente poderia relembrá-lo depois, mas agora não é mesmo o melhor momento.

— Próximo — digo, já girando a garrafa, sobre o som de vaias e alguns xingamentos por parte da Anna.

A vez é da Débora perguntar para o Marcel e seus olhos extremamente azuis. O garoto tem fama de *bad boy* e não à toa faz bastante sucesso entre as meninas, até mais que Higor. Por ser tão bonito, nunca chamou muito a minha atenção.

Ele escolhe verdade, e algumas reclamações começam, lideradas pelo Léo.

— Qual foi o maior segredo que você descobriu com sua família? — dispara Débora.

O pessoal se empolga. Enfim, uma boa pergunta, considerando que a tia de Marcel é casada com um dos legistas do Instituto Médico Legal (IML) das Ilhas Submersas e um de seus primos é delegado em Paraty. O garoto costuma compartilhar fofocas exclusivas sobre mortes e outras atrocidades de famílias influentes dentro da Sociedade, mas nos últimos meses, não trouxe nada de novo.

— Uma ótima pergunta, Débora — ele começa, passando a mão branca pelo cabelo escuro —, pois soube de algo hoje de manhã!

Os sussurros de interesse ganham intensidade, e eu mesma me inclino para frente.

— Desembucha, garoto! — implora Priscila.

— Ok, ok! Se liga só. — Marcel levanta a mão em sinal de rendição. É evidente que está adorando a atenção, pois parece um galo de briga com o peito estufado em uma blusa apertada. — Há boatos de que a Pérola não morreu por acidente.

— Quê? Como assim? — Shadia grita ao meu lado, e as expressões de surpresa se intensificam. — Foi assassinada?

— Cara, não sei os detalhes, mas essa hipótese surgiu — ele diz como se essa informação fosse irrelevante.

Só que significa *tudo*.

Não consigo reunir coragem para buscar apoio nos olhos de Dani e Pri. A simples ideia me faz sentir náuseas. Estou presa em uma montanha-russa, mesmo sem ter ingerido uma gota de álcool. A respiração fica cada vez mais difícil e, de repente, o salão parece opressivamente pequeno.

Não era para isso estar acontecendo.

Não, não, não, não, não!

Eu me esforcei tanto para manter os pensamentos sobre Pérola longe... Só por hoje, pelo menos. E, não! Eu não fiz nada. Eu não alterei a bebida dela. Foi um erro da cozinha, que resultou, inclusive, na demissão de alguns funcionários. O pai da Dani não disse que ninguém suspeitava de nada premeditado, que foi confirmado ser apenas um acidente? Se investigarem... chegarão até mim?

Será que eu troquei a opção de bebida da diretora sem querer?

E se foi sem querer, ainda é assassinato? Acho que sim, mesmo que seja culposo.

Engulo em seco, ignorando a tortura com a qual minha mente se autoflagela ao produzir cenas que nunca aconteceram como se fossem memórias verídicas.

— Quem faria mal à Pérola? Ela era bem respeitada e querida — pondera Léo.

Algumas risadinhas contradizem a percepção do garoto. É quando me lembro de que ele foi uma promessa no Artolestro. Mas tudo bem, pois agora está na faculdade e essa vergonha, enterrada.

De todo modo, não o encaro, receosa de que minha compleição me denuncie.

Preciso sair daqui.

— Que viagem — comenta Anna Carolina, seu rosto se movendo de um lado para o outro.

Eu matei Pérola Santoro.

Eu sou uma assassina.

Vou passar vergonha e ainda ser presa no meu aniversário de dezoito anos.

Uma ânsia de vômito me atinge.

A comida fica presa na minha garganta, e meu corpo se retesa. Tento me levantar, mas uma mão me segura. Ao erguer o queixo para identificar quem me deteve, me deparo com a expressão severa de Priscila, que balança a cabeça de forma sutil.

— Fica calma — ela sibila, sem quase mover a boca. Com a música alta, é improvável que tenham escutado.

Assinto. Tento respirar.

Que droga, Clarissa. Você é a que mantém a compostura no grupo. Não é uma descontrolada. Só respira, pelo amor de Deus!

— Será que é um daqueles casos sórdidos em que o marido mata a esposa por tê-la pegado, sei lá, o traindo com outro? — alguém sugere, mas não identifico quem.

— Mais respeito com os mortos, por favor.

— Mas bem que poderia ser, hein...

— Já sei! E se ela...

A conversa prossegue sem que eu me intrometa. Hipóteses são sugeridas, perguntas surgem e conjecturas são apresentadas como fatos por alguns minutos – tudo dito, é claro, com o tom de deboche que o assunto merece em uma festa repleta de adolescentes e adultos que parecem adolescentes quando bebem.

Tento não pensar no vômito preso na garganta para não vacilar e finjo não sentir a dor que começa a batucar no peito. O assunto continua até que Pri, mantendo a mão sobre a minha, decide que é hora de seguir em frente.

— César pergunta pra Clarissa — ela anuncia quando a garrafa para. Algumas pessoas protestam, querendo tirar mais informações de Marcel sobre o boato.

— Desafio — digo, atraindo a atenção para mim.

Minha escolha é festejada. Ótimo.

— Duvido você cantar *Evidências*. Agora — César instiga com um risinho, que evidencia o quanto suas bochechas brancas estão bem rosadas por causa do álcool.

— Esse é o seu melhor? — provoco, aliviada que o assunto "nossa diretora foi assassinada" foi deixado para trás.

— Tô pegando leve porque você é a aniversariante.

Eu me preparo para valorizar o espetáculo, tentando disfarçar a ansiedade. Para o azar de César, eu não odeio tanto essa música, pois Shadia costumava nos fazer cantar às escondidas em seu quarto quando éramos crianças. Então, não é surpresa alguma minha prima se levantar antes de mim e me puxar para cima.

— Vamos, *qalbi!*

Eu me ergo no automático e, num piscar de olhos, Shadia já está balançando de um lado para o outro enquanto entoa:

— *Quando eu digo que deixei de te amar é porque eu te amo...*

Entro no próximo verso. O tom da minha prima é, sem dúvidas, superior ao meu, mas não sou um completo fracasso como cantora. Meus amigos alternam entre rir da cena e cantar com a gente. Mentalmente, agradeço à Dani pela ideia genial de proibir a entrada de celulares na festa. Sem celulares, não há *evidências* desse momento embaraçoso.

— *Eu me afasto e me defendo de você, mas depois me entrego* — canto, já sentindo a ansiedade esvaziar do meu peito. Quando chega ao refrão, me deixo levar pelo riso frouxo de Shadia, performando a letra com caras e bocas dignas de um Óscar. — *E nessa loucura de dizer que não te quero, vou negando as aparências, disfarçando as evidências...*

Agora, todo mundo próximo canta com a gente, o que é lindo e vergonhoso ao mesmo tempo. Pessoas por toda parte nos apontam e soltam gritinhos de apoio. Em meio à agitação dos últimos dias, percebo meu coração se acalmar um pouco, ainda mais quando flagro Higor me observando de longe pela primeira vez esta noite. Não decifro sua expressão, mas uma onda de orgulho sobe pela minha espinha. Sabia que ele não teria me esquecido.

Ainda sou a rainha do Artolestro.

Aplausos calorosos nos recebem assim que terminamos a performance. Shadia segura minha mão, e juntas fazemos uma mesura para a nossa plateia animada. Quando nos sentamos, a atmosfera já está leve de novo. Respiro fundo, confiante de que se manterá assim até o final.

Nada vai estragar minha festa de dezoito anos, repito como um mantra.

— Agora a Estér pergunta pra Dani — avisa César depois de girar a garrafa.

— Verdade.

Estér pensa por um tempo antes de disparar:

— É verdade que você, Clarissa e Priscila gostam de artes de aspirantes no *off*?

Eu e Priscila rimos de deboche.

— Claro — ironizo.

— Verdade — solta Dani por cima de mim, rindo alto. — A gente ama *Gossip Girl* e escutamos Taylor Swift às escondidas.

Tenho certeza de que o sangue parou de circular pelo meu corpo, pois estou gelada.

— A gata tá louca — Priscila rebate, um pouco irritada. — E bêbada.

— Dani está falando besteira — digo sem me exaltar. Se eu demonstrar que estou abalada, já era. Nenhum artista sério do Artolestro é visto *gostando* de pseudoartes. Minha carreira estará acabada antes mesmo de começar.

E eu nem gosto de verdade dessas coisas, uso apenas para estudo.

— Por essa não esperava — Léo debocha.

— Oxe, mas a Taylor Swift estudou no Artolestro dos Estados Unidos, não estudou? — Anna Carolina pondera.

— Eis a grande dúvida. — Shadia dá de ombros. — Boatos dizem que sim, *haters* dizem que não. Só vamos ter a confirmação depois que ela morrer.

Um dos debates mais acirrados atualmente é se a Taylor Swift é ou não uma de nós. Sempre peço para o *baba* descobrir ao conversar com a presidente da Academia das Artes Nacionais dos Estados Unidos, mas ele explica que fez um juramento que o impede de revelar informações como esta. Se a Taylor fosse uma artista brasileira contemporânea ou muito ativa na política da Sociedade, a informação vazaria mais facilmente para a gente, já que muitos amigos e familiares teriam estudado com a personalidade ou a visto no "Pure Arts", nosso jornal exclusivo, que vez ou outra confirma uma identidade aqui e acolá. Todo mundo sabe, por exemplo, que a Anitta frequentou a escola como promessa.

— Amo como você diz isso de um jeito tão casual que nem parece macabro estarmos falando da morte de uma pessoa — debocha César, e eu concordo com ele.

— Eu gosto dela — Dani afirma, as palavras saindo um pouco emboladas devido ao álcool. Não tenho dúvidas de que deve estar com um bafo horrível.

— Eu gosto de *estudar* as músicas delas — Priscila corrobora e entendo o que ela quer fazer. Melhor manter a conversa na Taylor Swift, que pode ou não ser uma de nós, do que falar de séries como *Gossip Girl*, que são massacradas na Sociedade, ou boatos sobre assassinatos de diretoras. — Mas aposto que a Beyoncé é uma das nossas.

— Aposto que as duas são da Sociedade mesmo — Anna continua, entretida por um de seus assuntos favoritos. — Vocês sabem como os homens sempre tentam menosprezar as mulheres.

Concordo com a cabeça e corroboro:

— Eles cansam de abrir a boca pra falar que vários aspirantes homens são artistas de verdade e depois ficam com a cara no chão. A mesma coisa acontece com as artistas mulheres: são taxadas de aspirantes e sempre é uma surpresa quando a verdade vem à tona.

Alguns meninos se defendem do ponto levantado por mim e Anna Carolina, dando início a um debate. Minha amiga começa a argumentar citando o filme da Barbie, de Greta Gerwig – diretora que minha mãe já deixou escapar que é da Sociedade, mas eu não estou autorizada a espalhar essa informação.

A regra é clara: portentos e promessas, sejam estudantes ou profissionais já formados, são proibidos de confirmar que fazem parte da Sociedade. Postar nas redes sociais sobre a gente? Nem pensar. Andar fora das ilhas submersas e conversar com pessoas ordinárias usando o uniforme da escola sem o colar artístico que distorce a realidade das pessoas em volta? Passível de suspensão no Artolestro e multa, se o infrator for maior de idade. Afinal, se formos bons realmente, não tem por que dar carteirada em cima dos outros. Nosso sucesso é inevitável.

Pétala diz que a Sociedade é como a Coreia do Norte: todo mundo sabe que existe, mas só sabemos sobre seu funcionamento a partir das informações liberadas pelo governo. É claro que boatos vivem pipocando por aí, tanto entre artistas quanto entre pessoas ordinárias. Vira e mexe, por exemplo, jornalistas ordinários levantam a hipótese de que meus pais fazem parte da Sociedade. Embora seja meio óbvio que sim, a confirmação oficial só sairá depois que eles morrerem.

De todo modo, meu coração desacelera, satisfeito com o rumo da conversa. Pelo menos, não vai ser hoje que vou matar Dani por dizer o que não deve. Ou, melhor, por mentir. Se ela gosta mesmo de artes de aspirantes, que fale por si só. Não vou permitir que envolva meu nome nisso.

Se ela já me considera uma megera, serei a própria mãe de todos os monstros, Equidna, assim que ficarmos a sós.

Depois de refutar alguns argumentos idiotas de Léo e César, aproveito a pausa do jogo para me levantar. Anuncio que preciso ir ao toalete quando me perguntam aonde vou e parto sem intenção de voltar. Fico, então, zanzando pelo salão de grupo em grupo.

Fiz dezoito anos. A festa é um sucesso.

Então, por que diabos não consigo relaxar?

Os pensamentos acelerados ganham força na raiva latente dentro do meu peito. Sinto raiva do Marcel por ter contado sobre a possibilidade de assassinato da diretora Pérola. Sinto raiva da Dani por quase arranhar a reputação que venho construindo milimetricamente desde o meu nascimento. E, recostada sobre a parede próxima ao toalete, até mesmo sinto um certo ressentimento por Shadia estar se divertindo tanto, enquanto eu fico remoendo as tragédias da minha vida. Eu deveria desabafar com ela?

É neste momento que perco o controle do meu estômago.

Eu me jogo contra a porta até alcançar o sanitário mais próximo. Lá, vomito não apenas a comida da festa, mas também a de todo o dia. Por sorte, o meu cabelo e minhas roupas saem ilesos do incidente. Agradeço ao meu nervoso de sentir a boca suja, pois só por isso carrego minha escova de dentes e a pasta na bolsa. Elimino a evidência do meu pequeno descontrole com rapidez, antes que alguém entre aqui.

Eu sou uma assassina.

— Merda! — Bato com a mão na bancada, tentando afastar o pensamento intrusivo. — Sou Clarissa Bragança Labaki — afirmo, fixando com intensidade a mulher poderosa vestida com uma peça única e dramática da Valentino, em preto. Meu delineado está impecável, e meu cabelo não tem um *frizz* sequer. — E, sinceramente, quem se importa se eu sou uma assassina? Eu sou a rainha do Artolestro.

CAPÍTULO 10

— Eu te amo, Shadia!

Meus braços repousam nos ombros da minha prima enquanto dançamos uma música da Anitta. Ou tentamos, pois a tarefa se revela mais complicada do que eu imaginaria. Algo me diz que o desafio tem a ver com o fato de a minha cabeça girar tanto a ponto de eu não saber como estou de pé. Imagino que meu pai consideraria uma afronta tocar funk no Salão Neoclássico. Da mesma forma que acontece com o samba, persiste um debate acalorado sobre se esses movimentos artísticos são legítimos ou se destinam apenas a aspirantes.

Shadia sussurra no meu ouvido que Léo não desvia o olhar de mim. Já o beijei hoje, certo? Talvez seja prudente manter certa distância enquanto danço. Meu Deus! Está tocando funk no Salão Neoclássico. O quanto isso é desrespeitoso? Se bem que tem um professor no Artolestro que lidera uma campanha pela legitimação do samba, funk e outros gêneros brasileiros marginalizados como formas de Arte... Como é mesmo o nome dele?

O mundo gira e gira e gira e gira.

Certo, talvez tenha sido um erro aceitar o último copo de caipirinha que a Dani me ofereceu. Foi o segundo? O quinto? Comecei a beber depois de cantarem o "Parabéns" para mim em frente ao *tower cake* mais lindo que alguém já viu, todo em preto e prateado. Aquilo foi há cinco minutos. Ou sessenta. Ah! Quem se importa? Talvez eu devesse me importar. Algo me diz que me abster de tomar álcool não contribuiu para que eu criasse resistência agora que decidi tomar mais de um copo...

Por que sempre relutei em beber socialmente? É *tão* divertido! Sinto, não, tenho certeza de que poderia conquistar o mundo neste exato momento. E as pessoas ficam muito mais legais assim, não ficam? Talvez eu até suportasse a Pétala e a Antonella hoje. Qual o motivo delas não estão aqui mesmo? Ah, é. A Dani e a Pri não as convidaram. Isso significa que eu também não? Provavelmente. Ih, acho que elas devem estar putas. Eu rio sem saber o motivo da graça.

Dançar como se não houvesse amanhã é tão legal! E Dani, Pri e Anna Carolina estão se divertindo tanto. Como eu amo minhas amigas! Pena que elas não me amam tanto, porque sou uma megera. Será que sou mesmo tão ruim? Cadê a Shadia? Será que ela foi ao toalete? Ou já foi embora? Não lembro... Mas ela me ama, tenho certeza!

Pri me pergunta a razão de eu ter parado de dançar, e não tenho uma resposta. Então volto a rebolar, a descer até o chão, e a fazer… Como chamam mesmo? Ah! O quadradinho de oito.

E daí que sou uma assassina? Pelo menos sou uma assassina gostosa!

Dani some em algum momento e volta com dois copos de caipirinha na mão. Ela me oferece um deles, o qual levo até os lábios.

Mas, por algum motivo, não sinto o gosto de vodka com morango ao abrir a boca.

— Ei! — reclamo quando encontro Higor segurando o meu copo. Cadê a Dani? Ah, já está ali rebolando com a Priscila. — Isso é meu.

— Clarissa, tá na hora de parar.

O semblante dele está bastante sério. Imito sua expressão por três segundos antes de cair na gargalhada. Ele fica bem bonitinho quando parece que vai dar bronca em uma criança.

— Eu decido quando é hora de parar.

Higor balança a cabeça e afasta o braço quando tento alcançar o copo.

— As pessoas já tão comentando. Você vai se arrepender disso amanhã. Eu te conheço.

Essa demonstração exagerada de preocupação não combina em nada com ele.

— Me devolve, Higor — ordeno com minha melhor expressão de megera.

— Não.

— Não estou brincando.

— Nem eu. — Agarro o cotovelo dele, estendido acima da cabeça, mas ele recua um passo. — Tá passando vergonha, Clarissa.

Cruzo os braços, em desafio. Anna grita, atrás de mim, para eu voltar para a pista.

Sei que deveria atender ao pedido da minha amiga, deixar o copo com o Higor, pegar outro, aproveitar a *minha* festa e esquecer dos meus problemas, mas não faço nada disso. Sem que consiga controlar, uma enxurrada de lágrimas escorre pelas minhas bochechas. Do nada. Tento esconder meu rosto com as mãos. Nesse momento, Higor me abraça e, de alguma forma, surge um pensamento aleatório: ele está tentando me proteger, ocultando meu momento de fragilidade, sabendo que é o que eu faria se não estivesse embriagada.

Puta que pariu! Eu estou *bêbada*!

— Calma, Clarissa — ele sussurra no meu ouvido. — Não sei o que houve, mas tô aqui.

— Não era pra nada disso estar acontecendo — desabafo em um fio de voz, segurando um soluço. — Não planejei nada disso…

O afastamento de Pétala por causa de Antonella, o grupo do Artovócia, o acidente com Pérola e, agora, essa vergonha na minha festa de dezoito anos. Por que tudo teve que sair do meu controle desse jeito e ao mesmo tempo?

— Vem, vou te levar em um lugar pra você se acalmar.

Não sei por que, mas meus pés apenas acompanham os dele em direção à imponente entrada do Salão Neoclássico. Algumas pessoas falam com a gente, mas não compreendo nada, embora Higor responda à maioria com sorrisos. Ele sempre foi assim: educado. Mesmo depois de ter ascendido socialmente e aprendido a usar a arrogância como moeda de troca para a popularidade, seu lado empático prevaleceu.

Espera. Esse cheiro… É maconha? Quem está se drogando na minha festa?

Paro, procurando pelo delinquente, mas Higor me empurra com delicadeza, me conduzindo em direção à saída. Hum, o perfume dele é tão cheiroso! É o mesmo há anos. Enquanto caminhamos pela Academia das Artes Nacionais, me lembro da primeira vez que conversei de verdade com Higor Otsu. Ele ainda estava preso na sua versão digna de pena. Tínhamos dez anos e estávamos na aula de Geografia, do professor Ivys Soares. Eu gostava dele por ser bem compreensivo com os alunos. Contudo, naquele dia, devia estar frustrado com algo, pois sua análise da situação foi equivocada e um tanto insensível.

Durante uma dinâmica baseada em um texto cujo tema não me recordo, o professor pedia a alunos aleatórios que continuassem a leitura em voz alta. Em determinado momento, Higor foi chamado para ser o próximo, mas ele negou com um simples balançar de cabeça. Enquanto o Professor Ivys interpretou uma afronta à sua autoridade, percebi nos olhos castanhos de Higor a verdade: seu gesto e as expressões em seu rosto não denotavam desinteresse ou desacato, mas a timidez de um garoto aterrorizado com a ideia de ser o centro das atenções. Era patético e eu senti muita pena quando o professor o pressionou:

— Higor, eu não estou pedindo. Estou mandando.

A expressão de medo por se expor mudou em frações de segundos para surpresa e, então, vergonha. Ele baixou o olhar por um tempo antes de voltar a fitar Ivys, dessa vez visivelmente magoado. Eu sabia que o idiota não explicaria a situação, apenas se manteria em silêncio; por isso, falei alto:

— Eu posso ir, professor.

Ivys permitiu e, em seguida, deu outro sermão sobre como Higor poderia me ter como fonte de inspiração. Após a leitura do trecho solicitado e a vez passar para Antonella, flagrei o garoto me observando. Sem emitir som, ele me agradeceu. A partir desse dia, passamos a nos falar e uma amizade inusitada floresceu. Afinal, naquela época, ele não era popular, mas eu já era a rainha. Então, com o tempo, eu o ajudei a desabrochar sua versão melhorada, fazendo com que se tornasse o Higor Otsu seguro, cobiçado e, por vezes, maldoso de hoje.

— Pra onde estamos indo? — pergunto ao perceber que já caminhamos uns bons minutos desde que saímos da Academia, na ilha principal da Sociedade. Ao nosso redor, o azul do oceano iluminado por dezenas de postes nos engole, me fazendo parecer pequena demais.

Não gosto da sensação.

— Vamos pra Paraty — ele anuncia, sem parar de andar.

Mas eu paro.

— Por quê?

— Porque é seu aniversário, você tá bêbada, suas amigas tão bêbadas e eu não posso te levar pra sua casa, muito menos pra minha.

— Não estou...

— Clarissa, sua voz tá toda embolada e você não consegue andar em linha reta. Seus pais vão te matar — ele constata, sério, e coloca as mãos sobre meus ombros.

Queria protestar, mas desde que entendi estar bêbada de verdade, já tinha consciência de que voltar para casa não seria uma boa ideia.

— Mas por que subir pra Paraty? — pressiono, ansiedade inflando no meu peito.

Para chegar à cidade, precisamos entrar em submersíveis e escunas – tudo que mais detesto. Ele abre um sorriso charmoso diante da minha expressão de puro pânico.

— É seu aniversário. E eu ainda não te dei um presente.

— E não pode me dar um presente aqui nas ilhas submersas? — Ergo uma sobrancelha.

— Não. Meu, para de ser chata, você vai gostar. Prometo.

Em vez de protestar, respiro fundo e o acompanho. Talvez essa seja a coragem inconsequente que tanto se afirma que aflora nos embriagados. Espero que a premissa sobre Deus proteger os bêbados também seja verdadeira.

Chegamos à estação dos submersíveis após cruzar com poucas pessoas ao longo do caminho, pelo menos que eu tenha percebido. Percorrer a ilha principal da Sociedade à noite e bêbada certamente é uma experiência única. As cores parecem mais vívidas, e as construções, uma mescla de estilos modernos e clássicos, adquirem formas singulares que se avolumam sobre mim devido à leve vertigem que me envolve. O cheiro ambiente é artificial e não combina muito com os tons pesados dos prédios e monumentos artísticos espalhados por todos os cantos; é leve, verde e refrescante.

Pelo menos, a vontade de vomitar não voltou. Ainda.

Um senhor nos cumprimenta atrás de um balcão e Higor compra duas passagens para Paraty. O próximo submersível partirá em menos de dez minutos, então embarcamos e nos acomodamos nos assentos amplos e confortáveis, dispostos como nos vagões de metrô. Minha lombar agradece quando me sento no estofado de couro e aprecio a suave iluminação ambiente. Neste horário, não tem mais ninguém a bordo.

— Toma. — Higor estende a mão. Demoro alguns segundos para captar o significado da esfera marrom-escura repousada na palma dele.

— Obrigada. — Pego o brigadeiro e o enfio na boca de uma vez. Delicioso.

— Tem mais se quiser. Coloquei alguns na *case* da câmera.

— Beleza.

Por que Higor está sendo tão legal comigo? Ele não estava com raiva de mim?

O teto transparente do submersível, fabricado com materiais avançados e capazes de resistir à pressão, proporciona uma visão panorâmica do oceano. Então, à medida que a embarcação se desloca, é como se eu estivesse presa em um aquário. Não há para onde fugir. Minha respiração se torna ofegante e, imediatamente, Higor segura minha mão com carinho, murmurando palavras com a clara intenção de me acalmar.

Como odeio fazer essas viagens.

— Foca em ler sobre a vida marinha. — Ele aponta para uma tela de alta definição embutida na parede à nossa frente. Conhecendo minha propensão a enjoos, decido evitar leituras para não arruinar ainda mais o dia com novas situações constrangedoras. Em vez disso, foco na trilha sonora calma que envolve o ambiente.

— Ei, cadê meu celular? — pergunto de supetão.

— Aqui comigo, Clarissa. Peguei antes de sairmos da Academia. Eu te devolvo depois, tudo bem?

Acho que ele tem medo que eu mande mensagens comprometedoras para alguém. Talvez eu também tenha, pois apenas assinto. Conversamos pouco durante os vinte minutos do trajeto. Lá fora, a vida marinha segue seu curso, alheia à minha potencial crise de ansiedade. Ao chegarmos à estação de baldeação do submersível para a escuna igualmente luxuosa e deserta, sinto meu peito aliviar. É sempre melhor estar sobre o mar do que abaixo dele, a não ser que você esteja envolta pela segurança de uma ilha submersa. Assim, fecho os olhos – afinal, mal consigo enxergar um palmo à frente devido à escuridão – e aproveito o beijo do vento, ficando um pouco irritada por ele desmontar meu *look* impecável.

Ao desembarcamos em Paraty, meu corpo todo descomprime. A estação que Higor escolheu é a do Porto, próxima ao Centro Histórico. Evito pensar que, se subimos, em breve teremos que descer.

O local não está muito agitado, mas sei que se caminharmos um pouco, encontraremos muitas pessoas desfrutando da cidade turística. É o que fazemos. Mesmo bêbada, embora nitidamente menos do que quando saí da minha festa, Paraty é uma gracinha com sua arquitetura que remonta à segunda metade do século XVIII e início do século XIX. As construções compactas da época colonial e as ruas praticamente ortogonais se espalham pela cidade à beira-mar, alinhadas umas às outras. Esse arranjo cria uma massa edificada compacta, conferindo uma monumentalidade notável. Os artistas do Artolestro focados em Espaço e Imagem adoram subir e desenhar por horas a paisagem. Acho que Higor gosta de fotografar por aqui também.

Por mais que pergunte aonde vamos, ele não responde, apenas pede para que eu pose para a câmera fotográfica que carrega com frequência presa ao pescoço. Já fui chamada para ser modelo algumas vezes, então sei posar direitinho. No entanto, a combinação de álcool com salto alto fino e o chão todo de pedras irregulares não favorece em nada o meu equilíbrio. Se minha memória não falha, esse método de pavimentação de Paraty é conhecido como "pé-de-moleque", pois eram os escravizados, durante o período colonial, que assentavam cada pedra, uma a uma.

Mesmo cambaleando, consigo identificar todos os traços da minha alma e do meu estado de espírito quando Higor me mostra as imagens na câmera.

— Você tá triste — ele afirma ao passarmos por uma foto que transborda o sentimento em uma aura cinzenta, a testa franzida. — Por quê?

Desvio o olhar e volto a caminhar. Piso em falso em uma das pedras e quase caio de cara no chão, mas ele me segura com força. Levanto a cabeça e nossas bocas ficam bem perto uma da outra. Então, eu me afasto de seus braços, ajeitando o vestido.

— Se machucou?

— Não, foi só um susto.

Seguimos o nosso percurso trocando provocações de tempos em tempos até chegarmos a um restaurante no coração do Centro Histórico. Embora não seja extravagante, o local é acolhedor com sua iluminação amarelada e um design que evoca o charme mais clichê da Itália.

— Bem-vinda ao *Um Pedacinho de Florença*, meu restaurante favorito — Higor anuncia com um sorriso cheio de dentes.

No dia a dia, este não seria o meu restaurante de escolha. Aceito o convite do garçom para entrar, pois não quero dissipar a expressão genuinamente feliz com a qual Higor me encara. Embora ele mereça, por ter me inserido no grupo mais desagradável do Artovócia, lançado julgamentos terríveis e equivocados sobre minha relação com Pétala e ter me xingado. Mas... Certo, reconheço que também não tenho sido a melhor pessoa com ele.

Um sentimento pouco convencional de vergonha me acompanha até que eu me acomode de frente para Higor em uma mesa para dois, coberta por uma toalha xadrez nas cores branca, verde e vermelha.

Após considerar as sugestões do garçom e algumas risadas com as piadinhas sem graça do meu companheiro, opto por um *paillard* com *fettuccine* fresco ao molho de tomate. Já Higor escolhe uma combinação de raviolis verdes recheados com ricota e brancos recheados com vitela, regados com o autêntico molho de *funghi porcini* italiano.

— Então o restaurante favorito de Higor Hiroshi Otsu é italiano, e não japonês.

— Isso soou meio estereotipado — ele diz com sarcasmo. — Só porque tenho ascendência japonesa só posso gostar de sushi?

Outra onda de constrangimento me atinge, porque ele está certo. Eu não amo todas as receitas portuguesas de minha mãe; aliás, detesto bacalhau. Da mesma forma, não sou fã de todos os pratos típicos libaneses.

— Desculpa. — O pedido escapa dos meus lábios.

— Ora, ora, então Clarissa Labaki é mais educada quando tá bêbada? Quem diria.

— Não começa. — Desvio o rosto, com medo de deixar a impulsividade guiar minhas falas e comportamentos de novo por conta das seis... sete? Caipirinhas que tomei.

— Não, eu agradeço o pedido. Às vezes esqueço que dá pra ser legal com as pessoas, sem precisar ser um completo babaca cem por cento do tempo. A popularidade pira a gente.

Não respondo, porque não sei onde ele quer chegar. Eu amo a popularidade e, se sou babaca com alguém... Bom, com certeza a pessoa mereceu.

— Se gostar daqui, depois eu posso te levar às minhas cantinas favoritas lá na Mooca, em São Paulo. Quem sabe até na Festa de San Gennaro.

O sorriso dele está tão bonito que *quase* me faz suspirar. Por isso prendo a respiração e digo apenas:

— Quem sabe?

— Bem, feliz aniversário. — Ele sorve um gole do refrigerante que pediu sem tirar os olhos dos meus.

— Obrigada — digo, afundando o rosto nas mãos. — Não foi como eu imaginava.

— Ah, relaxa. Foi maravilhoso. O evento do ano — ele diz as últimas palavras imitando a minha forma dramática de me expressar. — Fica tranquila que vai todo mundo comentar sobre ele, meu. Vão adorar a parte que eu sequestrei a aniversariante de uma maneira triunfal, é claro.

Balanço a cabeça de leve em tom de negação, suprimindo um risinho, e assinto. Em seguida, bebo um gole de água. Higor me proibiu de pedir outra caipirinha – na verdade, eu não beberia outro *drink*, só fingi que sim pois queria provocá-lo. Ele fica bonitinho todo preocupado.

Diante do início de um silêncio constrangedor, disparo:

— Por que me trouxe aqui, Higor? Não estamos muito bem, você sabe.

— É, não estamos — concorda, o olhar perdido por um momento antes de fixar em mim com intensidade. — Me desculpa por isso. Você tava certa. Eu te convoquei no Artovócia por mim, não por você. Queria te ter por perto. Acho que entendi errado a nossa relação. — Ele dá de ombros. — Desculpa por isso. E desculpa pelas coisas horríveis que te disse ontem.

Apenas o encaro, processando o que acabei de ouvir.

— Você é uma boa pessoa, Higor.

Considero acrescentar que ele merece alguém melhor do que eu, mas a verdade é: onde ele encontraria alguém assim? De todo modo, Higor seria um bom namorado. Ele é gentil e atencioso, além de ter um futuro promissor e muita ambição.

Sei que também deveria me desculpar pelo jeito que o tratei ontem na escola, mas o pedido trava na minha garganta. Por que é tão mais difícil dizer essa palavra recheada de humildade de forma deliberada? Por mais que tente, ela não desgruda da minha língua, então complemento com outra linha de raciocínio:

— Obrigada por me trazer no seu restaurante favorito e me impedir de passar vergonha na minha festa. Significa muito pra mim.

Ele dá de ombros, sorridente.

— Eu te devia um presente de aniversário. E, também, você faria o mesmo por mim.

Retribuo com um sorriso fraco, pois não tenho certeza se faria.

CAPÍTULO 11

Ilhas Submersas: o sofismo que sustenta a sociedade secreta mais poderosa do mundo

por Raynara Simões - 13/08/2023

Se existe uma sociedade secreta que desperta a curiosidade das pessoas é a Sociedade das Ilhas Submersas. Afinal, nomes renomados da Arte mundial estudaram nas escolas e universidades exclusivas desse grupo seleto e foram membros ativos da organização. Leonardo da Vinci, Machado de Assis, Clarice Lispector, William Shakespeare, Charles Chaplin, Wolfgang Amadeus Mozart, Vincent van Gogh, Frida Kahlo e Elvis Presley são apenas alguns dos gigantes que fazem parte dessa ilustre lista.

Porém, o fascínio pela Sociedade das Ilhas Submersas não se deve apenas aos seus membros. Essa entidade é extremamente fechada, o que abre espaço para muitas especulações e teorias conspiratórias acerca do seu funcionamento. Tudo bem manter-se encoberta pela aura de mistério se esta fosse uma corporação privada financiada por artistas com fins filantrópicos. O problema é que ela possui fins autocentrados e está presente em praticamente todos os países do mundo, a maioria com apoio governamental, a exemplo do Brasil.

Ou seja, apesar de sua reclusão, a Sociedade é extremamente poderosa. Estima-se que pelo menos 70% dos artistas de relevância mundial a integrem. Além disso, acredita-se que seus membros compõem os júris de prêmios importantes, como o Oscar, o Festival de Cannes, o Nobel de Literatura, o Pulitzer e o Grammy.

Logo, se eles ditam o rumo das Artes em nível mundial, não seria democrático prezar por transparência? No entanto, isso não é o que acontece. Os líderes da entidade, cujos nomes nunca são revelados em vida, justificam a manutenção da Sociedade literalmente em águas profundas com argumentos sobre "elevação espiritual", "exclusividade" e "busca pela pureza cultural".

Porém, a verdade está longe de ser tão idílica quanto pintada. Apresentados como virtudes, esses argumentos não são mais que uma fachada para esconder a desigualdade proporcionada por uma elite artística que se fecha em si mesma. Longe de proteger a autenticidade e ajudar na "elevação espiritual", esse isolamento criativo torna-se uma prisão para a imaginação. Os artistas desta sociedade, que se autodenominam os únicos artistas verdadeiros, se retroalimentam, negando-se a enriquecer suas obras com a diversidade das perspectivas externas, consideradas impuras.

Ao que parece, encontraram apenas uma desculpa conveniente para a perpetuação do elitismo que os rege e da manutenção de conhecimentos de forma exclusivista, inacessíveis às vozes que existem para além das ondas que ocultam a organização. Eu me pergunto a quem isso beneficia, já que a Arte, por definição, é transgressora e, por consequência, deveria ser livre, refletir as complexidades do mundo e romper barreiras.

Barreiras, contudo, que não serão facilmente quebradas se dependermos da boa vontade desses líderes artísticos. Há muitos tijolos a serem retirados, a exemplo da segregação deliberada no Instituto

Artolestro de Criação Artística para Portentos e Promessas, escola de ensinos fundamental e médio desta sociedade secreta. Filhos de artistas já pertencentes à sociedade, chamados portentos, têm acesso a oportunidades que são negadas aos talentos naturais externos, identificados na infância, denominados promessas. Fontes afirmam que até mesmo os uniformes dos dois grupos são diferentes, a fim de deixar clara a hierarquia existente entre eles. E não vou nem entrar no mérito da discrepância entre a quantidade de pessoas não-brancas que fazem parte dos portentos, compondo 20% de sua totalidade, enquanto chegam a 60% quando contadas as promessas.

Essa desigualdade diminui um pouco nas Universidades Artanum de Excelência Artística para Portentos e Promessas, pois são convidados a ingressar nelas só aqueles que passam pelo trabalho de conclusão de curso dos Artolestros mundiais. Há quem diga que o processo é mórbido e um tanto cruel, culminando com a morte daqueles que reprovam – no entanto, se você o vence, passa a ter um pingo de prestígio e, assim, ganha o direito de ser respeitado. Vale pontuar que em vista da conhecida devoção da entidade à reputação de seus membros e à excelência absoluta, eu não duvido da existência dessa morte literal.

Dentro dessa lógica, também é importante mencionar os então denominados pela Sociedade como Aspirantes, "artistas ordinários" julgados como medíocres. A exclusão deste grupo é sacramentada, relegando-o a uma posição não de segunda, mas de terceira classe. Quantos talentos não poderiam ter sido lapidados fora das ilhas submersas se o acesso às instituições de ensino da Sociedade fosse permitido a todos aqueles cujo coração bate mais forte ao entrar em contato com as Artes?

Inclusive, muitos estudiosos questionam a veracidade das informações acerca de alguns artistas que, na verdade, jamais teriam pisado em uma ilha submersa.

Dois nomes frequentemente mencionados nesses debates são Vincent van Gogh e Frida Kahlo, cujas habilidades e valor artístico são inquestionáveis, mas há discrepância entre porta-vozes da Sociedade na hora de confirmá-los como membros ou não. Ora, mas se, ao que parece, são tão "ordinários", por que foram usados em tantas campanhas de marketing?

Também é questionado com frequência se nomes como Maya Angelou, Emília Freitas e tantas outras mulheres e pessoas nascidas durante os períodos de escravidão no Brasil e no mundo teriam recebido convites para os Artolestros caso as restrições sociais de suas épocas não existissem. Será que nenhum, *absolutamente nenhum*, indivíduo escravizado possuía a tão exaltada "magia artística"? Ou será que não receberam convites da Sociedade porque o conceito de "pureza" daquela época os excluía? Nesse caso, pode-se dizer que a arte defendida por esta organização é realmente "pura"?

Aliás, o que é essa pureza cultural que tanto buscam?

Ao que tudo indica, não é equivocado afirmar que a sociedade artística mais poderosa que existe falha em produzir Arte "pura", mas se beneficia da disseminação deste conceito em prol da manutenção do *status quo*. Acredito estar na hora de questionar as fundações desse pensamento que restringe a Arte a uma fortaleza retroalimentada por tradições questionáveis enquanto esta deveria ser uma ferramenta política, não de politicagem.

Termino de ler o artigo que *baba* me deu e o encaro, aguardando pelo início do inquérito. Controlo os batimentos cardíacos acelerados, pois imagino o nível de raiva que meu pai deva estar sentindo de Raynara Simões agora.

— Como você refutaria esses argumentos? — ele me pergunta com tanta calma que nem parece que uma das jornalistas mais renomadas do país acabou de tecer críticas pesadas à Sociedade das Ilhas Submersas, o que vem se tornando mais frequente nos últimos anos. Pelo menos, não me lembro de tantos questionamentos quanto ao nosso papel quando eu era criança. Isso sem mencionar o fato de que há pessoas dentro da Sociedade passando informações para ela, visto a acurácia em retratar alguns aspectos da nossa estrutura.

Eu me ajeito no sofá da sala e pigarreio, empostando a voz para responder meu pai bem devagar, assim conseguirei notar sinais de aprovação ou desaprovação em seu rosto. Certo, e também porque meu pensamento está bem lento depois da ressaca de ontem.

— Acredito que a jornalista foi um pouco obtusa ao tecer as críticas. A nossa sociedade desempenha um papel vital na preservação e na promoção da Arte e da cultura. Em vez de criticar superficialmente nossas práticas e valores, ela deveria reconhecer a importância do nosso compromisso com a excelência, a autenticidade e a elevação espiritual.

— Concordo, mas você não traz argumentos, apenas palavras bonitas. Como fazer pessoas como Raynara Simões entender o nosso lado? — ele pressiona. Meu corpo enrijece diante do desafio, então respiro fundo para avaliar bem a situação. Sei que isso é um teste. Com a proximidade da formatura, *baba* fará de tudo para que eu ingresse na melhor Artanum e, se desejar, conquiste vagas dentro da Academia das Artes Nacionais.

As unidades do Brasil, Estados Unidos, França e África do Sul já demonstraram interesse na filha de Mario e Maju Labaki, mas a segunda intenção de *baba* não faz meus olhos brilharem. Traria burocracia demais para minha vida. Só quero poder criar obras de arte em paz. É claro que ainda não contei isso para o meu pai. Imagino que, depois de alguns anos em uma unidade da Artanum fora do Brasil, essa conversa difícil será menos complicada.

De todo modo, esboço um sorriso que deveria ser confiante, mas sei que falho quando o olhar de *baba* se torna severo. Que terrível ter escolhido logo a noite de ontem para ficar bêbada e precisar lidar com uma sabatina hoje. Meu corpo dói como se eu tivesse sido esmagada pela implosão de um submersível, e tenho certeza de que uma bateria de Carnaval está tocando dentro da minha cabeça. Isso sem mencionar a caixa apertada que aprisiona e esmaga meu coração sempre que penso na diretora Pérola.

Também não ajuda nada o celular vibrando nas minhas pernas a cada dez segundos. Desde que acordaram, o que foi pouco depois do meio-dia, Dani, Pri, Shadia e até Anna Carolina têm me mandando mensagens que variam da preocupação à reprimenda por eu ter saído às escondidas da minha festa de aniversário com Higor, sem avisar nenhuma delas, completamente bêbada – este último fato foi parabenizado por Anna, que me considera reprimida demais.

Embora já tenha admitido que fui imprudente e explicado que Higor só tentou me ajudar e nem ao menos pediu um beijo sequer, o sermão continua. Isso sem mencionar a preocupação de Dani e Pri sobre uma potencial investigação acerca da morte de Pérola depois do que Marcel nos contou. Já cansei de dizer a elas que eu não mudei a opção da bebida da diretora, mas a pulguinha nunca saiu de trás das orelhas. E se eu tiver trocado sem perceber, por estar distraída?

— Clarissa? — meu pai insiste diante do meu silêncio.

— Pai... podemos continuar amanhã? Quer dizer, na terça. Amanhã é segunda e as meninas sempre vêm aqui em casa. — Pressiono as têmporas com as duas mãos, em uma tentativa frustrada de diminuir as pontadas.

— Você bebeu ontem, não é? — O semblante dele se fecha. — O que conversamos sobre isso?

Enrijeço.

— Não vou virar um novo Hemingway, *baba*. O estereótipo de escritor boêmio não me atrai em nada. Desculpa — disparo, pois sei que esta é a sua preocupação.

Ele me analisa em silêncio, como se visse minha alma, e eu me encolho de vergonha. Decepcionar o meu pai dói mais em mim do que nele. Tenho certeza.

— Assim espero, Clarissa. Sua reputação é a sua maior moeda de troca. Não se esqueça disso.

— Claro, *baba*. Desculpa.

Ele assente e se levanta, tocando meu rosto com carinho antes de sair.

— Pai, espera. — Ele me encara com preocupação devido ao meu tom de voz. Hesito um pouco antes de continuar, ponderando como formular a pergunta que me tortura. — Você ouviu alguém falar sobre a morte da diretora não ter sido um acidente?

Como presidente da Academia das Artes Nacionais, meu pai deve saber qual é o rumo das investigações, se é que elas realmente estão acontecendo. Diante de seu olhar confuso, já imagino qual vai ser a resposta.

— A morte da Pérola foi um terrível acidente, meu amor. Não pense mais sobre isso, tudo bem?

Assinto, então ele parte em direção ao escritório no andar de cima. Quando a voz de Fairuz atravessa os cômodos, alta, sei que quer ficar sozinho. Ele só a escuta quando irritado, acho que em uma tentativa de se irritar mais, porque, ao contrário da casa de Abu Shadia, a cantora libanesa não é nossa trilha sonora todas as manhãs.

Acompanhada apenas da minha culpa e ressaca, repasso a informação sobre Pérola a Dani e Pri por mensagem.

Minha festa dominou as conversas no Artolestro durante toda a semana, resultando, é claro, em muita inveja por parte das promessas e dos portentos não convidados. Recebi uma mistura de olhares raivosos e admirados na mesma proporção. Aos primeiros respondi com minha melhor cara *blasé*, enquanto com os segundos resolvi ser generosa e dedicar um pouco do meu tempo para conversar sobre o quanto foi difícil fazer uma festa de aniversário dentro da Academia das Artes Nacionais.

Sim, é claro que meu pai ajudou a realizar o meu sonho. Sim, penetras tentaram entrar, mas foram barrados pela equipe maravilhosa que minhas amigas contrataram para ajudar a organizar a festa. E, não, eu não fiquei bêbada como diziam os boatos; claramente, eles foram criados por pessoas maldosas com óbvia intenção de manchar a minha reputação.

Uma única pessoa não disse uma palavra sobre o evento: Pétala.

Ela me evitou a semana inteira. Apenas por educação, segui o conselho de Higor e mandei uma mensagem a ela explicando que a Pri e a Dani foram as responsáveis por organizar a festa e por convidar as pessoas, mas nunca obtive resposta. Refleti sobre o assunto por três breves momentos, quatro, se considerarmos agora, e continuei minha vida. Pétala fez sua escolha ao me abandonar e não tem o direito de se sentir injustiçada. Além disso, ela não vai poder me ignorar para sempre, embora venha fazendo um excelente trabalho nas reuniões que temos às terças, quartas e sextas para debater sobre o projeto do Artovócia.

Tirando o ínfimo incômodo com o silêncio de Pétala, a semana tem sido maravilhosa. Voltei a ser apenas a rainha do Artolestro, amada pelas pessoas que importam e invejada e temida pelos plebeus. O assunto Pérola Santoro foi sendo deixado cada vez mais de lado pelos alunos, embora alguns professores mais sensíveis o mencionem em suas aulas. Isso se intensificou uma única vez, quando dois portentos – ambos sem noção, devo concordar – fizeram piadas de mau gosto sobre sua morte acidental. Já o rumor sobre um suposto assassinato começou e terminou durante a minha festa, o que, na minha opinião e na de Pri, é um alívio. Dani, no entanto, acredita que Marcel foi silenciado pela família e instruído a evitar tocar no assunto, a fim de não interferir nas investigações. Acho que ela consome histórias de *true crime* demais.

Desde que meu pai descartou a possibilidade de assassinato, sigo o conselho dele de não me preocupar. Além disso, a companhia de Shadia antes da viagem dela para São Paulo foi muito agradável. Tinha esquecido o quanto sentia falta de ficar horas e horas desabafando e me divertindo com minha prima. Antes de ela partir, prometi que assim que me formar vou passar um mês em Beirute em sua casa.

Isso foi na terça. Hoje, sexta-feira, sou a segunda a chegar à sala Tarsila do Amaral. Higor já encostou as carteiras nas paredes, de modo que o centro do espaço esteja aberto para o primeiro ensaio de performance, já que os anteriores foram destinados a estruturar a parte conceitual do nosso jogo multimídia. Para minha felicidade, houve poucas desavenças sobre o rumo que devemos seguir.

Cumprimento Higor com um amplo sorriso, ao qual ele me responde, também animado. Desde o meu aniversário, nossa relação tem sido cordial e cem por cento focada na amizade. Inclusive, ele tem sido bem útil ao mostrar as garras a qualquer um que pense em espalhar por aí que fiquei embriagada. Ainda sinto um imenso prazer ao lembrar da vez em que ele fez questão de tirar uma foto de um idiota do segundo ano – que só foi convidado para minha festa por causa da popularidade do seu irmão, que é da minha turma – e a exibiu por dezenas de corredores. Agora todo mundo sabe o quanto esse garoto se sente inseguro ao conversar com meninas, pois sua aura deixa isso bem claro. No mundinho fútil dos meninos, isso virou motivo de piada, lógico.

— Animada pra começar a ensaiar hoje, princesa? — Higor puxa assunto. — Confesso que tô curioso pra ver como todo o conceito que pensamos vai se desdobrar na prática.

— Fiquei três noites desenvolvendo a primeira versão do roteiro, já adicionando o elemento "viagem aos sonhos" — respondo, animada. — Inclusive, encontrei o nome perfeito.

— Qual?

— O Labirinto das Almas.

— Que massa — diz Américo, me dando um susto. Ele fecha a porta atrás de si e se senta na cadeira mais próxima à entrada, a mochila jogada no assento ao lado. — Combina demais.

Higor assente, mas não elabora o assunto. Desde o primeiro dia, os dois, assim como eu, Pétala e Antonella, interagem o mínimo necessário.

— Pena que vamos fazer apenas o projeto piloto — comento, sem muita paciência para ficar no meio da disputa de expressões desagradáveis deles.

— Tenho certeza de que se os professores gostarem vamos ganhar financiamento pra contratar uma equipe pra desenvolver o jogo de verdade — Américo pontua, sorridente.

— Você quis dizer *quando* os professores adorarem, certo?

— Exatamente, *princesa* — ele confirma com seu jeito maroto, e um sorriso que faz Higor cerrar os punhos por um breve segundo. Ciúmes de mim, imagino. — Agora é só esperar a Antonella e a Pétala aparecerem pra começarmos.

— *Siamo qui* — anuncia Antonella, empurrando a porta. — Trouxe a escultura dos gatos.

Atrás dela, Pétala cumprimenta a todos com um sorriso simples. Por um interminável segundo, nossos olhares se cruzam. Há uma pontada de ressentimento neles, é perceptível por mais que tente disfarçar. Sinto vontade de pedir desculpas, mas o bloqueio com essa palavra vive firme e forte dentro de mim. Afinal, não errei com ela, errei? Foram Priscila e Daniela que organizaram a festa. Eu não erro. Não posso errar. Errar é algo tão… plebeu.

— Ótimo — respondo no meu melhor tom profissional. — Pode colocar no meio da sala, por favor. — Antonella segue minha instrução em silêncio, com Pétala logo atrás. — Podemos começar?

Américo se junta às duas e troca o peso do corpo, um pouco desconfortável.

— Aqui? — ele se dirige a Higor, utilizando o mesmo tom que usei com a italianinha.

— Isso. — Higor já segura a câmera, experimentando diferentes ângulos para filmar e fotografar. — Pétala, consegue chegar mais perto dele?

— Claro.

— Clarissa, pode ajeitar o cabelo da Pétala, por favor?

Encaro Higor, descrente com o pedido descabido, mas o garoto apenas intensifica o sorriso inocente. Controlo meu gênio forte antes que eu revire os olhos. Sei o que ele está fazendo. Desde segunda-feira, tenta forçar contato entre nós duas, como se isso fosse ajudar a resolver a montanha de problemas que impede que a gente se entenda. Ainda assim, decido não pesar o ambiente por ora e caminho até Pétala. Então, ajeito os fios que escaparam do coque alto que ela usa.

— Obrigada — diz, sem me encarar.

— De nada. — Eu deveria apenas me afastar, mas a familiaridade impede meus pés de se moverem. — Sabe, acho que você deveria usar o cabelo solto. Vai combinar mais com o roteiro e ele sempre foi tão bonito.

A garota me encara, séria, por alguns segundos antes de pegar o prendedor rosa-choque de cabelo e tirá-lo dali. Os fios pretos e lisos caem sobre suas costas enquanto ela passa os dedos para soltá-los. Em seguida, usa o celular para avaliar o resultado com a câmera. Sorri.

— Pior, olha! Acho que vai ficar mesmo melhor.

Retribuo o sorriso e volto para o lado de Higor, um pouco menos desconfortável. A partir daí, dedicamos uns minutinhos para que ele teste diferentes enquadramentos. Primeiro, eu o deixo fazer isso sozinho, pois confio em sua capacidade. Só depois encosto na câmera, deixando as centenas de combinações possíveis passearem à frente dos meus olhos, nos mínimos detalhes. O trabalho, sem meu talento, poderia demorar horas para ser avaliado, mas eu o concluo com alguns piscares de olhos. Analiso cada uma das possibilidades de forma pragmática até confirmar o que já sabia: o garoto tem um excelente olhar. Sozinho, ele percebeu quais seriam as melhores configurações e os melhores ângulos.

Ok, se minha mãe estivesse aqui, talvez ela trouxesse ideias melhores do que as minhas, já que meu dom ainda não é tão refinado quanto o dela. Isso já aconteceu ano passado. Ela me levou a um *set* de gravações do seu novo filme e eu não consegui visualizar todas as opções como ela fez. Mamãe disse para eu não me preocupar, pois o repertório aumenta com os anos de experiência. Ainda assim, foi constrangedor falhar.

Engulo a sensação de vergonha que sobrepuja o pequeno lapso de orgulho. Não há por que pensar sobre isso agora.

Enquanto eu e Higor trabalhamos juntos, Antonella termina os ajustes nas esculturas de animais. Hoje, nosso objetivo é testar o funcionamento da cena inicial do jogo, a qual vamos apresentar ao nosso orientador em duas semanas, de modo que ele valide a direção que escolhemos para o projeto.

A ideia de um jogo multimídia foi explorada poucas vezes no Artolestro, e nunca com o elemento "sonhos" integrado. Isso, obviamente, é porque nem todos são tão especiais e incríveis quanto eu. Além de dominar o papel, consegui expandir meu dom onírico para o audiovisual, embora ainda veja espaço para aprimoramento – algo que pretendo alcançar na Artanum. O projeto e o roteiro que concebi são ousados, mas se meus colegas possuírem um mínimo de competência como dizem ter, a execução vai ser inesquecível.

Meu coração palpita com intensidade, impulsionado pela expectativa dos elogios que com certeza virão, mas também pela insegurança que permeia minha relação com os outros. Temos pouca química, por mais que carreguemos muita história juntos – e talvez esse seja o principal combustível do problema.

— Podemos começar — anuncia Higor, sem muito entusiasmo. — Clarissa, quer ler o roteiro antes?

— Sim — respondo, me aproximando dos quatro. — Depois do que conversamos na segunda e na quarta, pensei nisso aqui.

Ao concluir a leitura, nem mesmo Antonella tem a audácia de afirmar ser ruim.

CAPÍTULO 12

Separo um pouco meus pés e firmo uma postura ereta, o rosto voltado levemente para cima. Então, seguro minhas mãos à frente do corpo e pigarreio. Nosso orientador, Gael Salgado, me fita com atenção, sentado em uma carteira dentro da sala Tarsila do Amaral. Mesmo considerado jovem, no início dos trinta anos, ele já é um artista bem completo, possuindo habilidades invejáveis nas cinco Artes, e não à toa é um dos mais disputados orientadores do Artovócia – mas não demorou uma conversa de cinco minutos para concordar em auxiliar o meu grupo.

Inflo de orgulho ao iniciar a apresentação. Atrás de mim, o projetor exibe o nome do jogo no quadro branco e, ao meu lado, Higor, Pétala, Antonella e Américo me observam com atenção. Mais cedo – ao longo de toda semana, na verdade – deixei clara a minha aversão a interrupções e pedi que aguardem até que eu conclua minha linha de raciocínio antes de falarem. Sugeri também que ponderem se vale a pena gastar nossos quarenta e cinco minutos com repetições. Em outras palavras, não compliquem o que já está cristalino.

— Bem-vindo ao Labirinto das Almas, onde a fronteira entre o mundo real e o dos sonhos pode ser quebrada. — Abro um sorriso em meio à minha pequena pausa dramática. — Talvez você esteja se perguntando o que essas belas palavras significam na prática, pois gameartes não são novidade no Artolestro. Explico: em determinados momentos do nosso jogo de *First Person Adventure*, FPA, a realidade se mistura com os sonhos, e a criatividade vai ser tão importante quanto as habilidades no videogame.

Faço outro silêncio para que minhas palavras sejam absorvidas pelo professor.

— Cante, dance, escreva poemas, tire fotos — continuo, aumentando o tom de voz. — As ações artísticas moldam o curso da narrativa. Imagine desbloquear portais com melodias, desvendar segredos ao fotografar e resolver quebra-cabeças com coreografias. "O Labirinto das Almas" não é apenas um jogo; é um campo de experimentação da Arte aqui — aponto para o chão e depois abro os braços, demonstrando a "realidade" — e aqui. — Trago as mãos para minha cabeça, representando a parte onírica do projeto.

— Fascinante — Gael comenta, escrevendo algo no seu caderninho. — E por que optaram por uma gamearte?

Abro a boca para responder, mas Antonella me atropela. Com um sorriso no rosto que faz meu ranço disparar, ela explica:

— Consideramos relevante o impacto dos jogos digitais na vida cotidiana e também no movimento artístico contemporâneo. Estudamos teorias como as de Karl Groos e de Hans-Georg Gadamer, e percebemos que a evolução da Arte e dos jogos caminham juntas muitas vezes. Por isso, em nossa abordagem, a participação do jogador é essencial pra obra de arte digital se completar.

— O jogo foca em várias questões filosóficas e na ruptura com diversas normas comerciais — complementa Américo, empertigando o corpo.

— Acreditamos que jogos podem desafiar padrões e oferecer uma reflexão estética profunda — observa Higor, com um tom bem confiante.

Eu me controlo para não revirar os olhos e fazer uma careta. Fascinante a quantidade de palavras gordas e ideias magras que as pessoas são capazes de dizer quando querem um minuto de holofote.

— Podemos avançar, professor? — pergunto antes que mais alguém queira usar esse artifício e perder nosso tempo.

— Claro — ele responde com um amplo sorriso. — Em termos de jogabilidade, o que vocês propõem na prática? Podem dar exemplos.

Assinto e seguro minhas mãos em frente ao corpo.

— Nosso jogo possui um enredo interativo. O jogador é capaz de tomar centenas de decisões simples e executar dezenas de atividades artísticas pra conduzi-lo a novos eventos. O início da partida se dá em plataformas padrão de consoles de jogos eletrônicos, como *Xbox* e *Playstation*, e, dependendo das escolhas, poderá ter fases performadas nos sonhos. Em outras palavras, dormindo.

— Imagino que esse diferencial seja possível devido à sua habilidade, correto? Você é mesmo filha dos seus pais. — Gael se ajeita na cadeira. O brilho nos olhos dele e o rubor nas bochechas brancas deixam evidente o quanto ele adorou a ideia.

— Claro. — Jogo uma mecha do meu cabelo para trás, vaidosa. — As decisões simples que o jogador pode selecionar com o controle remoto vão seguir o padrão comercial, então fica a cargo das performances artísticas trazer esse lado da ruptura que o Américo comentou.

— O *player* pode cantar, dançar, escrever poemas e contos e tirar fotos que vão mudar a direção do enredo — Antonella me atropela e a fuzilo com o olhar. Que parte ela não entendeu sobre eu odiar repetições e ser interrompida? — Por exemplo: dependendo do jeito como as melodias são cantadas, elas podem abrir portais, revelar segredos ou alterar a estrutura do mundo onírico. Já a dança pode desbloquear movimentos especiais, e os jogadores conseguem performar coreografias pra resolver quebra-cabeças e tal.

— Sim, como eu disse — pontuo, controlando o veneno que escorre por cada palavra.

— Você foi um pouco vaga, eu tentei... Como se diz? — a italianinha pede ajuda de Pétala com o olhar, mas a garota balança a cabeça. — Ah! Eu tentei *tangibilizar* o que queremos dizer com performances.

Meus ombros se retesam e tenho certeza de que uma ruga se formou no meio da minha testa, porque Higor toca minha mão. Embora pareça delicado, sei que o gesto é performático, como o jogo que estamos desenvolvendo. Na verdade, é uma afronta, agressivo, pois me impede de colocar essa plebeia padrãozinha no lugar.

— Muito legal, meninas. — Gael parece perceber a tensão, porque muda de assunto enquanto passa a mão pelos fios loiros do cabelo. — E como separaram o que cada um vai fazer?

Dessa vez, é Pétala quem decide me desafiar:

— O videogame não vai ser ilustrado, porque queremos valorizar nossas habilidades. Ou seja, todos os personagens, pelo menos no projeto piloto, vão ser performados por mim e pelo Américo, que também é responsável pela trilha sonora. Já o cenário vai ser construído por Antonella, e a gravação fica por conta do Higor. E, como a Clarissa já disse, a parte onírica e do roteiro é dela.

Gael faz uma leva de perguntas específicas para cada um de nós, sobre as técnicas que estão sendo empregadas nos campos de Movimento, Espaço e Imagem. Meu coração bate descompassado, receosa de que alguém tropece, mas eles me surpreendem e até que respondem suficientemente bem às dúvidas do orientador.

— E qual é o roteiro?

Ótimo, minha deixa de novo. Pigarreio e ergo o queixo.

— O roteiro precisa fazer jus à capacidade do jogo de mesclar realidade e sonhos. Por isso, o jogador acorda em um labirinto rodeado por paisagens oníricas sem saber o que aconteceu com ele e com duas companheiras: uma gata branca e outra preta. Aí, conforme os três exploram o lugar, o jogador descobre que pra fugir é necessário encontrar almas perdidas de personagens lendários e figuras míticas. Cada alma é um fragmento pra restaurar o equilíbrio no mundo, mas a jornada é cheia de desafios. Assim como a vida real, cada escolha te leva pra uma parte desconhecida do labirinto. Interminável. Américo, pode passar a tela, por favor?

Agora, o projetor exibe um rascunho da cena inicial do jogo, desenhada por Higor. Nenhum de nós é um exímio ilustrador, mas o desenho exemplifica o que queremos trazer no projeto piloto. Gael analisa o quadro branco por alguns segundos e, assim que ele assente, prossigo:

— Então, conforme o jogador avança, ele percebe que há uma força mantendo as almas perdidas cativas. O jogo se desenrola do jeito que explicamos até atingir o clímax. Nele, o competidor chega ao coração do labirinto e precisa enfrentar essa força. E aqui tem mais um ponto interessante. — Faço uma pausa de modo a trazer mais peso para a próxima informação. — As escolhas pregressas podem fazer com que ele seja o mocinho, um coadjuvante ou que tenha tomado o lugar dessa força e, portanto, seja o vilão da narrativa. Com isso, queremos mostrar que nossas escolhas podem nos fazer desempenhar papéis diversos em nossas vidas.

— Uau — solta Gael. — E as almas serão salvas?

— Talvez. O jogo pode ter fins distintos — explica Antonella, desesperada por atenção. — Mas a ideia é que o jogador termine transformado, porque a jornada não era apenas sobre encontrar almas perdidas e restaurar o equilíbrio no mundo onírico, mas também descobrir verdades sobre si mesmo.

Aproveitando o caminho aberto pela italianinha, Pétala complementa:

— O labirinto nada mais é que uma metáfora sobre a vida real, recheada de escolhas intermináveis e decisões que moldam quem tu és.

Fico em silêncio, porque, ao contrário dos meus colegas, odeio ser repetitiva. As informações que demos a Gael são suficientes para ele compreender onde queremos chegar com nosso projeto do Artovócia. Se ele tiver alguma dúvida, vai nos perguntar.

De soslaio, avalio a expressão dos outros. Higor parece animado, ainda mais porque a próxima etapa é mostrar o que já desenvolvemos para além da teoria. Pétala e Antonella dão as mãos e trocam risinhos. Confiantes, pelo visto. Tudo bem, também estou. Américo, por outro lado, é uma incógnita: o maxilar trincado não deixa claro se ele está nervoso ou apenas concentrado nas palavras do orientador.

— Parabéns, pessoal. A ideia de vocês é bem interessante. — O sorriso de Gael é maior do que ele pretende evidenciar. Isso fica claro toda vez que se empertiga e falha em manter uma postura mais contida. — Enquanto vocês falavam, anotei alguns nomes de livros e estudiosos que podem contribuir com a parte teórica e conceitual do trabalho, mas é evidente que vocês estão indo por um excelente caminho. Ainda assim, gostaria que me mandassem por e-mail a bibliografia do trabalho até o momento pra eu analisar.

— Claro — digo, sorridente.

— Para o próximo encontro, quero algumas informações mais especificadas também. Vocês citam centenas de decisões simples, dezenas de performances e vários possíveis finais. Mas quantos são exatamente? Precisamos desses números, porque eles vão ditar o quão trabalhoso será produzir o jogo. Quanto mais ramificações, mais mão de obra técnica.

— Produzir? — Antonella deixa escapar, empolgação brilhando nas íris verdes.

— Quem sabe? É uma boa ideia na teoria. — Gael exibe um sorriso modesto que faz todos nós nos contermos para não dar pulinhos de felicidade. — E sem dúvida é trabalhosa. O projeto piloto vai ser apenas uma cosquinha em tudo que precisaremos fazer pra desenvolvê-lo. Teríamos que contratar mais atores, figurinistas, programadores, equipes de pós-produção, musicistas, efeitos especiais e tudo o mais.

— Isso é sério? Meu deus! — Pétala não se aguenta e cede aos pulinhos, enquanto Antonella a abraça. Higor e Américo estão sorrindo, mas controlam a emoção assim como eu.

— Decidiremos depois da apresentação final. — Gael dá de ombros. — Agora, podem me mostrar a cena que gravaram, por favor?

Antonella se apressa a apagar as luzes da sala. O ambiente é preenchido pelo som sutil da máquina de projeção enquanto Higor coloca a primeira cena do jogo para rodar. Nós cinco nos sentamos na primeira fileira, ao lado de Gael, trocando olhares ansiosos de vez em quando. No fundo, estamos ávidos pelos elogios que certamente virão assim que os primeiros oito minutos da parte prática se encerrarem.

O material ainda está bem bruto, sem nada de efeitos especiais e tratamento de pós-produção; mesmo assim dá para perceber o potencial quando estiver finalizado. A cena começa do jeitinho que contei para Gael: a gravação simula a visão em primeira pessoa do jogador despertando em um labirinto misterioso. A câmera se movimentando de forma ágil e o som de um arfar transmite bem o pavor de estar em um local desconhecido, tentando entender o que aconteceu. Não demora para surgirem as gatas branca e preta, ambas esculpidas por Antonella, assim como a maioria do cenário improvisado nesta mesma sala. É evidente que as duas não são reais, mas a italianinha até que fez um bom trabalho. Com uma cuidadosa pós-produção, será difícil distinguir se são criaturas vivas ou feitas de gesso e aço.

Passado esse momento, Pétala aparece usando um vestido branco esvoaçante e o cabelo liso e solto, com bastante volume. Ela conversa com a câmera:

— Desperte, viajante. Não há tempo a perder no Labirinto das Almas. O equilíbrio do mundo depende de você. Mas não tenha medo, não vais trilhar essa jornada sem amparo. Essas são Yuna e Auny — a câmera se move para mostrar as gatas preta e branca respectivamente —, suas guias espirituais. — Então volta para Pétala. — E eu sou a alma do labirinto, Alina. Minha vitalidade está sendo drenada por uma força misteriosa e preciso da sua ajuda para enfrentá-la. Posso contar contigo?

A câmera se move para cima e para baixo.

— Aqui o jogador vai poder selecionar uma resposta negativa ou positiva. Começamos gravando a opção positiva — explico baixinho para Gael, que assente para mim. Ele anota, em seguida, algo no papel. Consigo ler uma parte, já me preparando para responder de forma inteligente quando ele sugerir que também permitamos aos participantes não dar resposta alguma, deixando-os à vontade para seguir como bem entenderem a narrativa.

A cena continua. O jogador dispara para cumprir a primeira missão dentro do labirinto: ajudar a alma de Machado de Assis, interpretado por Américo. Após uma breve conversa e duas decisões simples dentro do jogo, o primeiro desafio de performance chega: escrever um poema capaz de libertar ou condenar para sempre a alma do escritor. Então, a voz de Pétala surge declamando o seguinte texto escrito por mim:

— Neste labirinto de palavras e sombras / Onde almas perdidas clamam por luz / Desafio-te a criar poesia que desvende / As verdades ocultas na mentira que seduz.

Uma pausa. Aproveito a oportunidade para avaliar a expressão de Gael. Sorrio ao captar o brilho nos olhos do professor. Vamos fechar com chave de ouro. Meu coração se agita, por mais que eu tente controlar a euforia.

A voz de Pétala prossegue enquanto Américo interpreta o poema em uma dança:

— Mas lembre-se: o isolamento é uma armadilha / Que aprisiona mentes e sufoca a criação / Negando à Arte a riqueza da diversidade / E a verdadeira autenticidade da expressão.

— Espera — sussurro para Higor ao meu lado, meus olhos arregalados. — Não era esse o texto!

— Falam de elevação espiritual, esses poucos escolhidos / Enquanto vozes caladas clamam por isonomia / A Arte, que deveria ser ponte, é ilha isolada / Refúgio de justiças que não passam de fachada.

Higor me encara, também assustado. De soslaio, analiso o semblante dos outros e encontro neles a mesma expressão de pânico estampada em suas faces. Nos encolhemos, torcendo para que a gravação termine e Gael não perceba o que parece estar cristalino para nós cinco.

— Esse texto está criticando a Sociedade das Ilhas Submersas — comento o mais baixo que consigo para o Higor. Ele assente e pega minha mão em conforto. — Isso é um desastre!

— Ao explorar esses intrincados corredores / Desvendamos ilusões quebradas / Como a pureza cultural ser uma miragem / Em um palco onde a Arte é uma dança de vaidades — conclui Pétala, o sorriso sem vacilar um segundo sequer.

Então, a tela preta coloca a sala Tarsila do Amaral em uma escuridão fúnebre.

Prendo a respiração. Estamos ferrados. Se nós cinco percebemos o subtexto do poema, é impossível Gael não ter compreendido também. Mas… O que aconteceu? Como o texto foi modificado? Quem fez isso? E *como* fez isso debaixo do meu nariz?

Arregalo os olhos.

Não, ela não faria isso.

Faria?

Puta que pariu! Será que minha ex-melhor amiga foi irresponsável e burra a ponto de gravar isso pelas minhas costas? Se foi o caso, ela não agiu sozinha. O movimento de câmera está muito certinho para ter sido feito por alguém sem experiência. Meu Deus, o Higor a ajudou? E duvido que a Antonella não tenha participado dessa infâmia também.

Eu me afasto de Higor, e meu corpo todo enrijece. Não demora um segundo para uma dor de cabeça surgir e piorar o meu humor em dez vezes. Se isso for algum tipo de sabotagem dos meus colegas, eu vou acabar com todos eles! Como ousam trazer ideias contrárias à Sociedade para o Artovócia, para o *meu* trabalho de conclusão do ensino médio?

Gael se levanta devagar e acende a luz. A claridade me faz piscar diversas vezes e aproveito o incômodo para afastar algumas lágrimas. Não vou dar o gostinho de chorar de raiva na frente de nenhum deles.

O professor caminha até onde eu e meus colegas estávamos apresentando e se vira na nossa direção. Seu sorriso entusiasmado desapareceu, dando lugar a uma expressão de ódio contido. Gael é um homem alto e em dia com a musculação – e agora seus ombros estão tão tensos que a postura parece mais ameaçadora do que realmente é. Ele não vai nos atacar, certo?

Se não fosse crime, eu com certeza atacaria algumas pessoas aqui.

— O que foi isso? — ele pergunta sem elevar o tom de voz, as mãos dadas em frente ao peito. Como ninguém responde, continua: — Pétala, quer dizer algo?

— Eu não gravei isso, professor. Juro — ela se defende, a voz fraca.

— Era você naquela tela.

— Sim, mas não era *eu*. Alguém manipulou o vídeo. É Inteligência Artificial. Uma IA das boas.

Eu a avalio com atenção. O corpo encolhido, os olhos arregalados e a boca em uma linha fina evidenciam seu desconforto. Ela parece falar a verdade, mas quem se arriscaria e se daria ao trabalho de usar inteligência artificial para nos sabotar assim? É proibido qualquer tipo de atalho criativo na escola. Sem contar que um bom trabalho de IA é caríssimo. Não faz sent...

— Isso não faz sentido, Pétala — Gael pronuncia o que penso. — Por que alguém roubaria o trabalho de vocês e gastaria tempo e recursos manipulando o que você diz?

— Não sei — ela sussurra, abaixando a cabeça.

— Todo mundo sabe que alguns alunos sabotam os outros no Artovócia — comenta Antonella, receosa.

Sim, ela está certa. Mas quem seria corajoso e idiota o suficiente de sabotar um trabalho *meu*? Meus punhos se cerram à medida que a raiva me afoga.

Gael solta uma risada cheia de escárnio. Não é à italianinha que ele responde.

— Não é segredo entre os professores que desde que começou a namorar a senhorita Granata você passou a propagar ideias pseudo-progressistas, senhorita Tupinambá.

Nenhuma das duas responde. Então, desvio o olhar, com medo de que ele direcione as próximas perguntas para mim. Não tenho nada a ver com isso, mas se tentar me defender agora, vou parecer tão culpada quanto Pétala.

Não, isso não pode estar acontecendo, não depois de o universo, ou o que quer que governe a vida na Terra, ter se realinhado e colocado minha vida nos trilhos. Os últimos dias foram tão tranquilos, quase normais depois de tanto estresse. Eu me recuso a acreditar que seja algum castigo divino por, sei lá, talvez ser culpada pelo acidente com a diretora Pérola.

Pelo amor de Deus, só quero me formar com mérito. É pedir muito? Juro que, se eu conseguir superar essa maratona de Mercúrio Retrógrado, eu vou ceder às tentativas da Priscila de me fazer praticar algum esporte e às da Dani de me fazer entrar nas redes sociais. Qualquer coisa. Eu posso até virar voluntária em algum projeto social.

— Eu sei que você não agiu sozinha, Pétala — Gael volta a falar depois de um breve silêncio. — Antonella e Américo ajudaram, não ajudaram? — Ergo a cabeça a tempo de flagrar as expressões confusas e assustadas que se formaram nos rostos dos três. Assim que começam a protestar, o professor levanta um dedo. — Não, não quero ouvir. Em consideração à Clarissa e ao Higor, não vou levar esse problema à diretoria. Além disso, a situação está bastante delicada desde o incidente com a Pérola, e lidar agora com uma rebeldia inconsequente poderia prejudicar alunos que não têm relação alguma com isso.

Pétala ainda tenta argumentar, mas o professor prossegue, mais alto:

— Mas nada, senhorita. Vocês vão apagar essa gravação e seguir o caminho prometido, de forma brilhante, pela senhorita Labaki. Se eu identificar qualquer conteúdo parecido com o que presenciei hoje no nosso próximo encontro, tomarei as medidas necessárias. Entendido?

— Sim, professor — murmuramos nós cinco.

Gael pega a mochila da carteira ao meu lado e deixa a sala. Assim que bate a porta com força desnecessária, me levanto rapidamente, os punhos cerrados.

CAPÍTULO 13

— Ok, o que foi isso? — pergunto com os braços cruzados e as sobrancelhas tão tensionadas que quase se encontram na minha testa.

— Sabotagem, Clarissa. O que mais seria? — Antonella se levanta e dá um passo na minha direção. Ela é musculosa, embora mais baixa que eu, mas se pensa que vai me intimidar está muito enganada.

— Ah, não sei, talvez exatamente o que Gael sugeriu? — rebato, vestindo minha melhor máscara de cinismo. — Vocês três — aponto para a italianinha, Pétala e Américo — por algum motivo estúpido acharam que seria legal fazer uma crítica à Sociedade no Artovócia. — Bufo, trocando o peso de perna. — Poderiam pelo menos usar mais do subtexto em vez de deixá-la tão escancarada. Sei lá, se inspirar na música Cálice. Só dizendo.

— *Dai, basta!* Vou embora. — Antonella joga os braços para cima. — Não vou discutir com essa mimada — avisa a Pétala quando esta tenta impedi-la de deixar a sala.

— Oxe, não foi a gente, não, Clarissa. — Américo se aproxima, a voz mansa.

— Foram sim! Não faz sentido não ter sido!

— Clarissa, acho que eles tão falando a verdade. — Higor ainda está sentado, os cotovelos nas coxas. Sua expressão demonstra cansaço. Eu o analiso por um instante antes de Pétala entrar na conversa:

— Não sei por que, nem como aconteceu, mas a gente não tem nada a ver com isso. O Higor pode analisar a gravação melhor, se quiser, mas é inteligência artificial, tô te falando.

— Não adianta. — Antonella solta uma risada recheada de sarcasmo. — A Clarissa já colocou na cabeça que *il nostro obiettivo nella vita* é perseguir e destruir *la sua vita.*

Reviro os olhos diante das palavras em italiano e, em seguida, fixo minha atenção em Higor. De todos ali, a única opinião que importa *um pouquinho* é a dele, já que Antonella me odeia e tenho certeza de que Pétala também, depois de não ser convidada para a minha festa de dezoito anos. Além disso, Américo detesta Higor, e sua relação comigo se limita a flertes inocentes – bem, eu os mantenho porque adoro ver o ciúme estampado no rostinho bonito do meu ex-ficante.

Hum, ter sabotado o projeto poderia explicar o maxilar trincado de Américo enquanto Gael falava, não?

Higor percebe meu escrutínio, então dá de ombros.

— Já disse. Não acho que foram eles. Por que arriscar uma suspensão ou, pior, reprovar e terminar na Sala Desbotada?

Urro de frustração. No fim das contas, nenhuma das duas opções faz sentido. Ainda assim, preciso ter certeza.

— Se não foram vocês, ninguém aqui vai se importar de o Higor tirar umas fotos, certo?

O dom do garoto de enxergar o estado de espírito das pessoas vem a calhar neste momento. Pode ser que escancare a traição, não? Até porque se alguém se recusar a ser fotografado... Bom, já terei quem entregar a Gael.

— Perfeito, tá aí. Higor pode tirar fotos nossas — concorda Pétala, cruzando os braços de forma incisiva.

O garoto olha de mim para ela, confuso, mas acaba cedendo, especialmente quando Antonella e Américo também concordam. Ele pega a câmera fotográfica na mochila e, bufando, tira uma foto de cada um de nós cinco. Ninguém se incomoda em sorrir, pois não há a menor chance de surgir uma aura alegre atrás da gente.

— Satisfeita, Clarissa?

Higor aproxima o visor da câmera de mim. Ele passa cada uma das fotos bem devagar. É possível identificar ódio, ressentimento, medo, desconforto e, claro, um toque de segundas intenções em todas elas. Mas o que eu queria? Ninguém se gosta e, assim como eles, também estou apavorada e irritada com o que aconteceu. É óbvio que esse seria o resultado. As fotos não provam absolutamente nada de inocência ou culpa.

Urro de novo e desabo na minha cadeira, minhas mãos indo direto para o cabelo. Quando ergo a cabeça, encontro olhares preocupados nos meninos, expressões de repulsa na Antonella e tristeza no rosto da Pétala.

— Seguinte. — Eu me levanto, agarrando a mochila. — A única coisa que sei é que mexeram no *meu* projeto. E eu vou descobrir quem foi.

Sabotar alguém não é algo exclusivo meu. É uma estratégia utilizada por muitos portentos para provocar as promessas. Por outro lado, as promessas evitam recorrer a esse recurso porque os professores tendem a puni-los, mas não a nós – o que faz sentido, levando em consideração que a maioria do corpo docente possui amizade com nossas famílias. Claro que alguns afirmam que isso é injusto, mas sejamos sinceros:

qualquer um nesta posição faria o mesmo, pois vínculos pessoais não podem ser ligados e desligados como, sei lá, a televisão.

Faria sentido supor, então, que a sabotagem foi feita por algum portento. Mas por que alguém faria isso? Além da Pétala, quem teria a vontade e a oportunidade? Faz mais sentido ser alguma vingança por parte das promessas que eu, de alguma forma, coloquei no lugar. Mas teriam essa coragem? Logo comigo, que disse um dia desses para a Dani e a Pri que jamais faria uma pessoa reprovar de propósito...

Se for mesmo o caso – alguém tentando me reprovar –, vou descobrir.

Ah! Que droga!

Prendo as lágrimas conforme marcho pelos corredores da escola. Teria sido melhor se eu tivesse engolido meu orgulho e exigido do diretor interino que me permitisse trocar de grupo no Artovócia, mesmo que essa prática seja tão rara quanto alguém ganhar na loteria. Afinal, teria sido euzinha a pedir. As chances de eu mudar a cabeça do diretor interino não são tão ínfimas assim... Mas não, o medo de tal tentativa ser lida como uma fraqueza pelos meus colegas e professores me deixou presa a um grupo que vai me ferrar até o fim do ano, tenho certeza.

Antes de sair da sala Tarsila do Amaral sozinha, peguei o *pen drive* com a gravação do jogo. Assim que chegar em casa, vou falar para mamãe entregar a prova do crime ao senhor Bianchi. Como especialista em todas as formas de arte relacionadas a câmeras, ele deve ter os contatos e os recursos necessários para verificar se a imagem foi criada por inteligência artificial e, em caso afirmativo, identificar o programa utilizado. Talvez até mesmo a mamãe consiga me ajudar, se não estiver muito ocupada com o lançamento de "Partida".

Ao sair dos muros asfixiantes do colégio, sou beijada pela simulação de uma luz solar enfraquecida por nuvens carregadas de chuva. Ainda assim, está quente que nem o inferno. Sem parar, caminho direto ao ponto dos submersíveis. O próximo que me serve sairá em quinze minutos. Bufo, irritada, então avalio o local para me distrair. Estou rodeada de alunos do terceiro ano – previsível, pois fomos recém-liberados das apresentações iniciais dos projetos do Artovócia –, reconhecíveis devido ao emblema da Chave Harmônica bordado em dourado nos uniformes. O brasão da Sociedade é recamado em prata nos outros anos do ensino médio e em cobre no ensino fundamental.

No meio da pequena multidão, avisto Anna Carolina à frente da fila. Ela não me vê, pois está ocupada conversando com Marcel e uma menina do primeiro ano que deve ter ficado para alguma aula de monitoria. Pondero se devo pausar a música "Karma", que toca pelos meus fones, para me juntar aos meus amigos ou se prefiro ficar sozinha com os versos da Taylor Swift. Eles me tranquilizam, já que com toda certeza karma é meu namorado, então isso sem dúvida adiciona peso à balança desta segunda opção. Normalmente, interagir com outros seres humanos me irrita de alguma forma, já que é cansativo estender a mão a cada um dos súditos.

Ainda assim, termino de cantarolar o refrão na cabeça e guardo os fones de ouvido. Com um sorriso radiante digno da Kate Middleton, caminho até o início da fila sob olhares e cochichos dos outros alunos.

Abraço Marcel pelas costas como cumprimento.

— Clarissa! — Anna sorri e pega minha mão entre as suas. — Estávamos falando de tu agorinha.

— Ah, é? Espero que tenham comentado sobre meu novo corte — brinco, mexendo no cabelo. Hoje, estou com duas tranças finas prendendo o lado esquerdo, enquanto o restante cai solto pouco acima dos ombros.

As meninas logo elogiam, mas Marcel me olha confuso.

— Aparei as pontas — explico, fazendo beicinho. — Poxa, você nem reparou.

— Foi mal. Mas você tá sempre linda, Clarissa.

Abaixo o rosto e finjo estar envergonhada. Garotos adoram quando faço isso.

— Boto fé. Enfim — Anna volta a falar, de forma um pouco abrupta. Ergo as sobrancelhas, curiosa com o novo tom. — A gente tava comentando sobre a apresentação de hoje. Ouvi que seu grupo arrasou. Pela boca do próprio Gael ainda agora, visse? Ele tava contando vantagem entre os orientadores quando eu e o Marcel passamos pela mesa deles no refeitório.

Quase me entrego ao deixar meu rosto cair levemente para o lado, mas logo corrijo a confusão e lanço a todos um lindo sorriso. Se Gael quer fingir que a sabotagem nunca aconteceu, não vou ser eu que vou dar início a uma fofoca sobre um possível incidente envolvendo o grupo de Clarissa Labaki.

— Ah, digamos que deixamos nosso orientador impressionado.

E bota impressionado nisso.

— Sobre o que é o teu projeto? — a menina loira do primeiro ano me pergunta. Não tenho certeza se o nome dela é Jéssica ou Giovanna, só que ela é uma portento devido ao uniforme borgonha e, pelo sotaque, parece ser conterrânea da Dani.

— Segredo. — Coloco um dedo à frente da boca. — Na apresentação final você descobre. — Dou uma piscadinha.

— Deixa de ser lesa! Até parece que a Clarissa vai acabar com uma das melhores partes do Artovócia — Anna diz, cutucando a garota. — Levantar hipóteses sobre os concorrentes e planejar maneiras de se destacar é o que dá energia em meio a toda a ansiedade desses últimos meses de ensino médio.

— Nada mais edificante do que boas fofocas — confirmo, rindo.

— E vale de tudo mesmo no Artovócia daí? — Jéssica-Giovanna troca o peso de perna e cruza os braços, claramente animada por estar conversando com as celebridades da escola.

— Se tá perguntando se os burburinhos sobre sabotagem são reais, digamos que às vezes elas são necessárias, sim — Marcel informa, um tanto orgulhoso.

Giro a cabeça em direção ao garoto mais rápido do que eu gostaria. Os três me encaram com as sobrancelhas franzidas diante da minha reação exagerada. Tenho certeza de que estou fazendo careta, pois as expressões de surpresa são imediatas. Tudo bem que o Marcel é o estereótipo do garoto popular babaca da escola, mas sabotar meu trabalho é um pouco demais. Ele e Higor não são melhores amigos, mas se dão bem. A mesma coisa com Pétala e, bem, Antonella e Américo não são nada relevantes para ele.

Ótimo, agora estou ficando paranoica.

— Que cara é essa? — ele inquire, a sobrancelha erguida.

— Nada. Só pensando em como sabotar o projeto dos outros é uma atitude de desesperados sem talento.

Se o garoto estiver relacionado ao que ocorreu hoje, explorar palavras que possam ferir seu ego pode desencorajar uma nova tentativa.

Para, Clarissa. Ele não tem nada a ver com isso. Só respira.

— Ou dos espertos — ele contrapõe, abrindo os braços. — Coé, linda, logo tu vai me repreender por dizer o óbvio?

Os três começam a rir, e me vejo obrigada a acompanhá-los. Afinal, por que Clarissa Labaki começaria a se comportar como uma *Mary Sue* agora? Não faz muito tempo que planejei minha vingança contra Pétala por meio de uma pequena brincadeirinha na cerimônia de divisão dos grupos. E com certeza não escondi minha risada quando a Dani espalhou por aí na semana passada que uma promessa estava com *covid*, garantindo que seria a única candidata apta presente para um projeto extracurricular com a melhor escultora que leciona no Artolestro.

Finjo que meu estômago não se remexe ao lembrar de Pérola por tabela.

— Clarissa!

Procuro o dono da voz atrás de mim. Higor corre em nossa direção, afobado. Não me importo com o motivo da sua aparição, apenas me sinto aliviada por ser resgatada da pequena gafe que cometi. Ao nos alcançar, ele cumprimenta todo mundo e logo emenda:

— Quer tomar um sorvete? Precisamos conversar sobre o projeto.

Higor exibe seu melhor sorriso, aquele que proclama: "sou o artista mais foda desse lugar e você deveria se sentir honrado por falar comigo". Sei disso não apenas pela mudança na energia de Anna, Marcel e Jéssica-Giovanna, mas também porque os ombros deles se curvam ligeiramente e seus olhares buscam aprovação, tanto da minha parte quanto da de Higor. Quando retribuo o sorriso e sou abraçada pelo garoto, os comentários sobre nosso relacionamento logo começam. Os três fofoqueiros estão felizes por terem material para repassar mais tarde.

— O casal mais lindo do Artolestro tá de volta, é? — Anna provoca depois do gritinho da menina do primeiro ano.

Dou de ombros enquanto Higor me encara como quem compartilha um segredo.

— Quem sabe? — ele diz de forma despretensiosa.

Rio, ciente de que é o que todos esperam.

— Vamos, então? — Eu o puxo para fora da fila do submersível.

Nos despedimos do pessoal e já estamos a alguns passos distantes deles quando Marcel grita:

— Faz direitinho, hein, Higor!

Reviro os olhos, sem olhar para trás.

— Homens. Parece até um virgem falando assim. Sério, não te dá vergonha alheia?

Higor ri, ainda me abraçando.

— Mano, eu amo que você não sofre do caso clássico odiado de rivalidade feminina, tão comum nas obras de segunda categoria dos anos 2000 — pontua com um sorriso viperino nos lábios. — Você odeia todo mundo igual.

— Eu não odeio todo mundo. — Ele me encara com incredulidade. — Tudo bem, não odeio *muito* todo mundo. Só acho a maioria das pessoas tão previsíveis que é... chato? Olha esse comentário do Marcel, por exemplo. Dispensável.

— Por que você ainda fala com ele? — Higor aponta para a direita, nos guiando em direção à sorveteria que fica na esquina da escola.

— Porque pra uma rainha existir é necessário ter súditos que sustentem a minha coroa. Se eu simplesmente tratar todo mundo como lixo ninguém vai se sentir impelido a me defender daqueles que *mais* merecem o meu desprezo.

— Diabolicamente inteligente — ele pontua, fazendo um biquinho ao final.

Dou de ombros, já farta deste assunto.

— Já pensou em simplesmente aposentar a coroa e, sei lá, relaxar um pouco? Deve ser cansativo performar a rainha todo dia.

Agora eu o encaro como se ele tivesse acabado de me confidenciar que considera as obras do Olavo de Carvalho boas e que a afirmação de que ele mentiu em vida sobre fazer parte da Sociedade das Ilhas Submersas é apenas intriga da oposição.

— Ok, ok. Foi uma brincadeirinha. — Ele ri, levantando as mãos em um gesto de rendição. — Bom, chegamos. — Então me conduz para uma mesa no lado de fora da sorveteria com arquitetura e design inspirados na *Belle Époque* francesa. O aroma doce faz minha boca salivar instantaneamente. — Chocolate 70% e macadâmia, certo? No copo.

— Certo.

Enquanto me acomodo à mesa, desfrutando da vista para o mar à minha esquerda e da entrada principal do Artolestro à direita, Higor assume o papel de fazer os pedidos. Frequentamos este lugar com tanta regularidade que não me surpreende ele conhecer os meus sabores favoritos. Eu também já sei que ele vai voltar com três bolas de sorvete para comer: pistache, flocos e manga, o que inevitavelmente vai render provocações da minha parte por ser uma combinação criminosa.

Quando isso acontece, abro um sorriso.

— O que foi? — Higor interrompe o movimento da colher carregada com o sabor de manga.

— Nada. — Engulo um pedaço de chocolate 70% em seguida. — Vamos ao que interessa? Você me chamou aqui pra discutir a sabotagem da Pétala e da Antonella, possivelmente com a colaboração do Américo, não foi? — Higor abre a boca, mas continuo antes que esqueça: — Ah! A Anna deixou escapar que viu o Gael elogiando nosso projeto pros outros orientadores ainda há pouco. Ou seja, se mantivermos os três idiotas em rédea curta, esse incidente não vai nos prejudicar.

— É, eu queria conversar sobre isso. — Ele pressiona o nariz curto por alguns segundos, os olhos fechados. — Não tenho certeza se foram eles, Clarissa.

— Ah, pronto! E eu sou o Papai Noel.

— É sério. Por que se prejudicariam dessa forma? Acho que foi sabotagem, sim, mas de fora.

— Quem faria isso, Higor?

Dessa vez é ele quem me encara como se eu tivesse elogiado o trabalho de um aspirante.

— Não sei se você sabe, mas as promessas nos odeiam. Não é por menos, a gente se excedeu no *bullying* em alguns momentos.

— Claro que não. — Higor ergue uma sobrancelha. — Digo, a parte sobre as promessas nos odiarem é verdade. Eu entendi aonde você quer chegar. Poderia ser qualquer um. — Suspiro e pego mais um pedaço do meu sorvete antes que derreta por completo. — Mas nós não pegamos pesado nos *bullyings*. Eles fazem o mesmo com a gente. É apenas chumbo trocado.

O garoto me encara por um tempo antes de voltar a comer o *gelato*. Do nada, a voz de Antonella dizendo que os sorvetes brasileiros nunca chegarão perto dos italianos ressoa na minha mente e tenho vontade de tacar o copo na cara dela.

— Enfim, acho melhor deixarmos pra lá. A gente já sabe que estamos visados pelos sabotadores, é só prestarmos mais atenção pra não acontecer de novo.

— Por que eu deixaria pra lá, Higor? — Meu rosto se contrai enquanto coloco meu sorvete na mesa, após sentir meu estômago se revirar com a sugestão. — É do *meu futuro* que estamos falando. Ok, você não acha que foi sabotagem interna, mas, de todo modo, foi sabotagem de *alguém*. E esse alguém não vai sair impune. Simples assim.

— Você realmente acha que vale ficar com fama de dedo-duro, Clarissa? Isso pode virar seus súditos contra você.

— Melhor do que manchar minha reputação entre quem realmente importa. E se o Gael resolver contar a verdade?

— Meu, ele não vai.

— Você não tem como ter certeza disso.

— Não, mas eu não acho que ele vai fazer. Por que se indispor com a filha do presidente da Academia das Artes Nacionais do Brasil? E a minha mãe e a família da Pétala também não são irrelevantes, sabe.

Ele tem um ponto. Os pais de Pétala são importantes ativistas ambientais e da causa indígena, raiz da qual se aproximaram nos últimos anos e que vem atraindo certo interesse por parte dela há, sei lá, uns dez meses? Além de serem renomados dançarinos de carimbó, é claro, enquanto a mãe de Higor tem quadros espalhados por diversas galerias da América Latina. Então, não rebato no impulso; ao contrário, volto a saborear meu sorvete até terminá-lo. Higor segue meu exemplo, demonstrando respeito pelo meu espaço. Embora eu reconheça a lógica por trás do argumento dele, não estou convencida de que seja a melhor decisão. Talvez eu discuta as opções com a Dani e a Pri mais tarde. Não, melhor falar com a Shadia, que já está na faculdade e, portanto, há menos chances de que esse incidente vaze.

— Vou pensar — anuncio, já de pé. — Quer ir ao cinema assistir a algum filme de qualidade duvidosa?

Higor pega minha mão e nos conduz até a fila do submersível.

Preciso de algumas horas dentro da minha mente para decidir o que fazer.

CAPÍTULO 14

— Esse não pode ser o seu conselho.

Faço uma careta de desgosto bem próxima ao celular para deixar evidente à Shadia minha opinião sobre a sugestão que acabou de me dar. Passei os últimos dez minutos explicando tudo que aconteceu com meu projeto, Gael e a sabotagem por chamada de vídeo, à toa pelo visto – e perdi o final de semana inteiro tentando falar com a bonita, que estava muito ocupada estudando ou saindo com as amigas.

— O que posso fazer? Acho que o Higor tá certo — Shadia responde, sem desviar o olhar do espelho sobre a pia luxuosa em que se maquia. Ela se prepara para um seminário na Artanum de Beirute, que acontecerá em uma hora. Um *hijab* rosa-claro adorna seu rosto redondo como uma moldura. Beleza é de família, sem dúvidas.

— Por que você me odeia?

— Ai, prima. — Dessa vez ela se vira para o celular antes de prosseguir: — Você sabe que o Artovócia é um momento super tóxico. Eu mesma me peguei fazendo coisas que não condizem mais com quem eu sou hoje. Mas isso passa. É só seguir em frente, sabe? Seu orientador adorou o jogo; é bem provável que o seu grupo vença como o melhor projeto. Então, deixa pra lá. Não vale a pena dar atenção aos desesperados.

— E se eu for uma dessas desesperadas? Odeio ser feita de palhaça, Shadia.

— Ninguém nunca vai te ver como palhaça, *qalbi*. Você é uma das pessoas mais inteligentes e dedicadas que eu conheço.

— Uma das? — Ergo a sobrancelha.

Shadia ri, incrédula.

— Para de levar tudo como um ataque pessoal, prima.

— Eu não…

Ela encara o celular e faz uma expressão como alguém que repreende uma criança mimada. A pincelada de raiva no meu peito aumenta, mas resisto à vontade de descontar nela. Shadia é uma das poucas pessoas em quem confio neste mundo. Além disso, estou sentada sozinha na Sala Desbotada, mas aqui do lado tem uma Galeria onde posso transformar esse sentimento em uma obra de arte daqui a pouco.

— Tudo bem. Desculpa.

Ela me devolve um sorriso vitorioso antes de abaixar o olhar, soltando as próximas frases como se fossem triviais, como se não tivessem o menor impacto sobre mim. O tom de voz é perfeitamente controlado, carregado de uma empatia calculada, e eu sei que isso é intencional. Ela provavelmente passou os últimos minutos arquitetando a melhor maneira de abordar o tema.

— E já que entramos nesse assunto, *amari*... Você sabe que o discurso da sabotagem em si não tava errado, né? "*A Arte, que deveria ser ponte, é ilha isolada, refúgio de justiças que não passam de fachada*"...

Levo uma mão ao rosto, abafando um grito.

— Achei que tivesse imaginado a nossa conversa na minha festa. Você realmente vai tentar me convencer de que o Artolestro não é meritocrático?

Ela finge não ter me ouvido, porque apenas continua seu raciocínio:

— Dizem que as oportunidades são iguais aí na escola, mas não são, não completamente. E antes que você me diga que estou exagerando, escuta. Porque não é só o que está escrito no papel, sabe? É o que acontece nas entrelinhas. Subtexto. Você é artista, entende o conceito.

— Entrelinhas? Todo mundo tem acesso às mesmas aulas, prima, às mesmas provas. Ao mesmo ensino. Se você se esforça mais, se sobressai.

Ela balança a cabeça levemente, como quem já ouviu isso mil vezes.

— As mesmas aulas, sim. Mas o que acontece quando um professor trata um aluno diferente porque acha que ele tem menos talento que outro? — Ela faz uma pausa, não para que eu responda; mas para dar peso às palavras. — Por exemplo: já reparou que, quando um portento reprova, ele raramente acaba aí na Sala Desbotada? Os pais pagam fortunas e de repente ele está fora do Artolestro, vivendo sua vida no anonimato do mundo ordinário, bem longe dos registros oficiais.

— Isso é boato. — Por que Shadia está acreditando em teorias da conspiração agora?

Ela ergue uma sobrancelha, o tom de voz firme, mas ainda controlado:

— Boato, Clarissa? Eu mesma vi isso acontecer. Só as promessas acabam na Sala Desbotada.

— Ok, ok. — Reviro os olhos. — Mas e as exceções? — retruco, na tentativa de recuperar o controle da conversa.

— Ah, claro, as exceções. Elas existem, não nego. Só que uma exceção não apaga a regra. Só porque alguém conseguiu superar tudo isso não significa que o sistema é justo. É como dar a mesma mochila pra dois alunos, mas uma delas está cheia de pedras e a outra, de ar. Ambos têm que correr a mesma distância. Mesmo que o aluno com a mochila mais pesada chegue na frente, o esforço e o desgaste que ele teve que enfrentar foram muito maiores. E, no fim, o simples fato de ele ter chegado não apaga as dores nas costas que a mochila causou no caminho.

Abro a boca para argumentar que sua visão é extremista, que quem se dedica tem chance de alcançar, sim, os objetivos; que o sistema não é perfeito, mas é no esforço individual que a meritocracia se comprova, não é? Afinal, se um aluno com a mochila pesada chega na frente, é porque soube usá-la como combustível, não como desculpa. E talvez as promessas até precisem mesmo desse empurrãozinho a mais, para alcançar o mesmo nível dos portentos, que estão inseridos no universo artístico desde que nasceram. Porém, ela dispara mais rápido:

— Olha, preciso ir se não vou me atrasar. Se quiser desabafar mais, me manda uma mensagem depois, ok? — Shadia pega o celular, e o visor revela detalhes do toalete onde ela está: amplo e completamente revestido de mármore branco e verde. — E não se esqueça que eu te amo. Mesmo a gente discordando, sempre estarei aqui pra você.

Engulo o ressentimento que se esgueira para dentro de mim por conta da bronca revestida de conselho que ela me deu e forço um sorriso. Shadia ainda é a pessoa com quem mais posso contar na vida, além dos meus pais. Não estou a fim de perdê-la justo agora.

— Tudo bem. Você está maravilhosa, como sempre. — Também me levanto e bato com a mão no vestido preto e borgonha para assentá-lo. — Me conta como foi o seminário assim que terminar?

Shadia confirma e se despede com seu jeito carinhoso. Quando ela desaparece, eu me vejo rodeada por obras de arte desbotadas. Não à toa, esse lugar é conhecido entre os alunos – e entre a maioria dos professores – como Sala Desbotada, embora a placa na porta indique seu nome oficial:

SALA DA PRESERVAÇÃO E MEMÓRIA

O SANTUÁRIO VITAL DA SOCIEDADE, ALIMENTADO PELA ENERGIA DOS TALENTOS PERDIDOS.

Eu me refugiei aqui entre a troca de aulas. Tudo bem tolerar uma hora e meia de Língua Portuguesa, mas ouvir o professor falar de física hoje realmente não dá. Por lei brasileira, o Artolestro precisa cumprir com as horas do Currículo Nacional Comum pela manhã, mesmo que, no fim das contas, praticamente ninguém da Sociedade faça o Enem.

Ainda tenho uns trinta minutos antes da aula de História, mas até mesmo para mim soa meio macabro ficar aqui por muito mais tempo. Poucos alunos a frequentam, a menos que precisem de tranquilidade, como eu quando venho desabafar com Shadia por videochamada. Apesar de os professores destacarem toda hora a importância desta sala para o funcionamento do Artolestro – da Sociedade, na verdade – sempre sinto arrepios ao passear por aqui.

Eu me aproximo de um dos quadros na parede *off-white* e o analiso com calma. É uma pintura abstrata, cheia de arestas e curvas inusitadas, guarnecida por uma moldura em acrílico. As cores estão opacas, mas dá para perceber a vivacidade do vermelho e do amarelo. Abaixo, se lê o nome "Pedro Manuel Silveira" e a data "1905-1922". Meu coração se aperta, adivinhando a história por trás da obra: reprovado no Artovócia e convidado – em outras palavras, obrigado – a se transformar na própria arte para ceder sua energia para a Sociedade e, assim, mantê-la viva. Eu me pergunto se ele era uma promessa, como acusou Shadia. Possivelmente sim, pois não me lembro deste sobrenome entre os portentos.

Vasculho o entorno antes de dar mais um passo em direção à saída. À esquerda e à direita, as paredes compridas estão abarrotadas de pinturas, desenhos, fotografias e televisores que passam sempre as mesmas gravações. Aqui e ali, pedestais exibem uma miscelânea de livros, discos, CDs, *pen drives* e esculturas de diversos materiais. A maioria das obras parece insípida e sem vida, sinalizando que em breve serão esquecidas e delas vão restar apenas as meras placas com nomes, relegadas à fachada da entrada da escola como testemunho de seu serviço à Sociedade.

Um triste fim, mas, de fato, melhor do que manchar a reputação dos artistas no mundo ordinário. Imagina ser confundida com uma aspirante?

Algumas promessas se arrependem de vir para o Artolestro assim que se deparam com a Sala Desbotada, mas uma vez que passam no teste aos onze anos e são matriculadas, é impossível ir embora. Não são a maioria, é claro. A maioria reconhece o prestígio de pertencer à Sociedade das Ilhas Submersas e não deseja desperdiçar essa oportunidade – até porque tirar o fazer artístico de um artista é como matá-lo engasgado no próprio silêncio. Além disso, se não treinarmos nossos dons, eles se perdem na vida adulta. Para completar, muitas promessas vêm de famílias menos privilegiadas no mundo ordinário e frequentar a escola representa uma chance de ascensão social. Bufo e cruzo os braços. Elas são bem hipócritas ao reclamarem dos portentos quando querem exatamente a mesma coisa que a gente: poder.

Mas não vou desperdiçar meu tempo pensando em hipocrisia. Saio da sala e me dirijo à bela porta de madeira à direita. A placa sobre ela diz "Galeria 19". Eu a abro. Apesar de possuir a mesma decoração do cômodo anterior, aqui o ambiente exala vida. Esta ala é dedicada aos livros, o que é uma sorte. Até hoje, não memorizei quais tipos de arte ficam em cada galeria, já que existem centenas delas na escola e, às vezes, mudam de lugar – dizem que isso é possível graças à energia cedida pelos reprovados. Apenas quatro vezes encontrei rascunhos deixados por meu pai como fonte de inspiração para outros alunos. Os de mamãe estão na unidade de Aveiro.

O lugar está vazio, então me encosto contra a parede do pedestal mais próximo à porta. Sobre ele, uma página amarelada pelo tempo descansa. Leio as primeiras linhas e sorrio. É um lindo poema, daqueles que abraçam e insuflam vida no peito dos leitores. Energizada é pouco para descrever como me sinto ao dedicar um mísero, porém infinito, tempo absorvendo a alma de cada uma das obras de arte ao meu entorno.

Inspirada, enfim me sento e retiro da mochila um caderno. Há um turbilhão de pensamentos e sentimentos dentro de mim, então eu os despejo sem filtro sobre o papel. Seria produtivo aproveitar para adiantar os textos de "O Labirinto das Almas", mas as lembranças sobre a sabotagem ainda me deixam irritada demais a ponto de bloquear minha criatividade. Só não para essa escrita – jamais para essa escrita visceral a qual me desmancho. Esta é libertadora, íntima. Arte bruta, porém, vigorante.

Clarissa, ouves o chamado do viver?
Lá longe ele brada em voz alta:
"os bons vivem sem se ~~abater~~ apear
pela afronta dos miseráveis
que ousam tentar silenciar
aqueles com feitos incomparáveis (talvez invejáveis fique melhor)".

O que aconteceu foi um golpe cruel,
Um ataque direto, um toque de fel.
Meus pais, que fariam? Pergunto em (com?) dor,
Vergonha sentiriam, ~~sim senhor~~ (meio brega, trocar).

Após minutos de versos, estrofes e parágrafos que me rasgam de dentro para fora, escrevo a pergunta que me consome. Quem sabe assim, meu coração me sussurre a resposta.

Eu deveria seguir os conselhos de Higor e Shadia?

Embora o raciocínio deles faça sentido, a decisão de "deixar pra lá" me apunhala com força no peito quando cogito aceitá-lo. De alguma forma, essa ideia faz com que eu me sinta... fraca. Desistente. E Clarissa Labaki não é nada disso. Nunca foi, nem nunca será.

Ainda derramo sentimentos no caderno quando escuto a porta se abrir. Sorrio, abatida, ao encontrar Dani e Pri atravessando o batente. Há poucos minutos, mandei uma mensagem para ambas, informando onde estava, para que possamos ir juntas para a aula de História.

— Bah, tu matando aula? — Dani brinca ao parar na minha frente. — O que tu fez com a verdadeira Clarissa?

— Quem precisa de física nos últimos meses do ensino médio? — retruco, já organizando meu material. — Perdi algo importante?

Priscila nega com a cabeça.

— Apenas revisão pro Enem.

— Como se alguém fosse fazer o Enem no Artolestro, né? — Dani emenda, me observando em busca de aprovação. Eu me forço a sorrir com vitalidade, feliz com o empenho dela em lutar pelo posto de melhor vassala.

— Ah, cara, sempre tem aqueles doidinhos que ficam tão traumatizados com o Artolestro que não querem nunca mais ver uma Arte na vida depois de formados. Aí fazem o Enem em algum momento. Aposto que a Valquíria e o Vini vão fazer — lembra Priscila. — Ainda assim, não deveria ser obrigatório acompanhar essa tortura, né?

— Pois é — concordo. Então abraço minhas amigas, que retribuem o gesto.

— Você tá bem? — Pri se afasta e analisa meu rosto com cuidado. — De verdade, gata, essa olheira aí é novidade.

— Tive um pesadelo e não dormi bem.

Saio da sala, as duas no meu calcanhar.

— A rainha dos sonhos tendo pesadelo é, no mínimo, cômico.

E bota cômico nisso, Priscila.

— Até parece que, sei lá, alguém tentou te sabotar pra roubar a tua coroa — zomba Dani.

Desta vez, paro e examino minha amiga. Ela percebe a análise, mas antes que consiga esconder a surpresa por trás dos olhos pequenos e azuis, eu os detecto: medo e um traço de soberba. Por que Dani sentiria medo logo após citar uma sabotagem? Ela sabe de algo? Ela *fez* algo? Não comentei nada com as duas sobre o que aconteceu na sexta-feira passada. E qual seria o motivo para esconder esse leve toque de orgulho? O que ela tem para se orgulhar em sua vida medíocre? E logo após sugerir que alguém tentaria roubar minha coroa?

— Clarissa? Dani? — Pri nos chama, interrompendo nossa batalha silenciosa. *Batalha*. Estaria mesmo Daniela Müller Stein me desafiando? — Já estamos atrasadas.

Corrijo minha postura e ergo a cabeça para observar pela última vez aquela garota que não se parece mais com a versão tímida e desesperada da Daniela. Não espero por nenhuma das duas ao caminhar, mas ouço os passos ecoarem atrás de mim.

Será que tenho um Brutus pronto para me apunhalar?

Daniela e Priscila foram dispensadas de vir à minha casa hoje, mesmo que seja segunda-feira. Preciso de algumas horas sozinha, o que não tive desde a apresentação para Gael na sexta passada. Logo após o fiasco, fui tomar sorvete e depois fui ao cinema com Higor. À noite, houve uma reunião familiar com todos os Bragança no Brasil; no sábado, subi para uma festa no barco e, no domingo, passei meu tradicional dia da preguiça na casa da Pri.

Além disso, mamãe fez uma pequena chantagem emocional para termos uma noite em família. Imagino que seja por ela estar ansiosa devido ao lançamento do seu novo filme em umas duas semanas. Embora nunca tenha verbalizado, passar um tempo conosco é a maneira dela de lidar com o nervosismo, então é claro que eu cedo. Até porque a última vez que fizemos uma maratona de filmes juntos foi... Sei lá, ano passado?

Além disso, colo vai me fazer bem.

Assim como ajuda artístico-tecnológica.

— Mãe — chamo ao entrar na cozinha. Ela está preparando pastéis de nata, nossos companheiros para o primeiro filme de "O Poderoso Chefão". O cheiro delicioso quase me faz esquecer o motivo de eu estar aqui.

— Oi, meu amor — diz com o sotaque português, enquanto mexe nos ingredientes sobre a ilha. — Queres um?

Não precisa perguntar duas vezes. Pego logo dois e dou uma mordida grande no primeiro. É maravilhoso. Ela sorri ao ouvir meu som de satisfação, mas seu semblante muda de repente.

— O que foi? Pareces triste.

É óbvio que o sexto sentido materno me denunciaria. Desloco o peso das pernas e desvio o olhar para baixo, buscando as palavras certas. Não quero que meu pai ouça da sala, pois ele se intrometeria, dado seu forte instinto protetor. Respiro fundo e termino o primeiro pastel de nata antes de começar a falar.

— Na sexta, meu grupo foi alvo de uma tentativa de sabotagem. — Mamãe solta os pastéis e arregala os olhos. — Pois é. E não notamos até que fosse tarde demais. Nosso orientador deu o maior esporro na gente.

Mamãe limpa as mãos em uma toalha e me puxa para um abraço. Ok, a parte do colo eu estava certa. Realmente ajuda. Respiro fundo, controlando as lágrimas, enquanto explico o que aconteceu. Com a voz o mais firme que consigo, relato sobre "O Labirinto das Almas", o entusiasmo de Gael com a parte teórica do jogo e a mudança inesperada no texto da Pétala. Quando termino, ela se afasta o suficiente para me avaliar. Nossos olhos e formato do rosto são iguais, então sinto como se estivesse me vendo em um espelho daqui a alguns anos. Na verdade, sou muito parecida com ela, tirando o nariz adunco e o tom um pouco mais escuro da pele, que puxei de *baba*.

— Queres que eu vá na escola conversar com ele ou com a direção? Não é possível que pensem que possas ter feito algo desse gênero.

— Não, não. — Reforço a negativa com um balançar rápido da cabeça. — Pelo amor de Deus, não. Seria terrível pra minha reputação se descobrissem que vocês foram lá lutar as minhas lutas. Ainda mais por conta de uma sabotagem.

Ela assente.

— Pois é... Sabotagens fazem parte da história do Artovócia, infelizmente. O que me surpreende é alguém ter a ousadia de tentar fazer alguma coisa contra ti. Aposto que foi alguma promessa. Elas estão ficando mais agressivas nos últimos anos, percebeste? A internet deu demasiada voz pra algumas pessoas.

— Sim, mas você consegue me ajudar de outra forma. — Mamãe me analisa com desconfiança. — Consegui o *pen drive* com as imagens adulteradas. Será que você, sua equipe ou o senhor Bianchi podem dar uma olhada e averiguar se é mesmo inteligência artificial? E se for, qual foi o programa usado? Ou qualquer pista que conseguirem descobrir.

Tiro a prova do crime do bolso do meu *short jeans* e a entrego para mamãe. Ela analisa o *pen drive* por um tempo antes de anuir.

— Tudo bem. Não parece ser tão difícil.

Dou alguns pulinhos antes de minha mãe fazer gestos para eu parar, embora sorria.

— Queres descartar a possibilidade de ter sido a Pétala, não é?

Desvio meu olhar do dela. Devagar, assinto. Mamãe recebe a informação com raiva.

— Foi só começar a namorar aquela *italianinha* — rio com o uso do apelido que dei para Antonella — que a Pétala piorou, não foi? Impressionante. Começou a repetir aqueles *mimimi* das promessas, percebeste? Fizeste bem de te teres afastado, meu amor.

Concordo, querendo encerrar o assunto. Por mais que seja uma merda admitir, verbalizar tal verdade sobre a Pétala dói.

Mamãe me abraça de novo e ficamos assim por alguns minutos antes de ela se afastar.

— Bem, já que vou ajudar-te com as imagens, que tal ajudares-me com os pastéis de nata?

Considero uma troca justa, então ofereço minhas mãos ao trabalho.

CAPÍTULO 15

Quando Anna Carolina convidou eu, Dani e Pri para assistir aos grupos clandestinos de luta artística neste 7 de setembro, cogitei muito não ir. Higor tinha me chamado para passar o dia com ele aqui perto, em Ilha Grande, mas recusei por medo de ele achar que temos algo mais sério. Desde o início do Artovócia, nunca mais nos beijamos. Uma parte de mim sente falta dos lábios do garoto, e definitivamente ele seria um bom namorado. Ainda assim… Só, não. Não quero namorar agora. E Higor não faz meu tipo. É bonito demais para esse posto.

De todo modo, estou feliz por ter aceitado o convite da Anna. Isso é muito legal.

Hoje tem duas lutas principais: a disputa pelo terceiro lugar e a pelo título do campeonato. A primeira já passou e a segunda vai começar a qualquer instante. Marcel e Felipe, sua dupla, buscam o primeiro lugar e, pelo que conheço do *bad boy* e vi na luta anterior, há grandes chances de eles vencerem. Dizem que Felipe é ótimo no *muay thai* e no *kickboxing*, enquanto Marcel é um exímio dançarino, capaz de criar fogo e raios com seus movimentos. Em uma performance artística, essa habilidade aumenta a dramaticidade, mas aqui, usada como arma, exala perigo.

O que é muito excitante.

Usar nossa magia para além de criar obras de arte é motivo de expulsão tanto do Artolestro quanto da Sociedade. No entanto, é evidente que locais como este, ocultos em espeluncas afastadas do centro de Paraty, existem aos montes não só no Brasil. Shadia já confirmou que há competições em Beirute e disse que ela se diverte assistindo a algumas. Mas é a primeira vez que eu venho a um torneio do tipo, e a sensação de frio na barriga, provocada pela adrenalina de participar de algo ilícito, torna tudo ainda mais fascinante.

Certo. É ilícito, mas é menos arriscado do que parece. Para convencer artistas a se exporem tanto, os organizadores dessas lutas são bem criteriosos: nenhum tipo de celular ou câmera pode entrar nos clubes, os lutadores sempre usam nomes falsos e há uma multa milionária para aquele que revelar a identidade de algum membro da

Sociedade. Há quem diga que certos locais são até dirigidos por milicianos e, bem, sabemos o que acontece com quem não segue as regras definidas por eles.

Meus pais me matariam se descobrissem que estou aqui. Mas não vão saber, claro. Isso porque estou usando meu colar artístico responsável por distorcer a realidade das pessoas em volta. Ou seja, ninguém vai se lembrar do meu rosto depois de quinze minutos afastado de mim.

Enfim, Marcel, Felipe e a dupla oponente já estão no ringue octogonal, que ocupa a maior parte do espaço abafado e mal iluminado. Os gritos animados de cerca das cinquenta pessoas que estão aqui são ensurdecedores enquanto os quatro trocam provocações, e aumentam ainda mais quando o garoto que conheço tira a camisa. Ele a arremessa na direção de Anna e dá uma piscadela, confirmando minhas suspeitas de que ela nos convidou por causa da crescente tensão sexual entre eles desde o início do Artovócia.

Se eu beijar o Marcel hoje, o sexo de reconciliação dos dois vai ser mais gostoso? Ele está uma delícia, bem dentro dos meus padrões para encontros casuais. Talvez eu possa ajudar a apimentar a relação deles no fim das contas – e quem sabe Higor até fique com ciúmes e implore pela minha atenção. Eu sairia ganhando em dobro.

O apito que marca o início da luta ecoa e muda o rumo dos meus pensamentos. De repente, eu me pego gritando, pulando e trocando olhares animados e risadinhas com Anna, Dani e Pri. Pelas expressões delas, estão tão entusiasmadas quanto eu por fazer algo fora da lei. Não à toa, vilões e personagens moralmente cinzentos fazem tanto sucesso em histórias. A vida deles é bem mais interessante mesmo.

Anna berra quando Marcel esboça os primeiros movimentos de dança, em busca de seus raios e chamas. Enquanto isso, Felipe se atraca com o lutador profissional e, na lateral oposta do ringue, o artista da outra dupla também prepara a própria arte. Ouvi falar que ele se chama Odair e é um excelente pintor, capaz de dar vida aos desenhos que rascunha no pequeno quadro negro à sua frente.

Odair é o primeiro a ativar a magia. Do quadro, um gavião toma forma e dispara em direção a Felipe, que agora precisa se proteger dos golpes do lutador *e* do artista. Observo Marcel; os dentes cerrados e o suor pingando da testa denunciam nervosismo. Um pouco atrasado, seus movimentos enfim produzem uma rajada de chamas, que voa até a ave. A habilidade do pintor é surpreendente, pois é possível ouvir o chilrear do gavião ao ser atingido. Ele se desintegra no ar em poucos segundos.

Agora, Marcel emana um calor intenso. Seus movimentos fluem como chamas, e faíscas elétricas dançam em volta dele. Segundo as regras, os competidores não podem causar danos reais aos oponentes, apenas dificultar a movimentação uns dos outros. A vitória é da dupla cujo lutador profissional nocautear ou forçar a desistência do adversário primeiro. Então, Marcel conduz as chamas embebidas em eletricidade na direção de Odair. O golpe não o atinge, mas o enreda em um redemoinho implacável. Vai ser difícil para o pintor dar vida aos desenhos caso fique preso nessa armadilha.

Em meio ao caos, resta a mim e ao público apenas vislumbrar os movimentos ágeis de Odair conforme ele desenha.

Felipe e seu oponente caem no chão, o que presumo ser uma desvantagem para o garoto. Ao meu lado, alguém repete incessantemente que esta é a melhor opção para Victor, seu oponente, que é faixa preta em *jiu jitsu* ou algo do tipo.

— Meu Deus! — berro, assustada quando o quadro negro de Odair se eleva acima da armadilha de Marcel e os desenhos escapam dali. Em um piscar de olhos, um enxame de abelhas envolve Felipe, ao mesmo tempo que um muro de flores se ergue no ringue, bloqueando a visão e a passagem da magia de Marcel. Ele xinga alto, e Anna leva as mãos à boca, horrorizada.

— Calma, gurias. Ele vai escapar — Dani sussurra.

Não tenho certeza disso e, embora eu queira parar de me torturar, não consigo desviar meus olhos da luta. Se meu coração já quer fugir pela boca, imagino como Marcel está se sentindo agora. O receio não dura muito, contudo. Ele parece ter uma nova estratégia para ajudar Felipe a suportar as abelhas e os golpes de Victor, pois dança rapidamente. Pelos movimentos e batidas fortes com os pés no chão, parece flamenco. Uma eternidade passa diante dos meus olhos, mas o esforço de Marcel dá resultados. A armadilha ao redor de Odair é apenas um sopro do que já foi, mas um novo foco de chamas, muito maior do que o anterior, surge rente ao chão, e logo Marcel o conduz para as mãos e, de lá, rumo ao muro de flores.

É um tanto triste testemunhar a destruição de arte tão bela; porém, ao mesmo tempo, é uma metalinguagem cativante. Girassóis, margaridas, orquídeas e copos-de-leite se desfazem no ar. Quando as chamas se extinguem, um punhado de raios persegue as abelhas no ringue. Uma por uma, elas caem no chão como se fossem o pó de estrelas da Sininho. Só paro de prestar atenção nelas quando, do nada, Victor, embolado com Felipe no chão, emite um grito estranho.

A plateia se divide: metade aplaude, enquanto a outra metade xinga Marcel – pelo seu codinome, claro.

— Ih, deu ruim. O raio atingiu o Victor? — Pri pergunta baixinho.

— Acho que sim — sussurro de volta. — Mas isso é trapaça, não?

— Pode ter sido sem querer. Aí seria falta — explica Anna, tensa.

— O juiz não parou a luta — Dani constata o óbvio, como sempre, avaliando o entorno.

O Marcel que me disse que sabotagem no Artovócia é uma atitude dos espertos saltita pela minha mente. Enrijeço o corpo para obrigar o pensamento a ir embora. Não é tão eficaz.

Estamos na primeira fila, bem perto do octógono. Atrás de nós, a multidão está pronta para explodir; o foco da ira, entretanto, passeia por entre Marcel e Felipe,

Odair e Victor e agora até mesmo o juiz é alvo devido ao silêncio sobre a possível falta – ou trapaça.

O que lembra sabotagem.

Balanço a cabeça, afastando o raciocínio.

A luta continua. O pintor escapou da armadilha de Marcel quando este teve que se concentrar no golpe que destruiu o muro de flores e as abelhas. Já recomposto, ele desenha algo na tela, mas não consigo decifrar a forma do ângulo em que estou.

Nem é preciso, contudo.

Pois o sino que marca o fim da luta é tocado antes que a pintura ganhe vida.

De repente, braços me envolvem por todos os lados e gritos ressoam bem próximos aos meus ouvidos. Confusa, examino o ambiente, tentando compreender o que está acontecendo. Alguns segundos depois, o óbvio: Felipe nocauteou Victor. No primeiro *round*.

A plateia irrompe em delírio, e decido simplesmente me deixar levar pela euforia do momento. Grito como uma desvairada, saltando junto com minhas amigas. A bagunça dura muito tempo, com direito a Anna e Marcel se beijarem assim que ele sai do ringue. Pri e Dani aplaudem, mas só consigo pensar em como soaria muito escroto beijar o garoto agora. Bom, fica para uma próxima oportunidade.

Cerca de um terço da plateia foi embora depois da vitória de Marcel e Felipe, deixando o lugar bem mais arejado durante a cerimônia de premiação – apesar de o cheiro repugnante de suor ainda prevalecer. As três melhores duplas são laureadas e recebem um cinturão azul e alguns milhares de reais pelas conquistas. Parece uma boa quantia para artistas cujo ganha-pão não é tão substancial através da própria Arte.

— Bora comemorar? — Anna nos convida em algum momento e só aceitamos.

É assim que termino a noite dentro do Bar do Armando, uma espelunca daquelas que se encontram em histórias focadas na pobreza do Brasil. A decoração, como a arena onde aconteceu a luta clandestina, é escura de um jeito nada aconchegante. Faltam pontos de iluminação coerentes e não tenho certeza se o copo da cerveja que estou bebendo foi higienizado de forma correta. E com certeza o cheiro de maresia esconde outros odores menos graciosos. Mas tudo bem. Hoje estou aqui pela experiência.

Junto comigo, estão Anna, Marcel, Dani, Pri, Felipe e um punhado de pessoas que não conheço. Nenhum deles é artista para suscitar meu interesse em uma conversa mais profunda, mas o lutador de *muay thai* é bem beijável. Bom, está bem dentro do meu estilo para namoros e não será uma afronta ao meu PPBB: pele branca bronzeada daqueles que amam passar o dia inteiro na praia, olhos profundos, corte de cabelo que não o favorece em nada, estatura mediana e um rosto em que cairia bem uma harmonização facial.

— Então você é artista como o Marcel — ele sussurra ao meu ouvido. O local é tão barulhento, que não tenho receio algum de alguém escutar nossa conversa, embora eu capte com frequência frases de pessoas zombando de Odair e Victor por perderem no primeiro *round*.

Afasto outra vez o pensamento que insinua que eles foram roubados, já que o golpe do Marcel foi fundamental para fazer o lutador deles ser nocauteado.

— Isso, mas minhas habilidades são diferentes — explico com a voz melosa. — Consigo antecipar todas as formas de conduzir uma cena, o que me faz ter ganhos em produtividade em projetos em audiovisual.

— Caraca, muito maneiro. — Mas Felipe parece mais interessado nos meus lábios do que no conteúdo que sai deles.

— Clarissa — Anna me chama e nós dois nos viramos para ela. — Eu e as meninas vamos pedir petiscos de frutos do mar. Quer?

Arregalo os olhos, desconfiada.

— Será que é uma boa pedir frutos do mar aqui?

— Qual é! Aqui nem é tão fuleiro assim e estamos à beira da praia. Lógico que é bom.

Tenho minhas dúvidas, mas não serei chata no dia em que tirei para ser inconsequente.

— Tá. Então eu quero. Menos polvo. — Diante da minha afirmação, Anna tomba a cabeça para o lado, alisando os fios pretos, com as sobrancelhas franzidas. — Não como polvo. Eles são muito inteligentes pra terminarem no meu estômago.

Ela ri e levanta as mãos em sinal de rendição.

— Ok, nem vou discutir essa explicação sem sentido.

Dou de ombros antes de voltar a atenção para Felipe. Então, continuo o assunto de onde paramos.

— Acho que você vai considerar a minha outra habilidade mais *maneira*. — Quando ele me pergunta qual é, explico: — Crio narrativas que influenciam os sonhos das pessoas. Elas avançam com a história dentro de suas mentes quando vão dormir.

Essa é uma versão bem resumida, mas tenho certeza de que se entrar nos pormenores ele não vai entender, muito menos engajar.

— Nossa, isso é *muito* maneiro. — Queria que ele tivesse outros adjetivos para descrever meu talento, mas tudo bem, porque os lábios dele também são mais interessantes que o seu conteúdo. — Isso em livros?

— Principalmente em livros, sim. Mas já consigo fazer isso em textos interpretados por atores. Ao vivo e no audiovisual. É menos potente, mas posso, e quero, aperfeiçoar.

— Literalmente uma musa dos sonhos. — Ele aproxima a boca do meu pescoço e sinto seu hálito fazer cócegas na minha pele.

Rio, sabendo que isso vai atiçar o garoto. Não demora para a mão dele acariciar meu braço. Ao fundo, avisto Dani e Pri cochichando sobre a gente. Aposto que estão comentando sobre eu ter escolhido logo o feio para beijar.

— Tem um livro com o título parecido, em que a protagonista, assim como eu, também entra nos sonhos das pessoas, mas o faz através de mariposas sempre que dorme. É bem fantasioso, sabe? E, no geral, ela cria pesadelos.

— É um desses clássicos da literatura que vocês estudam no Artolestro?

Eu me afasto, ruborizando ao lembrar que a garota tem a pele azul. Não, não é, mas Felipe não precisa saber.

— Claro. Evito contato com artes não validadas ainda. — Remexo no cabelo, e Felipe me puxa para mais perto de novo.

— Muito maneiro, cara.

Suspiro. Chato.

— Acho que eu não seria uma boa lutadora — mudo de assunto. — A habilidade do Marcel é mais agressiva, né?

Felipe dá de ombros.

— Talvez. Pra entrar nos sonhos, a pessoa precisa tá dormindo?

— Sim. A narrativa continua na primeira vez que a pessoa dorme após ler ou ouvir minha arte.

— Se tu conseguisse prender as pessoas em sonhos ou pesadelos acordadas, seria uma habilidade muito foda pra um torneio.

Me empertigo, entretida.

— Não tinha pensado por esse lado.

Não é que Felipe foi útil? Talvez eu possa explorar essa linha na faculdade. Após essa ideia brilhante, sinto que ele até merece um beijo, apesar do assunto tedioso. É, e ele não vai se lembrar do meu rosto depois mesmo, certo? Por isso, me inclino, mas quando ele tenta diminuir a distância entre nós, viro para roçar seu pescoço. Ficamos provocando um ao outro por alguns minutos até, finalmente, nos beijarmos.

De fato, os lábios dele são muito mais interessantes do que a conversa.

CAPÍTULO 16

Uma das disciplinas optativas que escolhi neste semestre é Letra, Composição & Melodia. Além de literatura, roteiros de teatro e audiovisual, sempre quis ser capaz de produzir o efeito onírico do meu poder através da música, seja eu mesma cantando ou outros. Por isso, toda terça-feira à tarde desligo meu cansaço pós-almoço e me esforço para aprimorar minha capacidade prática, já que a teoria é moleza.

Porém, hoje está sendo impossível me concentrar. E a culpa é toda da Pérola Santoro.

Fazia muito tempo que não pensava nela; ou melhor, que pensar nela não me angustiava a ponto de sentir calafrios pelo meu corpo. Seguir à risca o conselho do meu pai de esquecer a diretora foi a melhor decisão que tomei; por isso, eu o vinha pondo em prática com louvor. Então, por que de repente a maldita não sai da minha cabeça? Até com uma versão mais rápida e leve da cobra tive o desprazer de sonhar hoje.

Se antes me sentia culpada por *talvez* ter trocado a bebida dela por acidente, agora sinto raiva. Não era para isso acontecer comigo. Não era nem para o nome da Pérola constar entre os dos alunos naquela lista. Sei que ela não teve culpa de morrer, mas... logo depois de uma pegadinha minha? Certo, não éramos próximas e algumas atitudes dela me incomodavam, como tentar alavancar um projeto para trazer os dormitórios das promessas de Paraty para uma ilha submersa, o que aumentaria os impostos ao mesmo tempo que diminuiria o status de exclusividade de quem mora aqui, mas... Eu não a queria morta. Por Deus, odeio mortes. Mortes só são legais como efeito dramático na Arte.

Só quero que essa raiva vá embora. Mas como dissipá-la, quando ela se impregnou em mim? Ao mesmo tempo, também não quero abrir espaço para que retorne a culpa por um acidente que talvez nem tenha o meu dedo. Afinal, foi um erro da cozinha. Eles foram demitidos por terem lido a lista erroneamente ou se confundido devido à semelhança nos nomes. Foi isso que aconteceu, não? Essa é a explicação vigente, mas são tantos "e se" que somente eu sei que me dá vontade de vomitar.

Não ajuda em nada o tema da aula de hoje ser transgressão, e esse conceito trazer tantas nuances, algumas sobre as quais não quero refletir agora. Então, quando a professora libera a turma depois de elogiar meu trabalho, tão esvaziado de magia quanto o peito de um poeta não atormentado, passo apenas alguns minutos conversando com alguns colegas. Cogito me esconder na Sala Desbotada ou em alguma Galeria até precisar me reunir com meu grupo do Artovócia, mas essa prática está se tornando tão frequente que alguns rumores já começaram a circular: estaria a rainha Clarissa deprimida? Ou talvez seus vassalos não a amem mais?

Bando de idiotas.

Pelo menos a luta clandestina da quinta-feira passada cumpriu bem o papel de trazer os holofotes de volta para a minha pessoa de forma positiva. A vitória de Marcel foi comemorada entre o grupo mais exclusivo de portentos e, claro, como eu estive lá, seu brilho respingou em mim também. Se Higor não tomar cuidado, vai acabar perdendo o título de portento mais interessante do último ano para o *bad boy*. E bem que eu poderia me aproveitar de uma fase rebelde. Será que a Anna ficaria muito chateada se eu o pegasse para mim?

De todo modo, decido não matar a aula de Crítica Artística, até porque a sala desta turma fica aqui pertinho. Gosto bastante dessa ala, inclusive; é um espaço acolhedor e pequeno, distribuído em dois andares dentro do complexo labiríntico que é o Artolestro. Foi construído nos moldes de um charmoso estilo colonial brasileiro, e, por isso, é carinhosamente apelidado de mini-Paraty ou mini-Pelourinho, dependendo de onde nasceu o estudante. Devido à localização, frequentam o ambiente apenas os alunos com aulas agendadas por aqui.

Por sorte, tenho a companhia de Dani e Pri dessa vez. As duas já estão acomodadas em carteiras na primeira fila e não me veem me aproximar. Dani berra quando digo atrás dela:

— Olá, amores.

Priscila ri conforme Dani ofega com a mão no peito.

— Que susto, guria!

Ergo uma sobrancelha. O que estava fazendo para se assustar tanto, hein?

— E aí, gata. — Pri indica a carteira ao seu lado.

Ao me sentar, reparo que Dani não está rindo com a gente. Ela me fita com um ressentimento que nunca captei em seu rosto rosado. Franzo a testa, devolvendo o olhar. Então finalmente minha amiga sorri, mascarando o sentimento negativo por trás de uma torrente de fofocas que ouviu naquela manhã.

Priscila parece não notar, pois desanda a responder, animada. Será que estou imaginando coisas? Não, não pode ser. Sou boa em ler as pessoas e... Ali. Os ombros tensionados, Dani inclinada para o outro lado, como se não quisesse minha presença... Se eu for honesta comigo mesma, tenho notado alguns comportamentos estranhos nela desde a sabotagem. Nossas conversas se tornaram mais pontuais e ela parece menos interessada em obter minha aprovação. Por quê? O que Daniela Stein está escondendo de mim?

Interajo com as duas, pois não quero denunciar que *sei* que ela é culpada por algo. E é bom que não seja por *me* atrapalhar no Artovócia, pois podemos ter ótimas memórias juntas, mas não hesitaria um segundo em tornar a vida dessa ingrata um inferno se ela tiver me traído. De todo modo, se essa garota maquinou algo contra mim, não agiu sozinha. Sei lá, talvez Pétala pensasse em algo tão engenhoso, mas Dani não é tão inteligente para ter elaborado um plano envolvendo inteligência artificial. Uma raiva súbita pela demora da minha mãe em trazer pistas sobre meu sabotador me atropela, assim como ao pensar naquele nome.

Pétala.

Enrijeço o corpo. Não nos falamos direito desde a sabotagem, apesar de Higor estar empenhado em concretizar nossa reaproximação. Mas o que ele espera? Como deixar nossas diferenças para trás se perdemos peças do quebra-cabeças da nossa amizade e, ao comprarmos novas, percebemos que elas não se encaixam perfeitamente? Como seguir em frente se as memórias doces são ofuscadas pelo amargo das lembranças mais recentes? Pétala mudou da água para o vinho, e finge que a parte que nos unia não existe mais. E eu não a reconheço ao lado de Antonella, assim como não a reconheci quando ela passou a me desafiar na frente de nossos colegas… A me envergonhar e questionar meu caráter.

Eu devo ser muito trouxa mesmo, porque encaro o celular e quase envio uma mensagem pedindo para que conversemos outra vez, confessando que sinto saudades da gente. Por sorte, sou impedida de agir por impulsividade quando o professor entra na sala, animado. Porém, minha mente não acompanha o que ele diz; está presa em um redemoinho de pensamentos que nada tem a ver com o conteúdo da aula. Em um desses giros, um fato se sobressai: antes de Pétala me trair, ela também era próxima de Daniela e Priscila. Elas se distanciaram por minha causa, mas e se esse distanciamento não foi absoluto? E se Daniela estiver envolvida nesse esquema sórdido com Pétala e Antonella?

Meu Deus! E eu aqui sofrendo pelas duas…

Mas a lógica tem falhas. Dani com certeza não é pró-promessas ou algo do tipo. E se não for Pétala a sua aliada? E se for um sabotador assumido, alheio às consequências de sua reputação já comprometida pela imagem de *bad boy*? E se Dani e Marcel estiverem agindo para dar vantagem aos seus grupos este ano? Faz sentido, não faz? Eles até que são ambiciosos; todos os portentos são. Bom, nem todos, mas a maioria sim. Enfim, será que Anna e Priscila também estão envolvidas nisso?

Minha cabeça gira tanto que ergo a mão. Peço ao professor para ir ao toalete. Priscila e Dani me encaram, preocupadas, mas a visão das duas apenas me causa ojeriza.

Tento esconder a careta de nojo conforme murmuro que está tudo bem, que é só uma dor de cabeça e que preciso de uns minutos de silêncio. Saio correndo para o toalete no jardim, longe da mini-Paraty. Os corredores estão vazios devido ao horário letivo, então não esbarro em ninguém pelo caminho.

Bem, quase ninguém.

Uma gritaria me desvia do meu destino. Não leva muito tempo para eu compreender o que está acontecendo do outro lado do jardim, pois é bastante evidente: Julio, César e um garoto portento, cujo nome sempre me escapa, encurralaram Américo contra um muro decorado com espadas de São Jorge, costelas de Adão e hera verde.

— Você não vai mais falar com ela! Entendeu, seu merda?

Américo ri da ameaça de César, debochado. Devo admitir que ele tem coragem, pois são três portentos contra uma promessa. As chances de ele se livrar, seja por conta própria ou com a ajuda de algum monitor ou professor, são bem ruins.

— Tá rindo de quê, babaca!? — esbraveja Julio, atrás de César.

— De como vocês são patéticos. Principalmente você. — Ele aponta o dedo para César e dá um passo em direção ao garoto. — Precisa de dois amigos pra defender a sua honra, é? Presepeiro! Ficou retado porque não guenta dar conta da sua garota, é? Pois eu dou.

O soco de César quase alcança o rosto de Américo, mas ele se esquiva dando um passo para trás.

Reviro os olhos e cruzo os braços. É claro que tem a ver com mulher.

— Acha que eu sou o Higor pra ter medo de você e dos seus espíritos, rapaz? Vamos resolver isso como homem! — Noto os ombros do garoto se tensionarem, mas Américo apenas solta um riso sarcástico. Ainda assim, não esperava que César pudesse ser tão baixo com as palavras que profere a seguir: — Já não basta ser preto, ainda é macumbeiro e sai por aí se achando dono da escola.

A porradaria começa e, por um momento, cogito seriamente deixar que Américo nocauteie César. Não tenho nada a ver com isso, nem sei quem é a pivô de toda essa confusão. Porém, me pego cultivando a ideia que floresceu na minha mente depois de ouvir César mencionar o dom de Américo. Além disso, Julio e o outro garoto enfim entram na briga, o que deixa tudo muito injusto para o meu colega de Artovócia.

— Ei, ei, ei! Parem com isso! — grito, me aproximando. — Que porra foi essa, César? Está maluco!?

Julio me encara por alguns segundos antes de puxar César, enquanto o outro portento tenta, sem sucesso, aplicar um mata-leão em Américo. Ambos lutam para se soltar, proferindo impropérios que me causam uma vergonha alheia profunda. Quando enfim os dois param, findo a distância entre nós.

— Acabou esse *show* de horror? — Cruzo os braços e levanto uma sobrancelha. — De uma promessa eu até poderia esperar uma atitude dessa, mas de vocês três? Lamentável. E você é bem mais baixo do que eu imaginava, César. Ser... ser... — A palavra parece presa dentro de mim, mas sinto uma necessidade urgente de gritá-la depois de toda essa cena ridícula. Então, a solto de uma vez: — Ser racista assim!

— O que você quer, Clarissa? — ele dispara por cima de mim. Em suas íris castanhas, faísca o que ele gostaria de dizer de verdade: "não se mete, garota".

— Que parem com isso. Pensei ter sido clara. Américo faz parte do meu grupo no Artovócia, sabe? Não seria legal presumir que se trata de uma sabotagem, né?

— Não viaja, Clarissa. — César cerra os dentes e se desvencilha do abraço apertado de Julio, que me analisa um pouco assustado. Do outro lado, Américo faz o mesmo, resmungando.

Examino César de cima a baixo, deixando claro que não estou brincando quanto à minha ameaça. Em seguida, dou dois passos lentos em direção a Américo, mantendo o olhar firme na promessa antes de voltar a encarar o portento.

— Américo?

Um breve silêncio perdura. César quer protestar, mas Julio o impede com uma cotovelada.

— Não tem a ver com sabotagem — Américo confirma, bufando. — Tem a ver com a Cassiane.

— A portento ruivinha do segundo ano?

Nossa, mas ela nem é tão bonita assim para justificar uma briga.

— Minha namorada — rosna César, entre dentes.

— Namorada porra nenhuma! Vocês ficavam e, bem, isso não te impediu de pegar a amiga dela, seu babaca — rebate Américo, pronto para reiniciar a pancadaria. César também parece querer continuar o combate físico, mas seus amigos o mandam parar.

— Bom, se ela está solteira, você só está querendo aparecer às custas do Américo — acuso, as mãos na cintura. — Está tão desesperado por atenção que decidiu brigar com uma promessa?

— Vai se foder, Clarissa! — ele rosna, mas seus amigos o repreendem verbalmente e abrem os braços em protesto.

— Que indelicado — digo, sem alterar meu tom de voz.

— Não é legal xingar uma garota, véi — sussurra Julio ao ouvido dele. — Vamos antes que apareça algum professor.

— Se vocês forem agora, finjo que nada disso aconteceu. — Entrelaço meu braço com o de Américo, deixando claro que ninguém tem o direito de importunar alguém do meu grupo.

Antes de permitir que Julio e seu amigo o arrastem, César lança uma última ameaça:

— Fique longe da Cassiane. Não era nem pra gente da sua laia frequentar essa escola.

Américo se prepara para retrucar, mas dou uma cotovelada na sua barriga. Assim que os três se afastam, solto o braço do garoto e o encaro, esperando que ele explique que porra foi essa.

— Pensei que você fosse melhor do que as outras promessas.

— Na moral, Clarissa. Se vai começar com essas merdas elitistas, vou parar de ser legal com você.

Ok, não quero que ele deixe de ser legal comigo justo agora. Então, engulo meu orgulho ferido e decido mudar de abordagem. Abandono a postura de rainha fria e adoto o arquétipo da princesa virtuosa. Levo uma mão ao braço dele, acariciando os músculos recém-conquistados sob a blusa preta de mangas compridas com detalhes em laranja-frívolo.

— Você está certo. Esquece que disse isso. César foi escroto demais. Não esperava que tivesse tal atitude.

O garoto levanta uma sobrancelha.

— Sério, Clarissa? Isso é bem a cara dele. — Américo faz um gesto com a mão, como quem já está farto da conversa. — Você só não percebe porque são amigos. Se você fosse uma promessa como eu, o tratamento seria outro. Na primeira oportunidade, o idiota já te mandou ir se foder.

Enrijeço diante do riso sarcástico que ele solta.

— Ei, espera aí — retruco, sentindo uma necessidade inexplicável de defender César. — Ele pode ser grosseiro e babaca às vezes, mas não é como se...

— Como se o quê? — Américo me interrompe, a voz baixa e afiada. — Não fosse racista, misógino, elitista? Ele só respeita quem tá no topo, Clarissa, e, mesmo assim, até a página dois. Experimenta só você não ser rainha da escola ou filha dos seus pais pra ver o que vão falar de você.

— Isso não é justo — começo, mas ele me corta com um aceno abrupto.

— Melhor voltarmos pra aula. Nos vemos mais tarde.

Antes que eu consiga insistir, Américo já se precipita para longe. Mas não posso deixá-lo ir embora assim, não quando urge a necessidade de obter respostas, de colocar meu plano em ação. Então, sussurro seu nome, quase como se eu estivesse chorando. Quando ele vira, meu rosto está baixo, como faria uma menina tímida. Deslizo meu pé direito pelo chão devagar e escondo as mãos nos bolsos do vestido. Contenho um sorriso quando o garoto cai na armadilha:

— Qual foi? Tá tudo bem?

— Na verdade, não. — Viro de costas para ele. — Desde a apresentação pro Gael, estou abalada. Por causa da sabotagem. E agora isso... É muita coisa pra processar.

— Não vai acontecer de novo, Clarissa. A sabotagem, digo. — Américo repousa uma mão no ombro e sua voz é tão doce que quase desperta pena em mim.

— Você não tem como ter certeza disso. Eu… Parece que estou enlouquecendo. Desconfio de todo mundo. E agora essa cena do César. E se ele for mesmo essa pessoa terrível que você diz? E se ele tiver nos sabotado como vingança por você estar transando com a Cassiane?

Américo reage de forma brusca ao ouvir o verbo "transar", retirando uma mão do meu ombro. Escuto o som pesado de sua respiração às minhas costas, seguido pelo arrastar dos pés na grama.

— Pô, véi. Pior que não acho que foi esse estopô, não.

Giro o corpo em direção à promessa. Ele desvia o olhar do meu. Algo dentro de mim se agita. Por que não? O que está escondendo, Américo?

— Como você sabe?

Depois do que testemunhei hoje, uma parte significativa de mim realmente acredita que César pode ser o culpado. No entanto, outra parte clama que a convicção de Américo sugere que ele sabe como a cena de "O Labirinto das Almas" foi alterada e, por isso, também tem culpa no cartório também.

Toda essa situação é tão irritante! É frustrante perceber que as pessoas sabem mais do que revelam. Mas não vou permitir que Américo escape sem compartilhar seu conhecimento comigo. Eu me expus ao me intrometer na briguinha dele com César, então preciso, pelo menos, colher minha recompensa.

— Tem razão. Não sei. — Ele admira os próprios pés agitados sobre a grama. — Eu também peguei ar com o que aconteceu, mas concordo com o Higor, por mais que me doa confessar isso. Agora que sabemos que somos visados pelos sabotadores, estamos preparados pra impedir que isso se repita.

— Nossos fãs — uso o termo em tom de deboche — são bem criativos. Podemos não antecipar tudo que eles podem fazer.

— A gente vai se esforçar ao máximo, Clarissa.

— E se o máximo não for suficiente?

Sou mais incisiva no argumento, mas deixo minha expressão evidenciar o pavor no meu peito. Não é difícil, porque o medo se mescla com a raiva dentro de mim, embora me recuse a usá-lo como motor. A vingança é muito mais sedutora do que me permitir a fraqueza de chorar trancada em um toalete por causa das adversidades da vida.

— Rapaz, vai ter que ser. O que a gente pode fazer, véi? — Américo desliza os dedos pelos dreadlocks castanhos, um gesto que se harmoniza com a tensão velada em sua voz.

— Bom, eu tive uma ideia.

— Qual?

Levanto a cabeça com confiança, fitando bem fundo os olhos dele.

— E se os espíritos tiverem alguma pista pra nos dar?

CAPÍTULO 17

— Que tal a Galeria 3?

Não espero a resposta de Américo antes de empurrar a porta. Assim que a cruzamos, o espaço nos envolve por completo. As paredes estão cobertas de quadros em constante mutação – pinceladas que mudam de posição, cores que se transformam com o ângulo e a temperatura da luz. No centro, uma escultura à la Michelângelo, só que translúcida de vidro, flutua, seus fragmentos refletindo um arco-íris de tons sobre o chão polido. O ar tem um aroma sutil de tinta fresca e algo metálico.

Estou pronta para me deixar levar pela Arte viva quando sinto a mão de Américo no meu ombro.

— Aqui não. Tem muita gente.

Só então noto três portentos escorados perto de uma pintura à direita, que vibra em tons de vermelho e dourado. Eles riem alto, tão envolvidos na conversa que nem percebem nossa presença.

— Por mais que eu nunca tenha vindo aqui e queira muito ver tudo isso, precisamos de um lugar vazio. — Américo desvia o olhar para o chão, desconfortável. — O diretor Martinez me pediu pra evitar invocar espíritos ou qualquer coisa relacionada à umbanda enquanto estiver de uniforme.

Arqueio a sobrancelha. Talvez devesse perguntar o porquê para ele compartilhar mais sobre esse pedido do diretor, mas, sinceramente, só estou com pressa. Américo aceitou me ajudar, então incentivá-lo a falar sobre possíveis punições seria como convidá-lo a desistir.

Opto por outro caminho, tentando demonstrar um interesse mais seguro:

— Por que nunca veio aqui antes? A Galeria 3 aparece o tempo todo pra mim.

— Oxe, por que será? Clarissa, a escola não apresenta as mesmas galerias pra promessas e portentos. Nunca percebeu?

— Claro que apresenta.

Ele solta um riso seco, seguido de um olhar que parece pesar uma tonelada.

— A escola destina as melhores galerias pros portentos. Galerias como essa basicamente só aparecem pra vocês. — Ele gesticula vagamente, procurando as palavras. — Enfim, o lugar mais seguro deve ser a Sala Desbotada mesmo.

Américo sai sem me esperar. Preciso dar uma pequena corrida para alcançá-lo, um pouco irritada. Ela havia sido o primeiro lugar que sugeri que fôssemos, mas ele recusou, dizendo que não se sentia muito bem lá dentro.

Caminhamos juntos pelo corredor vazio, o eco de nossos passos preenchendo tudo ao nosso redor. As paredes repletas de obras de arte parecem nos observar enquanto seguimos até lá. Empurro a porta sem hesitar, e a familiaridade do espaço me atinge. A Sala Desbotada está como de costume: vazia, fria, macabra. As luzes, sempre baixas, deixam tudo em uma penumbra suave.

Américo não demora a se acomodar em um canto, os movimentos quase mecânicos. Também em silêncio, me sento de frente ao garoto enquanto ele deposita o violino preto com cuidado no chão. Ao redor do instrumento, dispõe um punhado de velas aromáticas, que acende uma a uma. As chamas tremeluzentes iluminam seu rosto de forma inquietante.

— Pronto — digo, tentando quebrar o peso no ambiente. — Nada de galerias elitistas aqui.

Américo ergue os olhos para mim, e seu silêncio carrega mais palavras do que consigo processar. É uma pausa carregada, cheia de coisas não ditas, e por um instante a Sala Desbotada parece um tanto intimidadora.

Então, com a expressão séria e voz firme, ele repete pela terceira vez desde que sugeri que usasse o seu dom:

— Às vezes, os espíritos não respondem. Além disso, não tenho certeza de como eles poderiam saber quem nos sabotou.

Reviro os olhos, também pela terceira vez.

— Mas eles teoricamente veem tudo, né?

— Não sei como funciona, Clarissa, eles nunca explicaram, não. Mas acho que a resposta mais simples pra essa pergunta complexa seria: sim.

— Perfeito, vamos tentar.

— Tem certeza?

Cruzo os braços.

— Se continuar assim, vou achar que você tem medo da resposta que o espírito pode nos dar, Américo.

Ele suspira, vencido, e pega o violino ao mesmo tempo que endureço a postura, em expectativa.

O tremeluzir de sombras no cômodo me faz lembrar da habilidade de Pétala em controlá-las, mas fecho e abro os olhos com força e rapidez. Não posso deixá-la entrar na minha mente, justo agora. Até porque pensar na minha ex-melhor amiga me recorda de Pérola, e, com a Pérola, a raiva e a culpa me inflamam tanto que chego a ficar zonza.

Foco aqui, Clarissa.

Tudo bem que buscar respostas de espíritos sem ter uma ideia clara de quem estamos contatando é meio vago e, de fato, as chances de dar de cara no muro são gigantescas. Porém, estou cansada de esperar pelo resultado da análise do *pen drive* que entreguei para minha mãe. Preciso de respostas antes que minha desconfiança me faça ser imprudente.

Não reconheço as primeiras notas que Américo toca no violino, mas fecho os olhos mesmo assim, me permitindo sentir a íntima conversa iniciada pelo friccionar das cerdas do arco de madeira sobre as cordas. Os dedos de Américo são ágeis, mas delicados, e combinam com o som que me envolve, pois este é simultaneamente suave e vibrante, sedoso e encorpado.

Aos poucos, sinto o ambiente esfriar e o ar parece carregar uma corrente elétrica. Isso explicaria meus pelos se arrepiando e a sensação de estar sendo observada, não? Ou será apenas impressão minha? Ainda assim, permanecemos imersos na melodia, acompanhados da fragrância refrescante da vela que queima entre nós, por cerca de cinco minutos antes de Américo me chamar.

— Clarissa — repete. — Estamos acompanhados.

Abro os olhos com pressa e, mesmo sabendo o que encontraria, não consigo suprimir um grito. Uma idosa translúcida e gorda, meio azulada e com o cabelo preso em um coque baixo, está em pé à nossa direita. Ela não parece nada satisfeita por ter sido convocada. A fraca iluminação da Sala Desbotada contribui para uma aura ainda mais macabra em sua feição contorcida.

— O que vocês querem? — questiona diante do nosso silêncio e da minha expressão embasbacada. Sua voz ressoa de forma áspera, me fazendo contrair os músculos dos ombros e pescoço. — Ah, é você, garoto.

Viro o rosto para Américo, uma sobrancelha arqueada.

— Vocês se conhecem?

— Já a invoquei sem querer outra vez.

Dou de ombros e retorno a atenção para a idosa. Não estou a fim de ouvir esta história agora.

— Qual é o seu nome?

Américo repousa o violino sobre a *case* no chão e se levanta, balançando a cabeça de um lado para o outro; então faz uma pequena reverência diante da mulher e diz:

— Desculpe incomodá-la, mas temos perguntas. A senhora pode nos ajudar?

A fantasma se contorce e murmura palavras incompreensíveis antes de assentir. Finjo que cada som que sai de sua boca não me causa arrepios.

— A senhora vaga pelos corredores do Artolestro com frequência?

— Sim, tenho muitas lembranças desse lugar, tanto da época em que fui estudante quanto da época em que fui professora. Mas já te contei a minha história, menino. Não?

Ótimo. Invocamos uma ex-professora que deve zanzar por aqui desde os tempos de Pedro Álvares Cabral. Será que ela vai nos auxiliar ou nos repreender por estarmos matando aula?

Américo ignora a pergunta.

— A senhora sabe quem sabotou nosso grupo no Artovócia? Eu sou Américo Silva Diniz e esta é Clarissa Bragança Labaki. Também fazem parte Antonella Granata, Pétala Marques Tupinambá e Higor Hiroshi Otsu.

A idosa observa Américo por vários segundos antes de focar em mim. Ela me analisa por mais tempo do que a ele, até finalmente abrir um sorriso que revela a ausência de alguns dentes. Ergo a cabeça, me recusando a deixar os arrepios em meus braços me fazerem perder essa batalha de olhares afiados.

— Sei — ela diz, categórica.

Arfo, e minha postura altiva se desvanece. Como assim? Ela sabe? Sabe de verdade?

Uma corrente elétrica atravessa cada pedaço do meu corpo.

Enfim, vou ter respostas! Ela vai nos contar, e então finalmente poderei me vingar do maldito sabotador!

— Quem!? — inquiro, me levantando dando um passo em direção à velha.

Américo estica um braço na minha frente.

— Não se avexe. E não se aproxime muito, não.

A idosa abre outro daqueles sorrisos que provocam arrepios em todos os pelos do corpo.

— Nada é de graça nessa vida, menina.

Franzo o cenho. Sério que ela quer barganhar? Mas o que se pode querer depois de morta? Quanta ganância, hein! Custava ser apenas altruísta?

— O que quer em troca? — pergunto da forma mais dócil que consigo, embora a situação comece a me irritar. A idosa coloca o dedo nos lábios, valorizando o momento. Diante da encenação, sou mais incisiva: — Sei que quer alguma coisa de mim. Todos sempre querem no fim das contas.

Ela ri, sem humor algum.

— Estou pensando…

Controlo o ímpeto de balançar os pés. Dinheiro não pode ser, não teria utilidade alguma para ela. Muito menos algum favor como, sei lá, fazer seu dever de casa ou escrever uma carta de recomendação. Também não acho que seja tiete dos meus pais a ponto de pedir um autógrafo. O que ela pode querer então?

Um estalo.

— Eu posso fazer isso — anuncio de repente.

— Isso o quê? — ela pergunta devagar, meio rouca.

Ao meu lado, Américo permanece em silêncio, apenas acompanhando nosso diálogo.

— Fazer você ser lembrada. Ter seu nome marcado na História. Dar destaque ao seu trabalho. Essas coisas. — Dou de ombros. — Quando eu for tão famosa quanto meus pais...

— Não desejo fama, criança — ela me interrompe.

Não? Mas todo artista deseja fama.

Meu Deus, que velha insuportável!

— Mas já decidi o que quero — ela continua. Então, abaixa o rosto e me mostra os poucos dentes que tem no que deveria ser um sorriso. — Quero seu maior medo.

— Meu maior... medo? — repito, incerta. Recuo um passo, desconfortável com o pedido. Américo toca meu braço em apoio. — Como assim? Por quê?

Ela não me dá a resposta. Apenas repete o preço pelo seu conhecimento. Mas se ela pensa que pode pedir algo tão íntimo sem motivo algum, com certeza não me conhece. E talvez nem tenha a informação que preciso e esteja apenas tirando uma com a minha cara.

Contenho um urro na garganta.

Bom, já que estou aqui... Quanto antes conseguir fazê-la desembuchar, mais cedo irei para longe dessa aura macabra que nos envolve.

Outro estalo.

Baba sempre diz que uma meia-verdade basta para a maioria das negociações, então é por este caminho que prossigo. Confesso com meu tom mais triste:

— Tenho pavor de água. Quando criança, vi minha melhor amiga se afogar.

— Sinto muito — murmura Américo. Finjo não perceber o tom de pena embutido em cada sílaba.

— Isso é mentira — rebate a mulher por cima dele.

Arqueio as sobrancelhas. Do que ela está falando? Com certeza meu medo de água não é uma mentira. Toda a ansiedade para vir e sair das ilhas submersas não é algo da minha cabeça. Meus sintomas são bem físicos, como a falta de ar, a taquicardia, o suor por todo corpo. Que velha sem noção!

Abro a boca para protestar, mas não consigo emitir um som sequer.

— Meu preço é seu medo mais profundo, menina.

— Esse é meu medo mais profundo. — Cruzo os braços.

— Se vai mesmo tentar me fazer de tola, melhor eu ir andando...

A figura incorpórea começa a desvanecer, então grito para que ela pare, meus dentes rilhando logo em seguida. A idosa é uma boa negociadora, pois seu corpo volta a se materializar ao mesmo tempo que um sorrisinho vitorioso surge no rosto macilento.

— Ok, ok. Lá vai: meu maior medo é não vencer o Artolestro deste ano — confesso, enquanto ajeito a capa do meu uniforme.

A idosa balança a cabeça de um lado para o outro, o que faz a raiva subir até minha garganta. Como ousa ditar o que é ou não verdade sobre mim? Quem é ela para aceitar ou não o que é o meu maior medo?

Ainda assim, antes que me acuse de não ser sincera, complemento:

— Tenho medo de não ser boa o suficiente pra isso.

Essas palavras soam profundas, não? E profundidade sempre traz uma aura de verdade. Muita gente tem medo disso, é fácil de acreditar. Certo, tudo bem que eu sei que sou boa, mas se eu perguntasse para qualquer pessoa qual é seu maior medo e ela me desse essa resposta, eu acreditaria.

Então, por que essa velha está balançando a cabeça de um lado para o outro?

— Você só tem mais uma chance, menina. — A voz dela é tão dura que afunda minha convicção como se estivesse presa por uma âncora. — Se mentir outra vez, vou embora.

— Eu não estou mentindo!

Engulo em seco, confusa. Fui sincera nas minhas respostas! Não menti... bom, exceto pela parte sobre não ser boa o suficiente… Né?

Então, o que ela quer de mim?

Viro o corpo em direção a Américo, buscando alguma pista. Diante da minha sobrancelha arqueada, ele apenas levanta os ombros e abre os braços, tão perdido quanto eu.

— Seus medos são verdadeiros, mas estes não são seu *maior* medo — a velha sussurra, embora pareça gritar dentro da minha cabeça. — Me revele aquele que te faz perder o sono toda noite, Clarissa. Aquele que rendeu seus melhores trabalhos artísticos. Aquele que te consome um pouquinho a cada dia…

Volto a fitá-la e, dentro das íris translúcidas, um brilho de compreensão faz algo se iluminar dentro de mim. Balanço a cabeça devagarinho, mas me forço a parar. Espero que ela não tenha percebido minha hesitação, ou não vai aceitar minha próxima resposta.

Abro a boca, mas a fecho rapidamente.

A fantasma disse que era minha última chance, e a dureza de suas palavras não pareceu ser um blefe. Mas como ela espera que eu revele meu maior medo assim do nada? Na frente de *Américo*? Como compartilhar essa vergonha com ele, uma promessa com a qual tenho pouca intimidade?

O garoto parece compreender meu dilema, pois se afasta alguns passos e vira de costas para mim.

— E aí? — ela pressiona, já impaciente.

Suspiro.

Então engulo em seco, ignorando meus ombros rígidos. De cabeça erguida, pronuncio baixinho de uma só vez:

— Tenho medo de não ser a melhor da minha geração, não apenas do Artovócia 2023. E, por isso, acabe vivendo pra sempre na sombra dos meus pais, pra sempre apenas a filha de Maju e Mario Labaki.

Se Américo escutou, não deu indícios; mas também não virei na direção dele para ter certeza. Só sei que outra onda de estática passeia pelo meu corpo conforme o sorriso se alarga no rosto da fantasma. Ao mesmo tempo, a vergonha, a culpa e a raiva se digladiam dentro de mim com a verbalização de sentimentos tão ruins direcionados à minha família.

Eu amo meus pais, repito a mim mesma várias e várias vezes.

— Muito bem, menina. — Seu tom de voz me dá vontade de vomitar. Não pedi e nem quero a aprovação dela. — Me diga: o que você enxerga quando se olha no espelho?

Franzo o cenho. Teremos outra rodada de perguntas íntimas? Por que ela me perguntaria isso? A resposta é bem óbvia, não teria nem por que eu mentir.

— Vejo uma garota linda, incrível e bem-sucedida.

Ela ri. Não, ela *gargalha*. Tenho certeza de que meus olhos estão esbugalhados diante de tanta ousadia e grosseria. Além de me obrigar a falar em voz alta o que não quero na frente de Américo, agora isso? Que bruxa!

— Pois então olhe para além do seu reflexo no espelho, Clarissa. Lá você vai encontrar quem te sabota.

— Como assim? — Tento formar a cena descrita na minha mente, mas ela simplesmente não faz sentido. — Preciso de algo concreto, não enigmas!

Mas a fantasma não ouve sequer a segunda parte da minha reclamação. Sua presença se dissipa como fumaça ao vento. Me resta apenas soltar um grito e girar no próprio eixo. Como ela ousa me enganar assim!? De que adiantou isso tudo!?

— Não, não, não, não, não! Faça ela voltar! — disparo para Américo, os ombros tensionados.

Américo me encara com pena. Pena! Como se eu fosse uma criança!

— Fique nessa... Essa daí não volta mais, não, Clarissa.

— Como essa velha pode fazer isso? — Urro, caminhando de um lado para o outro. — Ela riu de mim, fez tortura psicológica comigo e só me deu essa merda de enigma como se eu fosse personagem de um livro de fantasia dentro da estrutura da jornada do herói. Que sádica!

Américo ri, sem humor.

— A gente tentou. — Ele repousa uma mão no meu braço e, gentilmente, me vira em direção à porta. — Melhor picar daqui antes que venham nos procurar. Como te disse, alguns professores e o novo diretor não gostam quando invoco espíritos na escola. Eu nem deveria tá fazendo isso aqui na verdade. Já sei que vou ouvir sermão em casa também… E não tô a fim de lidar com isso hoje, não.

— Não, vamos chamá-la de novo!

— Não é assim que funciona...

— E se invocar outro espírito? Talvez esse seja altruísta, em vez de sádico como a velha.

Américo suspira.

— Clarissa, se ligue, não é assim...

— Tá, tá! Já entendi.

Bufo outra vez, mas pego minha mochila e deixo que ele me conduza. Antes de sair da Sala Desbotada, rosno para o garoto:

— Isso nunca aconteceu, entendido? E você não ouviu nada daquilo sobre meus pais.

O garoto não vacila na postura de bom moço nem um pouco, o que apenas me incendeia mais.

— Viu, princesa.

Então me afasto de Américo para não descontar nele a minha raiva voraz. Bom, pelo menos é o que lhe digo, porque enroscado ao meu ódio, há um fragmento de decepção por não ter sido o espírito de Pérola Santoro a aparecer.

Ignoro o pensamento intrusivo que sugere que ela não veio falar comigo porque não tem vontade de conversar com sua assassina.

Mais tarde, sou obrigada a aturar outra reunião com as víboras. Precisamos avançar no projeto, mas estou tão cansada depois da brincadeirinha sem graça da idosa fantasma e de precisar avaliar cada mínimo movimento dos meus colegas em busca de um vacilo, uma prova de que são culpados por trazerem meu maior inferno à terra, que falho em ocultar minha exaustão. Higor já me perguntou três vezes se está tudo bem, e a forma como Pétala me encara agora demonstra preocupação. Ela é reticente em se aproximar de mim porque sua namoradinha está mais insuportável que o normal e não para de chamá-la sempre que minha ex-amiga tenta falar comigo.

Talvez seja melhor assim. Meu humor está terrível e ainda não me esqueci da hipótese de ela estar mancomunada com Daniela ou algo do tipo.

Minha sorte não dura muito, contudo. Pétala se aproxima de mim no momento em que Higor engata uma conversa aleatória com Antonella e Américo sobre toda a franquia dos jogos de Pokémon. O fato não me escapa por dois motivos. O primeiro: os dois garotos conversando sem cair na porrada. O segundo: isso parece um movimento deliberado de Higor para ajudar a reatar uma amizade fadada ao fracasso. Reviro os olhos com o pensamento, mas Pétala não vê ao se jogar na carteira ao meu lado.

— Credo, mana, parece que viu um fantasma hoje de tão pálida que tás.

Não consigo nem ter forças para rebater o comentário venenoso, e não deixo de reparar na escolha de palavras. Américo deve ter contado para ela sobre nossa tentativa mais cedo. Traidor.

— Veio debochar de mim? Sério mesmo?

— Deixa de ser gala seca, garota! Só quero saber se tá tudo bem contigo.

— Você sabe muito bem que não. — Cruzo os braços. — Não consigo relaxar sabendo que meu trabalho está sendo visado pra sabotagem.

Ela estala a língua no céu da boca.

— Sabes que também tô investigando, né? Mas não encontrei nada fundamentado. Vale dizer que achei tua ideia de pedir ajuda do Américo bem boa, tá?

Suspiro. É claro que eles conversaram.

— O que quer que eu diga?

— Nada… — Pétala desvia o olhar do meu e fita as próprias mãos, em cima das coxas. Não deixo de reparar como seus dedos se movem, ágeis. — Só queria te dizer que não precisas te preocupar, muito menos tentar resolver as coisas sozinha, tá? É *nosso* trabalho. Pode confiar na gente.

Ela diz a última frase olhando no fundo dos meus olhos, então segura minha mão com força. Me mantenho em silêncio, o que Pétala infere como o momento de me deixar sozinha. Estamos nos últimos minutos dedicados ao Artovócia, então ela se levanta e bate palmas, gritando para todo mundo se preparar para ensaiar a terceira cena outra vez antes de irmos embora para casa.

Antes de se afastar, ela fala para mim:

— E deverias agradecer de verdade ao Américo pela ajuda de hoje, mana. Muitos professores são racistas e não gostam que ele use esse dom aqui por estar muito vinculado à umbanda, sabe.

— Intolerância religiosa, você diz.

— Sim, mas é mais complicado que isso…

Suspiro, cansada. Desde que começou a andar com as promessas, sempre que uma pauta social é levantada por Pétala, vem seguida de uma explicação que vai terminar afirmando que a cultura do Artolestro é a pior coisa que já existiu na Terra. E simplesmente não estou a fim de escutar sobre isso hoje.

— Deixa pra lá. — Pétala se afasta, um sorriso triste nos lábios. — Mas saiba que tô aqui pra ti, Cacau.

Queria que fosse fácil desligar minha mente e deixar apenas meu coração me guiar. Talvez assim eu pudesse ter me erguido e agradecido ao Américo; ter abraçado Pétala, apesar do uso do apelido que detesto, e desabafado com ela, sabendo que, sim, ela estaria sempre ali para mim. Em vez disso, engulo em seco e me levanto para fazer arte de qualidade, em uma tentativa desesperada de ignorar o ninho de pensamentos ansiosos que se infiltrou na minha mente.

CAPÍTULO 18

Mamãe está deslumbrante em um vestido Valentino todo dourado, que se ajusta perfeitamente ao corpo. O modelo realça suas curvas delicadas, e seu sorriso parece congelar o mundo. Não tenho certeza de quem a observa com o rosto mais embasbacado: eu, meu pai ou o jornalista que a entrevista.

Hoje de manhã, não fui à escola porque nosso motorista nos trouxe até São Paulo para uma sessão com convidados do novo filme da mamãe. "Partida" é um thriller psicológico com elementos de realismo mágico que estava sendo aguardado com expectativa pela crítica brasileira e portuguesa. A pré-estreia nesta quinta-feira vai determinar como a obra será avaliada pelos especialistas, o que pode influenciar a bilheteria.

Mas, neste momento, prefiro focar na felicidade de Maju Labaki nesta sala de cinema luxuosa, mesmo com a presença de várias pessoas importantes da sociedade e da mídia nacional e internacional. Meu pai me deu algumas orientações sobre como devo me comportar e sobre que tipo de perguntas devo ou não responder, mas em vez de me deixar solta para conversar à vontade, ele não desgruda de mim.

Agora, enquanto mamãe é sabatinada por jornalistas, influenciadores e colegas de trabalho, passeio pelo local com meu pai. Ela nunca nos permite ver as prévias de seus filmes, argumentando que isso diminuirá nosso encanto por ela como artista. Afinal, durante a produção, tudo parece meio sem graça, sem tempero. Nunca esqueço um de seus principais ensinamentos: jamais mostre nada imperfeito aos outros, pois a primeira impressão é sempre a que perdura. E, como Labaki, devemos preservar nossa reputação de gênios.

Confiante, explico essa máxima para Luciane Guimarães, uma crítica renomada de cinema – com exceção sobre a parte de sermos gênios, é claro; soaria esnobe demais. Mas, por algum motivo, ela não retribui o brilho no olhar. Não gosto da sensação.

— Mas em que momento você se prepararia pra receber e digerir as críticas, querida? — ela questiona, rígida.

— Eu? Eu… — balbucio, não esperando por essa pergunta. Como assim ela não concorda com a orientação de Maju Labaki? Ela não deve fazer parte da Sociedade, só pode! Seria a única explicação para dizer uma blasfêmia como essa. Vou confirmar essa hipótese com *baba* mais tarde.

— Talvez esse conselho seja válido para artistas experientes, mas e os verdes como você? — prossegue antes que eu contra-argumente. Ao meu lado, percebo meu pai me analisando. — Os jovens precisam aprender a desaprender. Mais humildade, mais resiliência. Bons mentores mudam a vida da gente, menina.

— Essa geração acha que sabe tudo, né? — comenta Ravi Lucca, um renomado jornalista com o cabelo grisalho, ao lado de Luciane.

— E tem pouca tolerância à frustração — emenda ela, os olhos castanhos me apunhalando com a crítica nas entrelinhas.

Ela está me desafiando a retrucar, tenho certeza. Por isso, abro e fecho a boca várias vezes. Minhas mãos se cerram dentro dos bolsos e enfio minhas unhas compridas contra as palmas. Dois nomes importantíssimos do meio artístico nacional simplesmente invalidaram o conselho de minha mãe e, de quebra, ainda insultaram minha competência. Como se não bastasse, *baba* me observa como uma águia, ansiando para que eu saia dessa, mas nenhuma palavra se forma no meu cérebro a não ser um monte de xingamentos – e tenho certeza de que ele não vai gostar nada se eu os chamar de obtusos, caquéticos ou os convidar a conhecer a casa do…

— O que minha filha quis explicar é como funciona o processo criativo da minha esposa, não trazer uma regra ou conselho à nova geração — meu pai dispara, interrompendo o silêncio que começava a ficar constrangedor.

— Entendo, entendo — Luciane afirma enquanto Ravi Lucca assente.

Imediatamente, a atenção dos dois se fixa em meu pai, que passa a narrar histórias cativantes sobre conselhos excêntricos que ele recebeu quando estava começando e que, na prática, se mostraram infundados logo depois. Desde então, os holofotes não voltam a me focar, mesmo que eu solte alguns comentários parecidos com os do meu pai para reconquistar a confiança deles. Não adianta. Uma vez percebida como inferior, serão necessários anos para mudar tal percepção.

Mas tudo bem, repito várias vezes para mim. Foco no motivo de eu estar aqui hoje, para início de conversa. Não quero mesmo disputar a atenção com minha mãe no seu grande dia. Além disso, não é como se eu não estivesse acostumada a ser uma sombra na presença dos meus pais em eventos como esse. Minha vez de brilhar fora do Artolestro ainda vai chegar.

E será assim que eu vencer o Artovócia.

Por isso, engulo os cacos de vidro que rasgam minha alma e firmo o sorriso que jamais deveria ter sumido do meu rosto. Também solto meus ombros para retornar à pose de filha orgulhosa. Porque é isso que sou hoje.

E tudo bem.

Suspiro.

Tudo bem.

Então, quando mamãe finalmente nos conduz aos nossos lugares, estou eufórica.

— Nem acredito que chegou o grande dia. Estou tão ansiosa pra ver o resultado! — confesso, botando minha mão sobre a dela. É quando noto que seus dedos tremem um pouco.

— Eu também, meu amor — ela sussurra em meu ouvido. — Posso lançar quantos filmes forem, mas sempre fico nervosa nas estreias.

— Sério? Mas você parece tão plena e segura de si.

— Porque sei comportar-me na frente dos outros. Essa postura altiva faz diferença para nós, figuras públicas. Por isso eu e o teu pai sempre reforçamos que não deves deixar transparecer os teus sentimentos para qualquer pessoa.

Assinto, mas abaixo o rosto devagar. Minhas bochechas queimam, porque com certeza falhei em ocultar meu despreparo na frente de Luciane e Ravi Lucca. *Baba* deve estar muito desapontado comigo.

Então, abro a boca para continuar a conversa, mas as luzes se apagam e me teleporto para dentro da tela do cinema. Não há mais nada de realidade ao meu redor, muito menos sentimentos e pensamentos levianos dentro de mim; existe apenas Arte da mais pura qualidade. Nos primeiros minutos do filme, quando o mundo da protagonista é destruído por quem ela mais confiava, já estou me afogando em lágrimas, e meu peito transborda com tanta sensibilidade.

Assisti a muitas obras da mamãe e converso sobre criação artística com ela com frequência; também sei o suficiente sobre sua vida passada e seus ideais para antecipar as decisões que ela tomará em relação a certos temas e técnicas do audiovisual. Nada dessa previsibilidade, contudo, quebra o encantamento que sinto ao mergulhar nos medos mais íntimos dela em "Partida". É como se estivesse imersa em seu inconsciente, desvendando os mecanismos que mamãe criou para não sucumbir à loucura e à tristeza depois de ter tido seu coração partido dezenas de vezes por pessoas que lhe juraram amor. Eu a encontro em cada detalhe, em cada metáfora, em cada ausência de cor quando o mundo deveria ser colorido. Acreditam que a vida de Maju Labaki é perfeita, mas a perfeição é uma ilusão sustentada apenas por aqueles que nos observam de longe.

O filme é tenso, cruel. Genial. Quando ele termina, jogo meus braços ao redor do pescoço de mamãe e choro.

Como a Arte pode ser tão catártica? Como pode uma obra nos desnudar tanto e, ainda assim, nos ajudar a remendar mais facilmente?

A traição do avô, a pessoa em quem a protagonista mais confiava, ainda me faz lacrimejar. E refletir, porque é genial! Ela serviu como catapulta para as cenas surrealistas, as quais ainda tento entender se aconteceram de fato, se era realismo mágico manifestado ou apenas um reflexo da psique fragmentada da personagem, mergulhada em um cenário psicológico-filosófico.

A resposta não importa exatamente. Só importa que "Partida" me despedaçou de maneiras que nem sabia que eram possíveis. Ainda assim, me sinto mais viva do que nunca.

— Parabéns, meu amor — ouço *baba* cochichar ao ouvido dela.

Porém, é ao som do murmurinho ao nosso redor que meu coração vibra. Por melhor que seja "Partida", eu e meu pai ainda somos passionais e parciais ao fazer esta análise. Mas os convidados não. Os especialistas desta noite dissecam cada escolha narrativa, avaliam cada técnica bem ou mal executada e examinam minuciosamente cada detalhe que escapa ao grande público.

Por isso, ao escutar Luciane Guimarães dirigir a seguinte frase a Ravi Lucca, transbordo por inteira:

— Digno de um Oscar de melhor filme estrangeiro, não acha?

Madame Bovary e Capitu estão aninhadas sobre meu corpo e as luzes, apagadas, exceto pelo suave brilho do abajur ao meu lado, quando mamãe bate na porta. Levanto os olhos de Senhora, do José de Alencar, e a recebo com um sorriso. Baixinho, ela me pergunta se pode entrar no meu quarto. Digo que sim, por mais cansada que esteja depois de tantas horas sendo agradável – e humilhada – com as pessoas de maior prestígio na Sociedade.

Apesar da conversa vergonhosa com Luciane Guimarães e Ravi Lucca, ainda me sinto eufórica ao lembrar dos elogios ao trabalho de Maju Labaki e de como contei tudo para minhas amigas. Até Pétala me mandou mensagem parabenizando minha mãe e, quando percebi, estava enredada em uma conversa sobre os trabalhos de mamãe com minha ex-melhor amiga, o que vem sendo mais frequente nos últimos dias. Por ora, deixarei meu ressentimento e minhas desconfianças em segundo plano. Não há espaço para sentimentos ruins hoje.

— Desculpa incomodar-te, meu amor, mas como amanhã vou sair muito cedo, não queria contar-te isso por mensagem.

Ela se acomoda na cama, séria, perto das minhas pernas e me entrega uma tigela com *m'hallabye*, o delicioso manjar árabe que meu pai faz em dias especiais. Deixo o livro de lado e o pego, provocando murmúrios de protesto das minhas gatas ao serem desalojadas pelo movimento abrupto. O aroma de água de rosas e damasco quase me faz salivar, porém as palavras de mamãe me deixam mais alerta do que gostaria.

Do que ela está falando? Aconteceu alguma coisa durante a estreia? Mas voltamos exultantes para casa, não? Minha expressão confusa deve ter transmitido a pergunta, pois antes que eu possa pedir uma explicação e colocar uma colherada na boca, minha mãe continua:

— O Bianchi mandou-me mensagem há bocado.

— Ah.

O *pen drive*. O resultado. Se há ou não manipulação por inteligência artificial.

— As imagens são verdadeiras, Clarissa. — Sinto uma vertigem, e não é pelo vinho que tomei mais cedo. — Os teus colegas sabotaram-te.

Meu primeiro reflexo é pegar o celular e ler e reler centenas de vezes o nome de Pétala entre as mensagens mais recentes. O seguinte é urrar e me deixar ser aninhada por mamãe conforme descubro que, assim como a protagonista de seu filme, partes do meu castelo foram construídas com areia.

CAPÍTULO 19

Cada minuto ao lado de Pétala e Antonella me faz desejar quebrar o vidro que protege a Sociedade da fúria do oceano, expondo todos às consequências da *minha* ira. Minha ex-amiga teve a audácia de tentar se reaproximar depois de me ignorar o maior tempão por causa do meu aniversário de dezoito anos. É irônico que, para ela, não ser convidada para uma festa surpresa, que teoricamente não organizei, seja menos grave do que sabotar o projeto de alguém, prática que pode culminar com a *minha* morte – poeticamente falando!

Onde ela comprou sua régua moral? Eu também quero.

Pelo amor de Deus, Pétala ainda me disse que eu podia confiar neles. Olha a cara de pau da santinha do pau oco! Ainda considerei a possibilidade de estar ficando louca, desenvolvendo paranoia, mania de perseguição ou algo do tipo. Mas a verdade é que devo acreditar nos meus instintos. Eles nunca falham. Já as pessoas ao meu redor...

Mas sei disso agora. E não vou duvidar do meu sexto sentido de novo.

Desde que descobri o caráter podre dos meus colegas de grupo, há duas semanas, precisei usar todo meu autocontrole para não explodir. Na investigação, fingi estar num beco sem saída, e se Higor percebeu o sumiço do *pen drive* dele, nunca comentou, então também deixei para lá. No último encontro do Artovócia, ninguém tocou nesse assunto, como se o caso tivesse perdido importância. Neste dia, até mesmo abracei minhas inimigas e disse à Pétala que era muito bom tê-la de volta na minha vida.

Não mencionei nada sobre minha descoberta nem mesmo para Daniela e Priscila. Não é o momento de confiar em ninguém. Até onde sei, Américo e outras promessas – e talvez até portentos! – também podem estar envolvidos. O único do grupo que mantenho fora da minha lista de suspeitos, na maior parte do tempo, é o Higor. Ele até pode ser meio tapado e cometer erros por estar muito apaixonado por mim, como me incluir nesse grupo de merda, mas jamais me trairia da mesma forma pérfida que Pétala fez.

— Posso colocar isso lá atrás? — Antonella pergunta, já segurando o espelho de corpo inteiro em cima de um suporte com rodinhas. O material foi utilizado pelo grupo de Marcel e Anna Carolina, que pediram para usar nossa sala hoje mais cedo, já que a deles estava com o ar condicionado quebrado.

O problema é que os bonitos deixaram muita coisa bagunçada e sobrou para a gente organizar tudo, desde papel e caneta até materiais pesados para esculpir e carrinhos de figurino. Tudo bem que com cinco pessoas ajudando o processo nem foi tão demorado, mas às vezes me pergunto como é possível faltar tanto bom senso nos seres humanos.

Assim que terminamos de arrumar, é cada um por si para lidar com os pensamentos ansiosos. Eu, por exemplo, engulo a vontade de gritar, como venho engolindo há tantos dias, enquanto aguardo a chegada de Gael na sala Tarsila do Amaral. Já Américo caminha de um lado para o outro, Pétala e Antonella conversam em voz baixa e Higor mexe inquieto as pernas enquanto revisa pela quinta vez o material que será apresentado ao orientador, um mês após o incidente que poderia arruinar minha vida acadêmica para sempre – bom, talvez a minha *vida*, né, não só a profissional.

Respiro fundo algumas vezes e tento recorrer a memórias positivas para acalmar minha mente. A única conquista notável das últimas semanas é o estrondoso sucesso de "Partida". O filme quebrou recordes de bilheteria no Brasil e recebeu elogios de diversas mídias especializadas e influenciadores. Há até especulações sobre uma possível indicação ao Oscar em categorias como melhor filme estrangeiro, roteiro original, som, figurino e, é claro, direção. O sorriso infantil que ilumina o rosto de mamãe sempre que a crítica a elogia acolhe meu coração.

No entanto, com o sucesso, vem também uma carga de trabalho pesada. Embora seja recorrente nessas situações, é difícil não me sentir como uma espectadora na vida dos meus pais quando eles estão totalmente imersos nos reconhecimentos que o filme trouxe: minha mãe colhendo os louros da fama e meu pai oferecendo apoio a ela. Minhas tentativas de diálogo são abafadas pelo eco de suas realizações, como se eu fosse apenas a plateia no teatro particular deles. Não gosto de pensar nisso, porque me asfixia um pouco. Então, outra vez, respiro fundo na tentativa de impulsionar bons sentimentos.

Desisto quando a memória do corpo estirado de Pérola Santoro pula sobre mim, seguida pelas atitudes distantes de Daniela e Priscila. Balanço a cabeça e começo a desenhar bonequinhos de palito no caderno. Não darei voz à paranoia; não sou louca, está tudo bem entre nós três – mas então a traição de Pétala retorna, berrando na minha cara que devo ser fiel aos meus instintos. O ciclo vicioso se firma outra vez, e essa sala esquentou, não esquentou? Talvez não tenha sido uma boa ideia vir com a calça e a blusa de manga comprida hoje. É isso.

Minha testa pinga pela terceira vez na folha toda rabiscada, em cima da minha carteira, quando Gael chega. Antonella até solta um gritinho e leva a mão ao peito antes de se desculpar pelo susto com o som da porta se abrindo. Nós cinco nos levantamos e acenamos uns para os outros. Hoje, precisamos mostrar todo o nosso potencial. E estou determinada a brilhar.

Gael nos cumprimenta com um sorriso caloroso ao passar pela porta, mas mantém a mão na maçaneta, como se estivesse esperando alguém. Pouco depois, surge o diretor interino, vestido com pompa nas cores do Artolestro. Ricardo Martinez ocupará o cargo até o final do ano, quando o conselho responsável pela nomeação se reunirá para votar e decidir quem vai substituir Pérola pelos próximos seis anos.

Meus colegas trocam olhares surpresos, e sorrio triunfante.

— Pessoal, hoje o Ricardo vai acompanhar nosso encontro. Tudo bem?

— Claro — respondemos em uníssono, embora minha voz saia mais alta que a dos outros.

Os dois se acomodam enquanto nos organizamos de frente para o quadro branco. Ao longo do último mês, gravamos novas cenas e avançamos com a documentação teórica a partir das sugestões de Gael. É isso que apresentaremos hoje a ele. Ou quase.

— Bem-vindos ao Labirinto das Almas, onde a fronteira entre o mundo real e o dos sonhos pode ser quebrada.

Utilizo as mesmas palavras da primeira apresentação, de modo a fixar bem a nossa promessa na mente de Gael. Talvez dessa frase nasça até o *slogan* do jogo quando ele for comercializado, quem sabe. Porém, em vez de seguir com o *script*, decido improvisar. Afinal, por que eu deveria ser a única a não impactar nossos professores, não é mesmo?

— Obrigada por aceitar meu convite e ter vindo hoje, diretor Martinez. — É impossível não perceber meus colegas se entreolhando, um tanto confusos. Ótimo, às vezes é bom não ser eu a fazer o papel de trouxa. — Chamei o senhor porque algo muito preocupante aconteceu mês passado com esse grupo.

— Clarissa? — Higor toca meu ombro. — O que você tá fazendo?

Por reflexo, me viro para trás, mas logo corrijo o erro, sorridente.

O sorriso se esvai no segundo seguinte, pois parece que estou dentro de um filme em que o princípio dramático da arma de Tchekhov foi aplicado, aquele que afirma que os elementos apresentados em uma cena não devem ser falsas promessas; em outras palavras, precisam ter um objetivo, caso contrário, devem ser removidos. O espelho que Antonella moveu para o fundo da sala minutos antes cumpre esse papel agora.

Eu até consideraria ironia do destino, mas já não sei se destino se aplica aqui, não depois de ter conversado com a idosa fantasma e ela ter me dito para olhar além do meu reflexo no espelho, pois era lá que encontraria meu sabotador. O problema é que o espelho me agracia com uma bela visão minha, centralizada, e, atrás de mim, rodeado pelo branco da sala e por um pedacinho do quadro do projetor, há um Higor muito apavorado.

Só que Higor é o único nesse bando de víboras que não tem nada a ver com a sabotagem. Não é? Ele não faria isso comigo.

— Clarissa?

Pisco ao mesmo tempo que engulo em seco e balanço a cabeça, fugindo do transe que me prendeu no reflexo do espelho. Gael e Martinez chamam meu nome em expectativa. Na verdade, o orientador está pálido como se tivesse visto um dos fantasmas invocados por Américo, mas o diretor parece apenas intrigado. Pelo visto, o professor cumpriu a palavra de não escalar a rebeldia testemunhada por ele.

Atrás de mim há burburinhos, e noto Higor se inteirando do assunto assim que ele tira a mão do meu ombro. Preciso dizer algo antes que as cobras se reorganizem e virem o jogo contra mim, mas... Se já era difícil denunciar a Pétala, agora que descobri que Higor é seu parceiro de crime, os nós que se instalam na boca do estômago e na minha garganta me fazem engasgar. E queimam.

Falam tanto de mim, mas eu nunca jogaria meus amigos na fogueira como os dois fizeram comigo. Ainda agora é difícil conceber essa ideia. Eu confiava de verdade neles, muito mais que em Daniela e Priscila. Poderia esperar uma traição vinda de Antonella e Américo, pois uma me odeia e o outro não me deve nada. Mas de Higor e Pétala? Nada nesse nível.

O que eu faço?

Quero que alguém seja punido, mas pensar em Higor e Pétala sofrendo as consequências... Pelo amor de Deus, como sou trouxa! Eles não pensaram em mim ao gravarem aquela atrocidade, por que ainda me importo? Só que se eu falar que a sabotagem teve o dedo de dois portentos a chance de não dar em nada é gigantesca. Duvido que a mãe de Higor e os pais de Pétala não venham se intrometer. Se fosse só a Pétala, talvez levassem adiante, mas com o Higor também envolvido?

Droga! Queria ter aceitado ouvir os conselhos de mamãe quando ela os ofereceu, logo depois de me trazer o *pen drive* com a notícia de que eu era uma imbecil e deixei meus colegas me sabotarem de dentro.

— Clarissa, está tudo bem? — Martinez pergunta, de pé.

— Podemos remarcar? Acho que a Clarissa precisa de um tempo pra se recompor — dispara Pétala, tocando meus ombros.

Eu a repilo como se seus dedos fossem corrosivos. Ah, quer saber, que se foda! Ninguém pensou em mim nessa merda toda. Cansei de ser boazinha.

Então, rapidamente, tiro o *pen drive* do meu bolso e o ergo em direção ao diretor.

— No mês passado, Antonella e Pétala armaram contra esse grupo...

— Clarissa, para com isso — Higor ordena entre dentes, mas continuo falando por cima dele.

— Não sei o papel do Américo e do Higor nisso tudo, mas as duas gravaram uma cena criticando a Sociedade de forma bem agressiva.

— Não fomos nós! — Antonella gesticula os braços para dar ênfase à defesa.

— No *pen drive* tem a gravação. Minha mãe e o professor Bianchi já confirmaram que é verdadeira. Não teve manipulação por inteligência artificial.

— Isso é mentira! — a italianinha grita de novo. Eu apenas reviro os olhos, e o silêncio de Pétala e Américo não me passa despercebido.

Gael enfim se recupera do choque e profere:

— As palavras da Clarissa são verdadeiras, Ricardo.

— Aposto que se tiver algum professor com habilidade relacionada a descobrir a verdade tocando nas artes ou algo do tipo, vocês vão poder confirmar minha denúncia — contribuo, a voz controlada. — E a habilidade do Higor na fotografia pode ajudar também. Se ele não for culpado, tenho certeza de que vai cooperar.

Sei que uma promessa do segundo ano tem o dom que mencionei, mas duvido que ela ajude. E, bem, coagir alguém a fazer algo, ainda mais em um ambiente escolar, continua sendo crime, ou algo do tipo, no Brasil. Além disso, ninguém é obrigado a produzir prova contra si mesmo. De qualquer forma, encerro minha fala e giro o corpo para encarar os quatro indivíduos bem no fundo dos olhos, bem afiada.

Antonella é a única que não baixa o olhar.

— Sua vagabunda! — ela berra sobre o som do meu risinho debochado.

— Senhorita Granata! — Martinez a repreende. A voz do diretor surte efeito em chamar a atenção de todos, porque o silêncio impera. — Os cinco na minha sala. Agora. Você também, Gael.

Eu os acompanho, mas o sabor da justiça feita não supera o gosto amargo da dor da traição.

CAPÍTULO 20

Higor Hiroshi Otsu também é um traidor.

Repito essa informação na esperança de que meu cérebro a processe, mas é difícil. Por mais que seja dolorosa, pelo menos a traição de Pétala teve uma construção elaborada, fazendo sentido com a evolução da personagem dela. Com Higor essas pistas simplesmente não existiram. Ou será que fui incapaz de percebê-las? Será que fui *eu* quem ficou cega de amor? Porque o sentimento que me afoga é tão amargo quanto o de um amante traído. Não que ame o Higor Otsu... Ou quem sabe de repente...?

Isso tudo é tão confuso.

Como isso aconteceu comigo? Logo eu, tão observadora.

O diretor Martinez decidiu interrogar cada um de nós cinco individualmente. Fui a segunda, após Antonella. Depois do interrogatório, me instruíram a aguardar por meus responsáveis na recepção, afastada dos outros. Minha mãe está viajando e meu pai deve estar em uma dessas reuniões diárias que ele tem na Academia, então duvido que ele não demore pelo menos mais uma hora até dar algum sinal de vida.

Acho que se passaram vinte minutos até Américo aparecer, seguidos por mais trinta até Pétala sair apressada pela porta. Nem sequer olharam na minha direção ao deixarem a escola, embora seus ombros aparentassem tensão, como se tivessem acabado de sair de uma dessas lutas clandestinas. Se receberam a mesma orientação que eu, escolheram ignorá-la deliberadamente.

Não faço ideia de como a Pétala se safou de permanecer retida tal qual a italianinha. Afinal, foi ela quem apareceu no vídeo de “O Labirinto das Almas”. Talvez Antonella tenha alegado ter obrigado a namorada a participar daquilo. Quem sabe a acusação de que os portentos são privilegiados, não importa o que façam, seja verdadeira. Honestamente, não estou nem aí. Assim que me sentei aqui, fiz valer as horas de estudo sobre roteiros ruins ao assistir Meninas Malvadas.

Regina George estava certa em não confiar apenas na autoridade da escola para concretizar sua vingança contra Cady Heron. O conteúdo do Livro do Arraso precisava ser de conhecimento público – assim como a real índole de Pétala Tupinambá e Antonella Granata. É uma pena que gravações de Antonella beijando outra garota e conversas controversas de Pétala sobre suas opiniões em relação às promessas no Artolestro tenham vazado através de uma conta anônima no Telegram. Reais ou *deep fake*? Que lutem para descobrir. Tudo o que importa é que em breve todo mundo vai conhecer de verdade as duas queridinhas das promessas.

E minha pequena vingança contra elas será vista apenas como uma questão de justiça. Afinal, eu fui *mesmo* a vítima desta história toda. E ainda fui muito legal, porque sei disso há semanas e não agi por impulso; optei por refletir sobre a questão até perceber ser insustentável não expor os culpados da mesma maneira que eles quase acabaram comigo.

— O que você ainda tá fazendo aqui?

Coloco uma mão sobre o peito e ergo o rosto do celular com o qual me distraía há bastante tempo. Meus grupos de mensagem estão trabalhando a todo vapor, mas da conversa de Shadia, com quem quero desabafar, nem um pio. Com meu semblante *blasè* bem treinado, encaro Higor, que está todo inchado e avermelhado, como se tivesse chorado. Por um breve instante, cogito que ele tenha sido torturado, mas logo me lembro de que não estamos num enredo de máfia ou algo do tipo. Nenhum aluno é torturado no Artolestro. O mais próximo disso é se tornar combustível para a escola e ficar para sempre na Sala Desbotada, mas todos estão cientes dessa pequena penalidade ao assinarem os papéis de matrícula.

— Esperando meu pai vir me buscar.

Ele ergue uma sobrancelha e cruza os braços.

— Você é maior de idade. Não precisa seguir essa formalidade, sabe.

Um rastro de vergonha perpassa minha expressão antes de eu congelá-la em um sorriso cínico e dar de ombros. Ter feito dezoito anos ainda é um pouco confuso na minha cabeça. Então, eu me levanto. De fato, não dependo mais deles para assinar documentos ou me liberar de castigos. Agora, sou responsável por mim mesma.

— Clarissa, espera. — Higor segura meu braço e não solta quando eu o puxo. — Precisamos conversar.

Falho em esconder minha raiva, principalmente por sentir dor de cabeça de tanto franzir a testa.

— Claro. — Enfim me liberto do aperto e termino de ajeitar a mochila nas costas. — Por que não deveria escutar mais uma de suas mentiras?

Higor prende a respiração e abre a boca algumas vezes. O brilho em seus olhos angulados deixa escapar uma mistura de sentimentos: vergonha, tristeza e raiva.

— Clarissa, o que aconteceu é muito grave — ele diz devagar. — Antonella pode terminar na Sala Desbotada.

Só ela? Então a italianinha deve ter assumido a culpa sozinha para liberar os amigos do destino trágico. Típico da sua síndrome de salvadora boazinha.

— Estou ciente. — Dou de ombros. — É uma tarefa bem nobre pra pseudo-artistas, não acha?

Higor recua um passo ao mesmo tempo que as sobrancelhas se erguem.

— Você tá com raiva. Me recuso a acreditar que seja cruel assim, mano. — Ele balança a cabeça devagar. — Você detesta mortes, Clarissa. Sempre chora ou fecha os olhos em cenas do tipo quando passam nos filmes.

— As pessoas não morrem quando vão pra Sala Desbotada.

Não literalmente, que é o que importa. Depois de muito ruminar, prefiro encarar isso como um fim sublime. Uma tragédia poética.

Ignoro o incômodo que essa ideia causa no meu estômago e disparo para fora da escola, com Higor logo atrás de mim. Quando já estamos na metade do caminho até os submersíveis, ele finalmente me chama pelo nome. Ignoro suas três tentativas até que, ao me ultrapassar, ele segura meus ombros.

Não há ninguém por perto. Os alunos estão ou nas aulas de monitoria ou trancados nas salas dedicadas ao Artovócia. Ainda assim, tenho certeza de que se eu gritar, algum segurança vai surgir vindo sabe-se lá de onde para me resgatar no meio do gramado.

— Clarissa, me escuta…

— Se você não me soltar em dois segundos, vou gritar que está me assediando.

Higor me solta, mas não sai do caminho. Reparo em como seus punhos estão cerrados ao me encarar com descrença.

— A gente errou, tudo bem? *Eu* errei. Fui um babaca por não te contar sobre a adaptação que fizemos no seu roteiro do jogo. Que, sim, é incrível. — Ele passa a mão pelo cabelo liso e escuro. Tenho a impressão de que está engolindo o choro. — Eu queria te contar. A Pétala também queria, ok? Mas ficamos com medo.

— Medo? — interrompo, minha voz esganiçada.

— Medo de você brecar nossa ideia.

— É claro que eu brecaria a ideia de vocês! É loucura!

— Não é, não, meu! Por Deus, Clarissa, você não enxerga o que tem acontecido nessa escola nos últimos anos?

— Meus amigos me traindo? — Cruzo os braços. — É, tenho visto, sim.

— Não é sobre você, garota! — Higor esbraveja, então respira fundo, controlando o tom de voz. — As promessas sempre saem prejudicadas por causa de alguma regra estúpida da Sociedade. Mano, a gente popularizou o termo laranja-frívolo como o nome da cor dos uniformes das promessas! Como isso não é *bullying*, sabe? E além de terem que morar em Paraty e enfrentar longas horas de transporte público todo dia, ainda são desfavorecidas em sala de aula, excluídas dos sorteios de liderança no

Artovócia, não são selecionadas pros estágios dos professores ou aceitas nas disciplinas mais disputadas...

— Isso não é verdade. Claro, é inegável que todo mundo chama o tom de laranja deles de frívolo, mas isso é desde, sei lá, da época dos meus bisavós! E, certo, eles vivem na superfície. Essa questão é discutida todos os anos e nunca dá em nada. Mas qual é? Estamos no Brasil. Mudanças raramente acontecem e, quando acontecem, são lentas. Quanto ao resto, eu nunca reparei…

— É claro que nunca reparou. Você só repara no que importa pra você. — Higor solta uma risada de escárnio.

— Isso não é verdade. — Assim que repito minha defesa, me sinto uma idiota por não ser mais contundente.

— Qual é, Clarissa. Você não se importa com nada que não te afete, caga a ponto de parecer que odeia todas as minorias…

— Sério mesmo? Eu defendo a comunidade LGBTQIAP+ , sabe, e também…

— Só porque você faz parte dela! — O garoto ergue as mãos acima da cabeça, um pouco transtornado demais para o meu gosto. — Mas o ponto nem é esse. Não quero dizer que você é a pior pessoa do mundo. Você tem qualidades e defeitos, como qualquer ser humano. E isso me deixa louco! Meu Deus, como você pode ser ao mesmo tempo a garota mais incrível que eu conheço e a mais egoísta?

Ele urra de frustração. Eu o encaro, um pouco incrédula com a sinceridade.

— Nunca te vi sendo legal com uma promessa. De onde veio isso?

— Também não me vê mais sendo escroto…

Dessa vez, a risada que escapa é genuína.

— Qual é, Higor! Semana passada mesmo você estava junto do Julio e do César rindo daqueles três garotos promessas esquisitinhos do primeiro ano.

— Combinei com a Antonella e a Pétala de manter as aparências, já que a Pétala vem sendo boicotada por ser muito ativa…

— Claro, claro — eu o interrompo, meus braços cruzados. — Se essa explicação te faz dormir melhor à noite, quem sou eu pra dizer que é apenas hipocrisia da sua parte, né? — Ele me encara, assustado. Quando percebo que não vai sair nenhum argumento contrário, questiono: — Aonde você quer chegar, Higor?

Ele suspira, unindo as mãos em frente à boca antes de abrir os olhos para retomar a fala.

— Depois que vi que seu grupo dos sonhos ficou inviável na cerimônia do Artovócia, te chamei pro meu grupo com a Pétala porque achei que você conseguiria enxergar as injustiças se vocês se reaproximassem. Mas não foi isso que aconteceu, né? Então ficamos com medo que você pudesse tentar nos impedir se descobrisse o que estávamos planejando fazer.

Foi minha vez de soltar uma risada de escárnio. Como eu fui idiota! A Pétala nem queria minha amizade de verdade, era tudo parte de um plano. Burra, burra, burra, burra! Mas não vou dar o gostinho de mostrar que a informação me pega de surpresa e, muito menos, é responsável por esmagar meu coração a ponto de eu sentir falta de ar. Opto por seguir outro rumo:

— Vocês literalmente colocaram a gravação paralela pro Gael ver.

— Foi um acidente. — Higor abaixa a cabeça. — Não era pra ter ido ao ar naquele dia. Eu me confundi e deu toda essa merda. A intenção era que vissem a crítica somente no dia da apresentação final.

Não fui a única burra da história pelo menos. Mas nem isso apazigua os sentimentos que me consomem agora.

— E eu também, pelo visto.

Quando ele assente, minha ira explode por completo. Tento contorná-lo de novo, mas ele segura meu braço.

— O que você espera que eu diga, Higor? — rosno, me libertando mais uma vez do aperto. — Obrigada por ser tão bonzinho? Obrigada por tentar sabotar minha média impecável? Obrigada por tentar me fazer ser expulsa por tabela devido ao seu lindo e inútil ato de rebeldia? Obrigada por quase me mandar pra Sala Desbotada? Obrigada por me *trair*?

Ele balança a cabeça, ofegante.

— Precisamos ajudar a acabar com a segregação entre portentos e promessas — sussurra.

— Não conte comigo. Não vou estragar meu futuro por uma causa fadada ao fracasso.

Dessa vez, quando ele tenta me segurar, pulo para trás. Então, caminho para longe dele antes de parar abruptamente ao me lembrar de algo. Giro o corpo em direção ao traidor, que me acompanha com o olhar de onde está.

— E o Américo nisso tudo? Ele sabia?

O garoto assente.

— Ele se mostrou aberto ao tema. Então contamos pra ele.

Ótimo. Fui enganada por uma promessa tão ardilosa que até mesmo me ajudou a conversar com os espíritos para não ser desmascarada. Você é uma idiota, Clarissa!

— Que lindo saber que vocês dois se resolveram e agora se amam.

— Não preciso amar o Américo, nem que ele me ame, pra que façamos o que é certo.

— O que é certo? — Outra vez minha voz sai mais esganiçada do que gostaria. — Higor, a gente estava quase namorando e você faz isso comigo.

— Espera, o quê? — Higor dá dois passos na minha direção antes de estancar. — Como assim, Clarissa? Você deixou bem claro que isso nunca aconteceria.

— Pois aconteceria, sim!

Eventualmente... Não?

Bom, não importa. O que importa é que o sentimento é terrível, angustiante, comparável à sensação de estar a bordo do Titanic no instante em que ele colide com o iceberg que o faz naufragar. Ou talvez não seja um naufrágio, apenas a oscilação das ondas turbulentas que me deixam atordoada e insegura. No fim das contas, o resultado é o mesmo.

Não interessa o motivo, apenas que dói.

— Então deveria ter sido mais clara, mano. Deveria ter parado com seus joguinhos.

— Que joguinhos, Higor? Sempre fui sincera com você. Mas as circunstâncias mudam. Veja só — aponto para ele teatralmente —, mudou bastante hoje.

Ele cerra os punhos.

— Tem razão. Não são joguinhos. O problema é que você se colocou nesse pedestal, sustentado por expectativas inalcançáveis, e não percebe ele se estilhaçando bem aos seus pés. Desça, Clarissa. Todo pedestal é uma prisão.

Rio, mas não há graça alguma.

— Agora deu pra falar frases gordas com significados magros retiradas da internet? Patético, Higor.

Mas suas palavras me atingem com força.

Ele me chama algumas vezes, mas não me viro. Por sorte, um submersível está para sair assim que chego à estação. Não presto atenção para onde está indo; simplesmente entro e me jogo num banco, sozinha. Nem mesmo a sensação de sufocar por estar trancada em uma caixa com o oceano em volta me incomoda conforme me deixo levar para longe do lugar onde tudo desmoronou.

A cada parada do submersível, para embarcar ou desembarcar passageiros, minha convicção se fortalece. Esta decisão é alimentada pela raiva e pela vergonha de ter sido ludibriada, de ter confiado meu coração a pessoas que não se importaram em despedaçá-lo – como aconteceu em "Partida". Como aconteceu com mamãe. O que a protagonista faria? O que mamãe faria?

E tudo ruiu por culpa das promessas, que nem deveriam mesmo estar aqui no Artolestro no fim das contas. César não estava errado nesse ponto. Se estão tão insatisfeitos, por que concordaram em se juntar à Sociedade das Ilhas Submersas? As regras sempre foram claras.

Um dia, ouvi minhas amigas comentando sobre o quanto eu sou uma megera.

Mas ninguém teve contato com minha megera de verdade.

Sempre a escondi, assim como mamãe a reprimiu. Mas não a protagonista de seu filme. Não, ela deu vazão àquela vontade que uma vozinha suprimia por ser egoísta demais, insensível demais, cruel demais.

Que a vozinha se foda!

Chegou a hora de acabar com o mal de uma vez por todas.

CAPÍTULO 21

Quando Heathcliff decidiu se vingar de Catherine em "O Morro dos Ventos Uivantes" eu quase o esganei na primeira leitura. Queria entrar no livro e gritar para que ele deixasse de ser burro. Como poderia arruinar a própria felicidade, a própria honra, e desafiar tanto a moral por causa de uma mulher que claramente não merecia sua devoção?

Hoje, ao reler este clássico de Emily Brontë pela segunda vez, percebo que a atitude de Heathcliff era a única resposta plausível. Seu único equívoco foi ceder à culpa e à vergonha por suas ações, quando, na verdade, não há nada de vergonhoso em responder à babaquice com babaquice.

É neste casal que penso enquanto escrevo pequenos poemas repletos de amor em um domingo chuvoso – não que eu veja a chuva pela janela do meu quarto, mas é o que indica a previsão do tempo para Paraty. São versos simples, porém profundos em significado. Alguns deles foram concebidos ao longo do meu ensino médio, e agora os resgato para esta nobre tarefa, digna de um Correio do Amor feito por artistas. Estou enriquecendo-os com um toque extra de detalhes... e de magia. Ela flui de mim sem esforço; atravessa da minha alma até meus dedos, então a caneta, e por fim o papel. Direciono seus efeitos com esmero. É tudo uma questão de ter bem definida a intenção e de derramar os sentimentos de forma pura. Quanto mais visceral, melhor o resultado.

Se um dia eu mencionar a inspiração em Heathcliff e Catherine para alguém em relação a esse projetinho, é provável que a pessoa não compreenda a referência, a menos que experiencie a obra de arte em que estou trabalhando e durma em seguida. No entanto, não garanto a ela bons sonhos.

O celular vibra sobre a escrivaninha, fazendo os *funkos* mais próximos tremerem. No visor, o nome de Higor Otsu pisca. São mais de vinte mensagens que nem me dou ao trabalho de abrir. Decido colocar o aparelho no modo avião e o jogo em cima da cama. Volto minha atenção ao trabalho. Ainda há alguns poemas a ganharem vida.

Se alguém me solicitasse um conselho ao acaso, seria este: evite, a todo custo, incitar a ira de um artista, a menos que deseje se tornar sua musa inspiradora.

Pois algumas terminam como Dorian Gray.

— A meu ver, uma obra de arte é um objeto, evento ou performance com valor estético, criado por um ser humano de modo a manifestar a própria compreensão do mundo. Pra isso, selecionamos aspectos da realidade que melhor transmitam, ao outro, sentimentos que nós mesmos tenhamos vivenciado.

A professora Mariângela Oh sorri enquanto apresento minha explicação. Na aula de História da Arte, revisitamos como os filósofos gregos conceituavam "obra de arte". Passamos por Aristóteles, que acreditava que o belo era algo inerente ao ser humano; logo, a Arte teria que ser uma criação exclusivamente nossa, não podendo ser encontrada fora do que é sensível a nós; e por Platão, que dizia existir o mundo das ideias, situado em um plano superior de conhecimento, absoluto e estático. Em contraste, também existiria o mundo das coisas, das pessoas, que seria uma imitação de um ideal concebido no mundo das ideias. Ou seja, uma cópia – até nisso caímos na máxima do "nada se cria, tudo se copia", infelizmente.

Depois passamos pela Idade Média, quando o Clero introduziu o conceito de uma conexão direta com Deus na concepção do Belo – e vale lembrar que essa classe ocupava posição abaixo apenas do Rei na sociedade feudal. Ou seja, a Igreja era bem poderosa. Por fim, desembocamos na Renascença, meu período histórico predileto. Inclusive, no meu caderno, desenhei um coração ao lado desse nome.

Nesse ponto, o papel do artista deixou de ser apenas um imitador ou servo de Deus para tornar-se um criador absoluto, dando origem a uma Arte destinada à apreciação, e a interpretação normativa de Aristóteles ganhou destaque. O conceito de Arte como mimese e sua classificação dos três gêneros literários – épico, lírico e dramático – tornaram-se padrões de conduta para orientar tanto a produção quanto a apreciação da obra artística, mesmo quando esta servia à Igreja.

Enfim, esse é o resumo que minha mente consegue lembrar por agora, mas o importante é que o tema sempre suscita debates sobre o papel da Arte e do artista na sociedade, o que define uma obra e se, de alguma forma, nos assemelhamos a deuses ao criar mundos, mesmo que sejam apenas representações imperfeitas do *nosso* mundo, moldadas pelo nosso caráter.

Particularmente, acredito que sim. Afinal, o que seria Deus, senão o artista supremo que atingiu o ápice da criação? Enquanto nós copiamos e interpretamos o que vemos, Ele trouxe à existência o que jamais havia sido imaginado.

Como adoro esse debate!

— E quais atributos definem uma obra de arte? — questiona Mariângela depois de mais dois alunos quaisquer darem suas definições sobre este conceito.

— Os ligados a valores são originalidade, criatividade, autenticidade e intencionalidade. Já os ligados a fatores técnicos são cadência, harmonia, expressividade e forma — respondo, levantando um dedo a cada item citado.

— Muito bom. — A professora acena para mim e, diante do quadro branco, indica uma seção onde escreveu "obra de arte" e desenhou uma seta apontando para "expressão pessoal de sentimentos + visão de mundo". — A obra de arte é uma forma de comunicação que reflete os sentimentos do criador e sua percepção do mundo. No entanto, cada período histórico é influenciado por eventos sociais e políticos que afetam profundamente o artista, além das mudanças nos recursos materiais disponíveis, como os usados nas esculturas. É por isso que aqueles de uma mesma época geralmente seguem a mesma corrente estética.

Então, ela escreve "corrente estética" no quadro e circula o termo. Transcrevo cada palavra com rapidez no meu caderno. Só quando chegar em casa vou organizar a confusão de pensamentos que anoto como um robô.

— Por isso, a história da Arte é caracterizada, de forma geral, por uma sucessão de correntes estéticas que superam as anteriores — a professora continua, rodando uma mecha do cabelo preto e liso que cai sobre o peito dela. — Ainda assim, por mais diferentes que sejam, todas têm algo em comum. Quem sabe o que é?

Antes de eu levantar a mão, Pétala já o fez. Mariângela indica que ela fale enquanto reviro meus olhos. Essa é a única aula que tenho junto da minha ex-melhor amiga, mas bem que veio a calhar hoje. Que aproveite seus últimos momentos de sossego depois de receber meu presentinho. Bom, nem tão de sossego assim, porque algumas risadinhas e sussurros maldosos ecoam, embora ela finja não os escutar. Escondo meu sorriso ao ouvir alguém chamá-la de corna de um lado e de *hater* de promessas do outro.

É bom perceber que a maioria dos alunos, até mesmo algumas promessas, reconhecem que fui a vítima na história toda envolvendo meu grupo do Artovócia.

— Comunicam sentimentos que ressoam com qualquer ser humano, não importando a época ou lugar geográfico em que esteja?

— Isso mesmo, Pétala. — Mariângela sorri, orgulhosa com o envolvimento da turma. Ela adora um bom debate, só não percebeu que as conversas paralelas nada tem a ver com o tema levantado. — O artista pode até ser biologicamente um corpo finito, mas suas obras não compartilham desta condição. Elas se tornam imortais por serem atemporais, refletindo a capacidade de expressão de sentimentos universais por parte dos artistas.

— Essa visão é tão linda — afirmo, e logo murmúrios de concordância enchem a sala de aula. Os pelos do meu corpo se arrepiam com tamanha felicidade que me preenche depois desse discurso. Afinal, discorrer sobre Arte é discorrer sobre vida. Falar de criação é falar sobre liberdade, sobre esvaziar-se para preencher outros corações.

— Então a Arte é atemporal muito mais pelo conteúdo espiritual e intelectual do que pelas técnicas usadas? — um garoto pergunta o óbvio.

— Com certeza — confirma Mariângela, orgulhosa.

— Mas e se o conteúdo transmitido for contra a moral da época? — Pétala inquire, a mão erguida outra vez.

Outro tema que sempre rende debate. Me empertigo diante do desafio de encontrar bons argumentos que sustentem o cabo de guerra que vai se iniciar.

— Boa pergunta, Pétala. O que você acha?

A professora adora nos devolver questionamentos polêmicos para nos obrigar a refletir.

— Não sei, olha... Alguns filósofos e teóricos argumentam que o artista seria um ser absolutamente livre, mas isso daria o aval pra perpetuar ideais antiéticos? Acho que não, viu? — Ela para, e Mariângela faz gestos para que continue o raciocínio. — Acho que cai naquilo do "não é porque é permitido, que devemos fazer".

— Pois é! — grita uma portento do fundo da sala e outra onda de risadas atropela Pétala, que, mais uma vez, finge não perceber. Sua postura altiva não cede um milímetro sequer.

— Para aprofundarmos esse tema, é importante lembrarmos a diferença entre "ética" e "moral". — Outra vez, Mariângela escreve as duas palavras no quadro branco e as circula. — Quem sabe a diferença?

Um garoto sentado no fundo da sala é o primeiro a erguer a mão.

— A moral tá normalmente ligada à cultura de uma sociedade em um dado período, né? E é influenciada por elementos sociais, como religião e política. Por isso, é expressa por meio de normas que definem o que é proibido e o que é permitido entre um grupo de pessoas. E cada indivíduo tem sua moral, que é aprendida e compartilhada em sociedade.

— E a ética? — Mariângela estimula.

— Essa, pra mim, é mais subjetiva — ele confessa. — Mas a ética não tem essa cartilha pronta do que é certo ou errado, muito menos influências socioculturais.

Ela assente e, então, explica:

— Sim e não. A ética também se debruça sobre essa reflexão entre o que é certo e errado e também pode ser influenciada por fatores socioculturais. No entanto, vai além dos costumes e práticas sociais; ela busca princípios universais ou normativos sobre como as pessoas devem agir, muitas vezes por meio de um processo racional e filosófico, de modo a não abalar a vida em sociedade e não desrespeitar a individualidade dos outros. Ela examina e interpreta os valores morais, tentando ir além das convenções de uma sociedade particular, muitas vezes propondo uma abordagem mais reflexiva e crítica sobre as normas sociais existentes.

— Não entendi — diz uma promessa à minha direita, obrigando a professora a ir mais a fundo na explicação que ela já deu em outra aula. Na verdade, a gente já não conhece esse conceito desde o primeiro ano do ensino médio?

— A moral tem suas raízes nos primórdios das sociedades, surgindo das normas, costumes e valores que ajudaram as comunidades a sobreviverem e conviverem. A ética, por sua vez, ganhou destaque com Sócrates na filosofia ocidental, representando um marco cultural significativo. Embora não tenha "surgido" com ele, Sócrates aprofundou a ideia de que a conduta das pessoas deveria ser guiada por reflexão e raciocínio, e não apenas por tradição ou costume. Ou seja, a ética investiga e interpreta os princípios morais que orientam as ações humanas, incentivando o indivíduo a agir com base em convicção e reflexão crítica. — Mariângela pega a garrafa de água em cima da sua mesa, toma um gole e então continua: — Alguns argumentam que a ética é mais teórica e contemplativa, enquanto a moral é mais prática. Mas isso é ser simplista, pois ambos os conceitos se complementam, já que conhecimento e ação estão intrinsecamente ligados.

— Então a moral é inerente ao indivíduo, mas a ética não? — o garoto pergunta de novo.

— Diferentes correntes filosóficas podem oferecer respostas distintas pra essa questão. Eu, Mariângela, não acredito que a ética seja algo inerente ao indivíduo, pois ela exige uma reflexão consciente, entende? Algumas pessoas se dedicam a refletir sobre suas ações e princípios de forma profunda, enquanto outras tendem a seguir a moral vigente de forma automática. Por outro lado, acredito que a moral seja inerente ao indivíduo no sentido de que ela sempre estará presente, independentemente de suas ações.

— Isso significa que o artista deveria pensar suas escolhas mais no nível ético do que moral? — Pétala pergunta, levantando a mão.

Não nos falamos desde que Antonella foi suspensa por assumir sozinha a culpa pelo ato rebelde. Como ela confessou, o diretor não sentiu necessidade de instigar algum professor ou Higor a comprovar a veracidade da sua declaração com magia artística. Que ótimos amigos, hein!

Suspeito que Martinez tenha adorado o ato altruísta da italianinha, pois assim não precisa lidar com a fúria dos pais de dois portentos, o que causaria bons barracos. Porém, entre os alunos, todos sabem que a Pétala foi cúmplice, pois ela aparece nas imagens. Já o envolvimento dos garotos é mais especulativo.

Mas a informação que ninguém tem é o paradeiro de Antonella. Só sabemos que um comitê vai se reunir nos próximos dias para definir o futuro dela. Acredito que meu pai fará parte dele. Vou sondar mais a respeito quando ele parar em casa.

Por ora, só espero que a rebelde sem causa termine mesmo na Sala Desbotada.

Martinez até me perguntou se eu gostaria de trocar de grupo, mas neguei. Nessa altura do campeonato, não faz sentido, pois todas as principais decisões já foram tomadas nos outros times. Ou seja, não daria tempo de reiniciar o projeto de "O Labirinto das Almas", isso sem contar que seria improvável que eu pudesse levar a ideia comigo. Higor, Américo e Pétala jamais permitiriam. Logo, devo aceitar que estou mesmo presa a esse bando de víboras – mas víboras peadas, como diria Annie Wilkes, a vilã de Misery.

— Quer tentar responder sua própria pergunta, Pétala?

A garota se remexe, mas assente devagar.

— Pra mim, não deveria haver nada fora do campo ético que limitasse a liberdade de expressão do artista. A responsabilidade de refletir sobre o conteúdo de uma obra deve recair sobre ele próprio; ele que deve considerar as implicações éticas do que está criando. Ou seja, não acredito que devam existir limites morais pra Arte, porque os valores são relativos a cada grupo ou contexto em que estamos inseridos. Por exemplo, quando nos preocupamos em não ferir a moral, surge a pergunta: a moral de quem estamos tentando proteger? — Ela faz uma pausa reflexiva, como se esperando a aprovação da professora para prosseguir. — Por isso, acredito que o parâmetro mais seguro que podemos adotar é a ética, já que ela se propõe a ser universal e reflexiva e nos desafiaria a considerar o impacto de nossas ações de forma abrangente e racional, especialmente em casos que envolvem acusações graves, como crimes. Esse princípio não se aplica apenas à Arte, mas a tudo o que fazemos na vida. É lamentável que nem todos sigam esse caminho de reflexão.

Pétala finalmente me encara. Não há um traço de amabilidade no olhar da garota. Ótimo, pois o brilho em minhas íris castanhas é igual ao dela.

A raiva cresce dentro de mim no mesmo instante. Ela está realmente insinuando que eu sou antiética por tê-los denunciado e não querer ajudar os rebeldes sem causa a reverterem a provável sentença de Antonella? Logo ela, Pétala Tupinambá, que decidiu alterar nosso projeto sem me avisar e que deixou a namoradinha levar toda a culpa. Hipocrisia, isso sim.

Nem todo mundo precisa concordar com você, santinha do pau oco!

Um silêncio súbito se faz por alguns segundos e é impossível não sentir o calor de dezenas de olhos fincados em mim. Aguardam por minha resposta, por um embate ou qualquer coisa que lhes dê insumo para as fofocas do dia. Ofereço, no entanto, apenas um sorriso confiante. Meu revide não virá em forma de bate-boca no meio de uma aula de História da Arte. Será bem mais refinado.

— Consegue trazer exemplos pro seu raciocínio, Pétala? — a professora pede, reconquistando a atenção de parte da turma.

— Claro. Repudio a ideia de usar animais em obras de arte, pois considero antiético fazer uso da vida em prol de uma criação, especialmente se isso causar sofrimento a algum ser senciente. Por outro lado, a crítica às instituições, como a Igreja, não deveria ser censurada, pois seria uma restrição de cunho moral, não ético. E tem vezes que precisamos transcender a moralidade e pensar em termos éticos pra evoluir como sociedade, como as lutas de minorias contra normas morais que perpetuam situações antiéticas, como regimes escravocratas. — Ela dá outra daquelas pausas calculadas, tentando simular uma intelectualidade que na verdade não possui, antes de prosseguir. — Seria que nem um pai que rouba comida pra alimentar seu filho moribundo de fome. Esse é um bom dilema moral, porque na consciência do pai, ele agiu de forma correta; porém, na opinião do fazendeiro, o roubo será visto como errado. Mas, se pensarmos em termos de ética, poderíamos questionar se seria aceitável transgredir normas sociais, como o roubo, pra um bem maior, e se a preservação da vida do filho justificaria a ação.

Outra vez, Pétala me encara. Seu olhar é cheio de significados.

Respiro fundo. Não vou dar a ela o gostinho de revidar agora.

— É um bom ponto, Pétala. — Mariângela examina a turma, visivelmente feliz pelo debate e completamente ignorante ao ataque pessoal que a garota fez a mim. — Alguém quer rebater o argumento dela? Esse tema é bem complexo e existem nuances que não analisamos ainda.

Uma portento baixinha entra no debate:

— Como podemos assegurar que tenhamos uma verdadeira bússola ética orientando nossas ações, em vez de sermos guiados apenas pela nossa moral pessoal? Como...

Deixo de prestar atenção.

Meu foco é restrito em não pular no pescoço da traiçoeira da Pétala e gritar umas boas verdades na cara dela. Eu me forço a manter a expressão inabalável de rainha.

Para minha sorte, os alunos se animaram em expressar suas opiniões, então Mariângela nem sente falta dos meus comentários. Contribuo apenas com uma ou duas análises inteligentes para guiar o tema para frente antes que alguma promessa atravanque o processo por não entender conceitos básicos de filosofia.

Quando, enfim, o sinal toca, observo de soslaio Pétala organizar seu material. Sorrio ao ver um bilhete cair da agenda dela. A garota o lê e seu rosto se ilumina por um breve segundo antes de retornar à expressão séria que decidiu adotar hoje. Afinal, não é de bom tom sorrir por receber um poema anônimo de amor quando sua namorada está prestes a ser punida e esquecida para sempre, certo? E, sério mesmo que ela esperava receber apoio e admiradores depois de ter a reputação estraçalhada com os boatos e os vídeos do Telegram?

Hipócrita. E bem parva.

Ou apenas uma narcisista do caralho.

Mas tudo bem. À noite, o karma fará seu trabalho. E karma é um pensamento muito relaxante. Pena que não é assim para todas as pessoas.

CAPÍTULO 22

Nas vielas antigas de Paraty, repousa uma lenda tão trágica quanto os suspiros do mar revolto. É a história de um amor entrelaçado com mistério e o sobrenatural. O século era o XIX, e os personagens, dois jovens que haviam marcado o casamento no cartão postal da cidade, a igreja Santa Rita, datada de 1722.

Como a fatalidade não aguarda convites, ceifou a vida da noiva sem aviso prévio bem na véspera da esperada cerimônia. A tragédia, porém, não terminou com a partida da jovem. Dois dias após a dor do luto, o noivo, mergulhado em um tormento indizível, irrompeu do desespero jurando ter visto sua amada em um sonho, pálida como a lua na madrugada, mas implorando por socorro, pois fora sepultada ainda viva.

Os amigos, aturdidos e em luto, o julgaram louco e o enclausuraram em um hospício, onde viveu até juntar-se à amada nos braços da Morte. Ou, assim, imaginaram; pois a noiva, vestida de cetim branco, passeia à noite pelo chafariz diante da igreja Santa Rita. Lá ela se inclina sobre a água cristalina e seus lábios tocam o líquido como se buscassem uma fonte de alívio para uma sede que jamais será saciada. Então, desaparece, deixando apenas o seu lamento perdurar entre os muros centenários da cidade colonial.

Muitos anos se passaram até finalmente decidirem exumar os restos mortais da moça. Na empreitada, a verdade: o esqueleto estava deitado de bruços, confirmando as suspeitas do noivo de que ela estivera viva quando fora sepultada e possivelmente morrera de sede.

Esta é a história que uma professora conta de forma teatral para dezenas de alunos ordinários, todos com seus onze, doze anos, enquanto descanso em um banco em frente à igreja com Daniela e Priscila. As duas riem diante dos olhares surpresos e dos sussurros de medo e zombaria das crianças. Afinal, já fomos como elas – exceto pelo fato de sermos especiais por estudarmos no Artolestro, é claro.

— Gurias, eu me cagava de medo de ver a Noiva de Santa Rita quando tinha a idade desses piás — comenta Dani. Em seguida, ela suga um gole do chimarrão nojento que não vive sem e quase derruba a água na cuia em cima de si mesma. Faria um estrago bonito na blusa branca dela.

— Lembro que pediram ao Américo pra invocá-la uma vez, mas ele não conseguiu. — Priscila ri, mantendo os olhos na excursão escolar, tão frequente por aqui. — Melhor assim.

A simples menção ao nome de Américo já é suficiente para causar rugas instantâneas em minha testa. Ele esteve ausente durante toda a semana. Segundo seus amigos, o garoto se recusa a retornar à escola até que a sentença de Antonella seja revogada. Na quinta-feira, o comitê encarregado de discutir o caso dela decidiu pela expulsão, condenando-a a se tornar energia mantenedora da Sociedade.

Agora, se eu tiver a vontade de vê-la – o que será nunca –, é só procurar por uma escultura feia na Sala Desbotada.

O karma já cumpriu seu dever com uma das sabotadoras.

E eu estou dando uma forcinha para que ele alcance os outros.

— Falando em Américo, será que ele consegue invocar o espírito da Antonella? — Dani pergunta de repente, como se lesse minha mente. — Dizem que o processo já foi feito, né? Que ela já virou obra de arte.

Sinto um arrepio passear pela minha espinha com a facilidade com que Daniela fala sobre morte.

— Capaz. — Priscila concorda com a cabeça. — A Sala Desbotada ficou fechada ontem, e só fazem isso se tiver algum grupo reprovado no Artovócia, né?

Esse tem sido o assunto preferido da escola inteira há uma semana. É claro que, como todo segredo, o episódio se espalhou como gotas de chuva que prenunciam uma tempestade – embora essa comparação seja bastante clichê, meu pai a odiaria. É, preciso aumentar meu repertório.

Enfim, desde então, Pétala está sendo isolada por portentos e promessas, interagindo apenas com Américo e Higor, este último também perdendo popularidade por associar-se aos dois. Os rumores sobre o envolvimento dele no incidente cresceram, mas aparentemente os três concordaram em negar, embora eu saiba o que de fato aconteceu. Higor deveria me agradecer por eu escutar a minha parte trouxa, que ainda sente algo por ele apesar da traição, e optar por não espalhar o ocorrido por aí. Os três, na verdade.

Covardes.

— Karma. — Dou de ombros.

— Pois é, gata. — Priscila pega mais um *cookie* do pacote entre nós duas. — Ainda não acredito que ela teve coragem de te sabotar. E por um motivo tão idealizado, como se fosse dar certo! Sério, cara, a Pétala tem sorte. Só não vai terminar como a Antonella porque é uma portento mesmo. Mas o diretor tá puto com ela, pelo que dizem.

Uma nuvem desliza pelo céu, permitindo que os raios de sol me toquem. Eu me movo um pouco para a direita, sem vontade de dar margem para um câncer de pele. É então que ouço algo caindo no chão da praça: o pacote de jujubas se espalha na terra por culpa de Daniela. Alguns pombos se aproximam, disputando os doces.

— Cuidado! — Priscila ainda tenta salvar algumas balas, mas fracassa na missão. É irônico pensar que cheguei a suspeitar dessa idiota, como se ela tivesse QI suficiente para me sabotar. — É... agora só temos *cookies* mesmo.

Garanto mais um biscoito antes que Dani derrube o pacote no chão.

— E chimas! Alguém quer?

Eu e Pri trocamos olhares enojados e negamos com a cabeça. Dani ri e toma mais um longo gole de chimarrão na nossa frente. A bonita está bem desafiadora mesmo, mas nem falo nada para implicar, porque minha atenção é fisgada por três alunos do colégio ordinário, que passam pela gente conversando aos berros.

— Tem uma escola debaixo d'água aqui em Paraty. E eles são separados entre portentos e promessas, tipo aquelas casas que vemos em livros de fantasia — comenta uma menina negra de pele clara, alta e atlética, que me lembra a Priscila mais nova. Até o cabelo delas é igual!

— O que significa portento? — questiona um garoto bem magro.

— É um termo chique pra se referir a pessoas talentosas, prodígios, essas coisas — ela explica rapidamente, com os mesmos trejeitos da minha amiga. Sério, poderiam ser irmãs. — Você é mesmo burro, hein. Não tem vocabulário nenhum, credo!

— E por que eu saberia, cara? Não sou chique que nem esses artistas, eu hein!

— Eles são chiques mesmo — a terceira estudante, a baixinha, se intromete. — Dizem que os uniformes são num estilo mais europeu, mas nunca vi, né? Por causa do colar que muda a realidade em volta deles.

Instintivamente, levo minha mão ao colar, mas não encontro nada. Hoje, por estarmos sem os uniformes, não estamos usando o acessório artístico.

— Meu pai sempre reclama disso. Ele diz que se essa Sociedade é tipo a guardiã da Arte no Brasil, por que não valorizar nossa moda? Faz parte da nossa cultura também — a irmã perdida da Priscila comenta.

— É, sei lá. — A mais baixa dá de ombros.

O questionamento da jovenzinha ecoa na minha mente por um tempo. Ela tem um ponto. Vou perguntar ao meu pai como ele responderia a essa crítica sem parecer esnobe.

— Nossa, essa menina parece muito com a Pri mais nova, não? — menciono, repousando uma mão na perna da minha amiga.

— Sim! — Dani se mexe, animada. — Tava reparando nisso, tchê.

Priscila analisa a garota, já afastada da gente, e dá de ombros.

— Cara, até que essa sim. Finalmente! Porque, puta que pariu, às vezes vocês me comparam com umas nada a ver, pelo amor de Deus!

A gente ri, e logo desvia o foco das crianças. É bonitinho testemunhar como eles nos enxergam: figuras quase míticas, envoltas em uma aura de superioridade. Também sempre aproveito para averiguar se alguma informação além das que costumamos compartilhar sobre a Sociedade subiu à superfície. Nada a nos preocupar dessa vez.

Então, meu celular vibra e paro de prestar atenção nas duas. É uma mensagem de Shadia sobre política no grupo da família. Passo o olho pela conversa, mas capto que, por algum motivo, minha prima e meu tio já estão discutindo, embora pareçam dizer a mesma coisa. Eu nunca vou entender a relação dos dois.

Sem paciência para isso hoje.

— Clarissa? — Pri me chama e a encaro, aturdida. — Tá tudo bem?

— Sim. Era só minha prima — desconverso. — E o Higor, claro. Ele não cansa.

Minhas vassalas riem e eu faço um gesto de indiferença. Então, viro o rosto na direção da igreja branca, com sua arquitetura jesuítica e características do barroco-rococó. O sol está se pondo, e logo teremos que voltar para as Ilhas Submersas. Marcel completou dezoito anos hoje e precisamos nos arrumar para a festa dele depois desse passeio despretensioso por Paraty, ao qual fui arrastada após várias chantagens emocionais. Nunca vou me acostumar com a claustrofobia que os submersíveis me dão. Imagina ser a Noiva de Santa Rita, presa no caixão? Deus me livre!

— Bah! Ainda querendo que você deponha a favor da Antonella? — debocha Dani.

— Uhum, mas não vai rolar. — Dou de ombros. — Por mim, serão todos punidos.

— Acho que nem todo mundo pensa assim, sabia? — Priscila cochicha. — A Jade comentou que as promessas têm recebido bilhetinhos de admiradores pela coragem de alguns começarem — ela faz o sinal de aspas com as mãos — "a expor os absurdos dentro do Artolestro".

— Bilhetinhos? — Dani instiga, pegando um *cookie*.

— Poemas, declarações, essas coisas — explica a outra.

Ajeito a postura, interessada no assunto.

— Ela disse mais alguma coisa? Tipo, sei lá, se tem tido pesadelos?

As sobrancelhas das duas se juntam no meio da testa, mas Priscila me responde:

— A Jade não comenta muito sobre sonhos e pesadelos comigo. Não somos amigas, sabe? Mas a Manuele vem tendo uns estranhos.

Meu sorriso aumenta.

— Ela recebeu um poema também, não recebeu?

A cabeça de Pri tomba para o lado, confusa, e algumas mechas crespas caem sobre seus olhos escuros.

— Se recebeu não me contou... Acho que ela sabe que eu ficaria chateada se outra garota estivesse dando em cima dela.

— Faz sentido — afirmo, mas não explico nada. Priscila morde a isca.

— Ok, o que você sabe que eu não sei, gata?

— Não sei de nada.

— Sabe, sim! Essa cara de guria travessa não engana ninguém. — Dani me cutuca, e o gesto me incomoda, mas deixo passar.

— Desembucha de uma vez, Clarissa! — implora Priscila, me jogando alguns farelos de *cookie*. Tento, sem sucesso, desviar do golpe, então levanto as mãos em sinal de rendição.

— Tá, tá! — digo, enxotando os farelos que caíram na minha saia rosa-claro e na minha blusa branca. — Talvez eu seja a culpada pelos bilhetinhos.

— Como assim? — Os olhos castanhos de Priscila se arregalam. — Tu tá afim da *Jade*? Espera! E da Manuele também?

— Não! Claro que não. — Me sinto genuinamente ofendida pela sugestão de que eu poderia me interessar por uma garota tão sem graça quanto a Jade. E, embora reconheça a beleza e o espírito atlético de Manuele, ela não é o meu tipo.

— Então, o que... — começa Dani, seus cachos loiros balançando ao sabor de uma brisa fria que surge de repente. — Calma... Que barbaridade! Tu quer criar intrigas de casais? Não entendi...

— Meu Deus! — Priscila a interrompe e leva as mãos à boca. — É mais uma das suas pegadinhas, não é?

— Não vou confirmar nem negar.

Contenho um sorriso para não antecipar o fim da minha tortura psicológica.

— Você é uma gênia do mal, garota. — Priscila se levanta, animada. — Vai dar uma lição em todo mundo que apoia a Pétala e a Antonella, né?

— Meu Deus! Tu usou tua arte nos bilhetinhos pra fazer elas terem pesadelos, né? — Dani leva as mãos à boca. Nem a encaro, para que meu desprezo por sua lerdeza não deslize até ela. — Agora que entendi.

Priscila ri e zomba de Dani, que entra na brincadeira.

— Uma rainha tem seus meios de manter a monarquia funcionando, não é mesmo? — digo, jogando para trás uma mecha rebelde que adora o vento.

— Isso é tri afudê! Tu é inteligente demais, guria.

A garota volta a me tocar, e me afasto. Odeio essa mania que ela tem de falar com as mãos. Coisa chata. Pelo menos, parece que voltou ao normal, e me idolatrar é seu passatempo favorito.

— Mas olha só — Priscila aponta o dedo em minha direção —, deixa a Manuele fora disso, ok? Por mim.

Dou de ombros. Manuele não é uma das líderes das promessas revolucionárias, meus alvos principais, então tudo bem.

— Justo.

— E cuidado… — A compleição de Priscila endurece e eu a imito, ciente da curva brusca que a conversa tomará. — Da última vez, a sua pegadinha deu ruim e pode ter ido longe demais.

Pérola Santoro vai ser para sempre uma mancha no meu currículo.

Suprimo a vergonha e aumento meu sorriso. Não há espaço para esse fantasma agora, não quando devo concentrar toda a minha energia em extinguir qualquer resquício de esperança que as promessas tenham de ser bem-sucedidas nesses atos revolucionários. Vai que vira moda e estragam o Artovócia deste ano!

— Já disse que não alterei a bebida dela. Eu não tive nada a ver com aquilo.

O que omito, contudo, é que não me importo de verdade se alguém se machucar dessa vez.

CAPÍTULO 23

— Obrigado por ter topado se encontrar comigo, Clarissa.

Cruzo os braços e fito Higor Otsu com atenção, evidenciando mais desconforto do que sinto de verdade. Os sussurros sobre nosso encontro no jardim principal do Artolestro já serpenteiam até os meus ouvidos. Evito sorrir para não revelar minha verdadeira intenção por trás deste gesto de caridade.

— Depois de duzentas mensagens e você me emboscando algumas vezes? É, acho que precisamos conversar. Não dá pra continuar com o Artovócia quando duas pessoas estão me ignorando e outra não para de me encarar nem por um segundo.

Desde que desmascarei o plano maquiavélico dos quatro há mais de duas semanas, a gente precisou se reunir em três oportunidades. A primeira vez foi nesta segunda-feira, quando Gael organizou uma reunião no estilo *coach* das redes sociais para nos encorajar a seguir com nosso projeto do Artovócia, pois a ideia original é muito boa. Ele nos disse frases motivacionais e colocou toda a culpa em Antonella, que de fato virou uma obra de arte feia na Sala Desbotada, fechada por tempo indeterminado – imagino que até o próximo ano, quando eu e meus amigos já tivermos nos formado e o escândalo terá perdido relevância.

Pétala surtou, é claro. Saiu da sala batendo forte a porta e com lágrimas escorrendo pelas bochechas. Creio que não disse nada apenas por recomendação dos pais, que agora vivem na sala do diretor. Higor e Américo, que finalmente voltaram a frequentar as aulas, aguentaram os sermões calados – talvez se sintam um pouco culpados no fim das contas.

Confesso estar surpresa com a passividade dos três. Para rebeldes, eles são bem parvos. Se fosse com uma amiga minha, independentemente de estar certa ou errada, faria questão de tornar a vida dos responsáveis um inferno. Além disso, se Pétala e Higor tivessem assumido a culpa também, talvez Antonella não estivesse onde está agora. É uma pena que nem todos tenham a sorte de ter uma amiga leal como eu.

Realizamos a segunda reunião na quarta-feira, com apenas nós quatro presentes, para discutir os próximos passos, pois nos atrasamos no cronograma, obviamente. Sem Antonella, foi necessário reavaliar alguns pontos e realocar certos esforços manuais. Gael nos assegurou que conseguiria a ajuda de algum aluno do segundo ano com habilidades semelhantes às da italianinha. Essas questões foram resolvidas em quarenta minutos e cada um seguiu para casa sem grandes interações.

Nos reunimos de novo hoje, sexta-feira, para gravar mais algumas cenas. Quando Higor tocou meu braço ao fim do trabalho e pediu para conversar com aquela voz adocicada, que arrepiou minha nuca, por algum motivo decidi que meu tratamento de silêncio havia chegado ao fim. Por mais difícil que seja reconhecer, no final das contas, senti falta do carinho e da atenção dele.

Além disso, fofocas sobre eu ser muito dura com o garoto já pipocam por aí. A carinha de cachorro abandonado que grudou na cara dele está enfraquecendo minha reputação e, consequentemente, minha influência sobre os outros em relação a todo esse problema no qual fui envolvida contra minha vontade. Ainda é um pouco chocante para mim o quão volátil é a opinião das pessoas. Ao mesmo tempo que isso é ótimo, pois há sempre margem para trazê-las ao meu lado, é ruim, porque eu sempre precisarei ficar atenta a essa ondulação na opinião pública.

Agora, sob a luz simulada do fim da tarde, permito que ele se acomode ao meu lado no banco. Não nego que vê-lo rastejar por minha atenção afaga meu ego. Até sinto um quentinho passear pelo meu corpo e uma expectativa se assentar no meu ventre quando ele me fita desse jeito... Como dizem as meninas da minha turma? Ah! Como um *sad boy* atormentado. Escondo as mãos nos bolsos, porque, do nada, elas ficam suadas e não tenho como lidar com isso agora.

Porém, quando Higor suspira, revelando cansaço, minha confiança vacila.

— Você sabe que não te chamei pra falar do projeto, Clarissa. A vida da Antonella tá em jogo.

Cerro os punhos sobre minhas coxas. Nem fadada ao esquecimento, essa garota me deixa em paz.

— Eu não tenho nada a ver com o que foi decidido, Higor. Não fiz parte da comissão que avaliou o caso dela.

— Mas seu pai sim. — Sinto que ele quer acrescentar algo, mas deixa as palavras morrerem, retomando o raciocínio instantes depois. — Conversa com ele, mano. Pede pra ele reconsiderar, por favor.

— Está um pouco tarde pra isso.

— Não. — Higor balança a cabeça com veemência. — Os pais dela contaram pra gente que é possível reverter a sentença dentro de seis meses após a aplicação. Depois disso, não tem mais nada que possamos fazer, mas até lá... ainda temos algum tempo.

— E o que te faz acreditar que meu pai me escutaria? — Cruzo os braços, uma sobrancelha arqueada. Considero complementar com "e o que te faz acreditar que eu quero isso?", mas sei que o perderei outra vez se pronunciar tal pensamento em voz alta.

Higor me encara com incredulidade, então suspiro. Certo. Meu pai consideraria se eu lhe apresentasse argumentos a favor de Antonella. Ele até mesmo me questionou em casa, longe dos outros membros da comissão, sobre como me senti com tudo o que aconteceu e se mais alguém teve participação no delito. Optei por não mencionar o conluio de Pétala e Higor. Mesmo traída, mantenho minha lealdade, ao contrário de alguns. Além disso, Américo já está no fundo do poço e não representa ameaça para mim; então, também não o atirei na fogueira.

E ainda me chamam de megera.

Ok, mas se não reconquistar a confiança de Higor, é bem possível que o perca para sempre, não é? E há também a questão de mostrar bondade para com os menos favorecidos. Posso ganhar alguns pontos com as pessoas certas ao espalhar o rumor de que me compadeci de Antonella e decidi perdoá-la. Afinal, todo mundo adora uma boa história de perdão, né? Acho que é porque nos faz sentir superiores, do tipo: "olha como essa pessoa é evoluída, conseguiu perdoar até mesmo a maior das atrocidades". Bufo mentalmente. Acho esse raciocínio uma falácia sem tamanho, mas fazer o quê. É uma trama que vende. E, mesmo que não seja verdade – eu jamais perdoaria a Antonella depois de tudo que ela fez contra mim –, o importante é a narrativa que os outros escolhem acreditar e disseminar por aí.

— Ok, ok. — Descruzo os braços, adotando uma postura menos rígida. — Talvez eu possa dizer algo.

Os olhos do garoto se iluminam, e uma parte do meu coração se enche de felicidade. Senti saudades *desse* Higor, que me olha como se eu fosse a pedra mais preciosa que existe.

Não que eu vá me esforçar para convencer meu pai, mas talvez eu sussurre para ele a ideia de que absolver a italianinha da punição serviria como um testemunho da generosidade da Sociedade, reforçando nosso argumento de que não privilegiamos uns aos outros. Seria um exemplo eficaz para silenciar críticas. Além disso, com ela livre, a traidora também poderia receber, quem sabe, certos bilhetinhos kafkianos.

É uma ideia, veremos.

— Obrigado, obrigado! Eu sabia que você ia perceber seu erro. — Higor espreme minhas mãos contra as dele, perto do peito. — Você não deixaria alguém morrer por tão pouco.

— Erro? Tão pouco?

Eu me afasto de súbito. Meus sentimentos significam *tão pouco* assim para ele? Minha *vida*? Meu *futuro*?

Higor balança a cabeça e pega minhas mãos. É quando percebo que, além de suadas, agora elas tremem. Eu as puxo de volta, guardando-as no bolso do vestido outra vez. Desvio o olhar do dele.

— Clarissa, não quero minimizar o impacto negativo de tudo que te fizemos passar. Isso seria desonesto — ele retoma o tom doce e busca meu rosto com seus dedos delicados. Jogo baixo. — Mas sei que você se sentiria mal em deixar uma pessoa que não merece perder sua vida pra escola.

De novo esse papo de que doar energia na Sala Desbotada é o mesmo que morrer, quando na verdade é uma ação vital para o funcionamento da Sociedade. Sem essa contribuição anual de alguns fracassados, seria impossível manter a comunidade dos artistas *verdadeiros* completamente debaixo d'água desde... bem, sei lá, Sócrates?

Os relatos sobre o surgimento da Sociedade das Ilhas Submersas divergem em alguns aspectos, bem sabemos. No entanto, esse não é o ponto. O ponto é que, sem a contribuição dos reprovados ou seja lá o que mantém as ilhas, tudo deixaria de operar. No fim das contas, o que chamamos de magia tem regras de funcionamento, como a ciência, embora não as compreendamos totalmente. Energia gera movimento, que, por sua vez, ativa as engrenagens que sustentam nosso mundo secreto dos artistas.

De todo modo, aqui estamos, promovendo mudanças na sociedade por meio da Arte. Se um dia pensei de forma diferente sobre este assunto, estava louca; fui ingênua por causa da minha idade. Como diria Damiano David, vocalista da banda italiana de rock que o Higor me apresentou, Måneskin, *già chiedo perdono per gli sbagli che ho commesso, ma la strada è più dura quando stai puntando al cielo*[1]. E, bem, eu nem tenho vinte anos ainda, e só essa banda mesmo para me fazer escutar italiano sem ter vontade de vomitar.

— Tudo bem. Justo. — Engulo minha mágoa e finjo concordar com ele. Se não ceder um pouco, ele não vai acreditar em mim e, sei lá, Higor Otsu é uma das únicas pessoas realmente interessantes daqui. — Acho que eu me sentiria mal mesmo.

Duas meninas que nem estão no ensino médio passam pela gente, cochichando e lançando olhares em nossa direção. Pelo menos a notícia de nossa conversa vai se espalhar, e minha versão sobre o teor dela será disseminada assim que eu a compartilhar com Daniela, Priscila e Anna.

Aproveito e analiso o entorno. Há fofoqueiros fingindo não nos observar sentados mais perto do vidro que nos protege do oceano e um grupo performático de alunos dedicados às artes do Movimento, ao lado da parede da escola. A cena é interessante, com gritinhos de vivas e mini fogos de artifício saltitando ao redor. O cheiro de fogo chega até aqui bem fraco, graças ao sistema avançado de ventilação da escola.

---

1 tradução de trecho retirado da música Vent'anni: "e já peço perdão pelos erros que cometi, mas a estrada é mais difícil quando você está mirando o céu".

Não escondo minha careta, contudo.

Obras extravagantes capturam a atenção das pessoas em um piscar de olhos; porém, é na sutileza que se alcança e se enraíza sentimentos na alma dos receptores. Ainda bem que não nasci com o dom de lançar foguinho pelas mãos. Seria uma habilidade extremamente rasa, muito aquém de meu potencial e profundidade. Imagina ser mais útil em uma luta clandestina, como Marcel, do que ser eterna como as palavras hipnotizantes de Clarice Lispector?

— Obrigado! — Ele me abraça.

Aproveito que minha boca está perto do ouvido dele para sussurrar:

— Senti sua falta.

Higor se afasta, os ombros tensionados.

— Clarissa, não tenho certeza se devemos...

— Ainda me vê como egoísta e a princesa aprisionada num pedestal quebrado?

Faço um biquinho e abaixo a cabeça, demonstrando a tristeza que repetir tais acusações me traz.

— Eu... — Ele passa a mão pelo cabelo liso e desvia o olhar.

Por que está resistindo? Eu sei que ele me ama.

Abro a boca para expressar meu pensamento em voz alta, mas sou interrompida por uma gritaria vinda do grupo de artistas de Movimento, seguida de um baque surdo à nossa esquerda. O caos rebenta ao mesmo tempo que meus olhos se arregalam e Higor me envolve em um abraço, muito mais protetor dessa vez. A onda de náusea me assalta segundos depois. O garoto até tenta desviar meu rosto da cena, mas minhas íris se vidram na poça de sangue que se forma sob o corpo inerte, debaixo de uma janela da escola.

CAPÍTULO 24

Falta ar.

Falta espaço.

Tento me mover, mas meu corpo não responde aos meus comandos. Tento gritar, mas há uma mordaça entre meus dentes. Tento lembrar como cheguei até aqui, mas uma névoa turva a minha mente. Tento abrir os olhos, mas…

Não, dessa vez eu consigo.

E sou abraçada pela escuridão. Ao buscar luz com a visão periférica, encontro mais escuridão à direita e, de novo, à esquerda.

O grito não sai, mas os batimentos cardíacos são efetivos em se acelerarem.

Estou presa no breu infinito. Pior, estou encarcerada em mim mesma, pois não controlo meu corpo ou raciocínio de modo a encontrar um jeito de escapar desse pesadelo.

De repente, escuto um baque. E outro. Mais um.

Alguma coisa – ou alguém, mais provável – bate com força em algo acima de mim. Será… a tampa da caixa em que estou presa? A convicção sobre isso é imediata e a aceito como verdadeira.

Certo. Se alguém bate na tampa, então serei salva, né?

Do nada, meus movimentos retornam e, quando percebo, estou fazendo par aos baques contra a tampa que me enclausura. Não tenho noção de quanto tempo se passa e em que momento minha voz é destravada para liberar os gritos terríveis que saem de mim. Só sei que o céu noturno, iluminado por uma lua cheia, me acarinha.

Eu me levanto em um rompante – ou, pelo menos, é o que tento fazer antes de ser impedida por um rosto cadavérico que se coloca na minha frente, fazendo com que eu me encolha na caixa outra vez. Identifico um véu roto esvoaçando sob o luar. É… a Noiva de Santa Rita?

Franzo o cenho, tentando captar os traços do rosto pálido e esquelético, quando minha mente firma a conexão que me faz berrar e tapar a boca com as duas mãos. A Noiva de Santa Rita é, na verdade, Pérola Santoro.

Era ela quem batia na tampa. Mas ela queria… me salvar? Então por que agora esbraveja palavras soltas como "sua culpa", "assassina" e "você vai morrer também"?

De repente, tomo coragem de me impulsionar para fugir do cárcere da diretora, mas mãos surgidas do além puxam meu ombro para baixo, por trás. Giro o corpo em direção ao outro atacante.

Grito. Grito mais quando Pérola se junta à outra no aperto.

À Jade Lee, a promessa que se matou na minha frente, dentro do Artolestro.

A caixa se fecha – ou será um caixão? – e sou abraçada novamente pelo negrume puro. Outra vez, fico incapacitada de me mover, falar, refletir. Só me resta desesperar em silêncio, sozinha, abandonada.

Então algo áspero toca todo o meu corpo. Faz cosquinhas conforme se multiplica em volume, como se fosse água. Não é líquido, porém, o que me apavora de súbito: e se em vez de morrer afogada, eu morrer de sede como a mulher da lenda de Paraty? Mas então meu pânico muda de foco, pois compreendo o que enche minha prisão.

Papel.

Muitos papéis, em tamanhos pequenos, como se fossem…

Bilhetes.

Poemas.

Arte.

Morrerei asfixiada por minha própria arte.

Acordo gritando.

E choro abraçada aos únicos seres vivos que não me causam ojeriza agora: minhas gatas.

Jade Lee tirou a própria vida no dia 20 de outubro de 2023.

Há cinco dias, não durmo direito. Há quatro, não piso na escola. Há três, estou trancada dentro do meu quarto. Há dois, meus pais me perguntaram se eu gostaria de conversar com uma psicóloga. Neguei.

Não sou a única a lidar com as consequências dos episódios catastróficos que vêm acontecendo no Artolestro neste fim de ano. O suicídio, pouco depois de Antonella terminar na Sala Desbotada e de Pérola falecer devido à alergia, afetou muitas pessoas, desde as dezenas de alunos que testemunharam o evento até amigos e professores mais próximos da promessa.

Alguns a chamam de vítima. Mas, se ela for vítima, significa que há um culpado.

E não há um culpado. Não há, repito a mim mesma diariamente.

Jade Lee sofria de depressão e poucas pessoas sabiam. Infelizmente, ela não resistiu à pressão do Artovócia e às próprias armadilhas da mente. Em vez de transformá-las em Arte, como fez minha mãe em "Partida", sucumbiu ao pior de si mesma. É triste, mas acontece.

Uma fatalidade, como foi Giulia se afogando aos quatro anos. Ou alguém se confundindo e servindo suco de uva em vez de vinho de amora para Pérola.

Acidentes. Sem culpados.

É o que Priscila não entende.

Jade Lee era a melhor amiga de Manuele Bruno, que é quase-namorada de Priscila. Recebi um áudio dela pelo WhatsApp, chorando por cinco minutos, lamentando como fui longe demais na pegadinha. Ouço as palavras de Pri pela terceira vez, anotando cada ponto para rebater a acusação infundada.

Estou nos últimos trinta segundos, quando uma nova mensagem surge na tela. Solto a caneta em cima do meu caderninho, na cama, e leio o que Dani escreveu no grupo que temos nós três. É curto e direto:

Tu precisa parar. As coisas tão saindo do controle.
25/10, às 16h33

Quer dizer, já saíram. De novo.
25/10, às 16h33

Respiro fundo e pego o celular. Controlo a vontade súbita de tremer, pois não há motivos para ansiedade. Aperto o botão de gravar mensagem:

— Por que vocês estão fazendo isso comigo? — Seguro o tom embargado de voz, pois não quero que elas pensem que estou tentando me fazer de vítima. — Vocês sabem o quanto morte me afeta. É a terceira vez que presencio alguém morrer na minha frente. Estou sem comer e dormir direito há dias. Só sei chorar. E vocês, em vez de me perguntarem como estou com tudo isso, vêm me acusar?

Envio o áudio e já me preparo para o próximo:

— A garota se matou na minha frente! Ela tinha depressão. Os pais dela confirmaram que ela lutava contra o transtorno há anos. A Manuele disse isso pra você também, Priscila. Mas não, a culpa é minha, por uma brincadeirinha boba. Várias promessas receberam meus poemas, e não deu em nada. Ela que foi... — travo, pois não posso dizer a palavra que quero, se não serei taxada de insensível — azarada. Foi uma fatalidade. Eu não mandei ela se jogar do quinto andar de cabeça no chão. Pelo amor de Deus! Ela ainda teve sorte, ou azar, depende do ponto de vista, né, porque poderia ter sobrevivido dessa altura.

Emendo no próximo áudio assim que meu dedo desgruda da tela.

— Vocês estão projetando a culpa pelo que aconteceu com a diretora em mim. Não é justo. Os dois foram acidentes, mas, neste caso, eu nem tive participação *mesmo*. Só porque ela vinha tendo pesadelos há dias por causa de bilhetinhos, não quer dizer que foi o que fez ela se matar.

Tudo bem que alguns poemas que escrevi direcionavam o leitor para cenas perturbadoras à noite. Mas, de novo, isso não quer dizer nada. Muita gente consome filmes de terror ou documentários sobre crimes reais, como a própria Daniela, sem que isso as leve a cometer atos imprudentes ou criminosos. Elas apenas desenvolvem um senso de humor um pouco sombrio e uma certa insensibilidade ao discutir a finitude da vida. Envio por áudio essa última parte, junto da citação de Fiódor Dostoiévski: "cem coelhos jamais comporão um cavalo e cem suspeitas jamais comporão uma prova".

Então, pego o caderninho e releio os argumentos que anotei para rebater as acusações cruéis de Priscila. Gravo novos áudios, pontuando cada um deles. Reprimo o aperto no peito que me ataca vez ou outra. Está tudo bem, não há motivos para ficar ansiosa, repito para mim mesma. Termino meu monólogo-resposta com uma mensagem simples:

Vocês são duas neuróticas, isso sim.
25/10, às 16h58

Não espero por novas mensagens. Coloco o celular no modo avião, me levanto da cama e caminho até o toalete para tomar um bom banho. Peço para a Alexa tocar *Gossip*, do *Måneskin*. O grupo possui um som interessante e os integrantes são bem gostosos, então estou dando uma chance para eles há alguns dias, de modo a ter mais assunto com Higor. Inclusive, faria de tudo para ter uma chance de beijar a baixista da banda.

Os primeiros versos enchem meus ouvidos conforme entro debaixo do chuveiro.

Welcome to the city of lies
Where everything's got a price
It's gonna be your new favorite place[2]

2 Bem-vindo à cidade das mentiras / Onde tudo tem um preço / Vai ser o seu novo lugar favorito

Deixo a água quente cair sobre minha cabeça e ombros, levando consigo devaneios indesejados. Não quero pensar, muito menos sentir. O vazio é bom. Por que tem gente que reclama da apatia? É uma paz tremenda. Além disso, não é justo que opiniões alheias moldem minha autoimagem.

Sou Clarissa Labaki, a rainha do Artolestro. A melhor da minha geração. Inteligente, linda, invejada, leal, criativa, uma líder nata.

A música toca, a água corre e aos poucos me sinto ainda mais leve. Meus ombros não sustentam mais a culpa, os medos e a vergonha de *outras* pessoas. Quase uma hora se passa ao som de diversos artistas, alguns genuínos, outros aspirantes. Mas o que importa é que alcancei meu propósito. Ao sair do banho, estou pronta para rebater qualquer argumento mesquinho que Dani e Pri possam ter enviado por mensagem.

Eu me enrolo em uma toalha, enquanto uso outra para secar meu cabelo. O espelho está embaçado, mas quero me ver enquanto faço minha rotina diária de cuidados com a pele. Pego uma toalha de rosto limpa em uma gaveta e a uso para abrir espaço para o meu reflexo. Pronto, assim. Perfei…

Com um grito, pulo para o lado e levo a mão à boca.

O volume aumenta quando percebo que dessa vez não é um sonho.

Procuro por Pérola Santoro atrás de mim, mas ela não está aqui.

Ao me virar para o espelho outra vez, ela desapareceu. Mas tenho certeza do que vi. Era Pérola, cadavérica igual ao sonho, embora não estivesse vestida de noiva.

Deixo as lágrimas descerem, pois estou…

A porta do toalete irrompe em um estrondo, e meus pais entram com os olhos arregalados. Ótimo, agora não estou mais sozinha e sou flagrada sendo fraca. Eles me abraçam e sussurram palavras de conforto. Dizem que vai ficar tudo bem.

Mas não vai.

Porque se agora eu não puder confiar nem na minha mente acordada, no que confiarei?

Dessa vez, Américo me cumprimentou ao chegar na sala Tarsila do Amaral, pediu licença para passar ao meu lado e, por incrível que pareça, me deu um sorrisinho sem vida ao nos deixar no fim do encontro do Artovócia. Pétala nem me olhou na cara, mas não esperava nada diferente dessa traidora.

Tudo bem por mim. Eu venci. Eles não têm escolha a não ser continuar com o Artovócia e, desta vez, estarei no controle absoluto de tudo o que eles fazem.

Os dias se passam enevoados, e o projeto de conclusão do ensino médio segue por pura necessidade. Nem eu tenho forças para exigir mais que o mínimo de mim e dos outros, o que é frustrante. O resultado vai ditar minha entrada na Sociedade como adulta, não mais apenas como a filha prodígio dos Labaki, e já vou começar com o pé esquerdo.

Meus pais, inclusive, estão insuportáveis. Preferia quando eles destinavam cem por cento da atenção às próprias carreiras e se dirigiam a mim apenas para me dar carinho esporádico. Agora, eles cismaram que eu preciso de ajuda para lidar com o trauma que foi a Jade se espatifando na minha frente. Uns três dias atrás, eles levaram uma psicóloga até meu quarto, mas me recusei a responder às perguntas desmedidas dela.

Não preciso de terapia; eu só preciso que a fonte do meu estresse desapareça de uma vez por todas.

É impressionante como não percebi antes o quanto as promessas se vitimizam e agem de forma inescrupulosa para tomar tudo dos portentos, começando com a minha paz. Hipócritas, invejosos, rancorosos e egoístas. Eu poderia suportar tudo isso, não fosse o fato de estarem se mobilizando e destruindo meus sonhos para dar espaço para os ideais deles vingarem. O que os torna tão diferentes dos portentos, hein?

Desde o suicídio de Jade, o colégio inteiro entrou numa onda de empatia forçada para com as promessas. Muitos debates sobre a causa do incidente se iniciaram, o que abriu espaço para a Coitadolândia levantar pautas acerca do "tratamento inferiorizado" que recebem. A movimentação está crescendo tanto que extrapolou os muros do Artolestro no Brasil. Pior, já há murmurinhos sobre os ocorridos no mundo ordinário. Não sei por que me surpreendo. Sendo filha de uma enfermeira e um contador, é óbvio que os pais de Jade levariam a morte da primogênita para a grande imprensa. Inclusive, a irmã mais nova dela, ordinária que só, tentou se disfarçar de estudante do Artolestro, mas foi impedida de descer até as ilhas submersas porque não tinha a digital cadastrada para usar a escuna. Disseram que ela berrava muito enquanto era escoltada para longe do píer.

Doida que só. Deve ser de família.

Agora, ao caminhar pelos corredores majestosos do Artolestro, no *Halloween*, sinto os olhares afiados das promessas em cima de mim e de Higor. Desde que presenciamos o mar de sangue embaixo do corpo deformado de Jade, o garoto adotou uma postura protetora comigo. Ele me manda mensagens todos os dias, vai até a minha casa com o pretexto de me ajudar a estudar para as provas finais e não me abandonou, como fizeram Daniela e Priscila.

Traidoras.

— Eles não param de encarar a gente — comento ao passar por um grupo de promessas do primeiro ano, vestindo chapéus de bruxas. Bem apropriado.

Eles sabem.

Esses malditos têm olhos de águia, capazes de penetrar além da minha mais convincente expressão de desprezo. Além disso, vozes me sussurram que eles descobriram sobre os poemas, que Dani e Priscila me traíram. No entanto, embora estejam putas comigo, duvido que sejam burras a ponto de iniciarem uma guerra dessa magnitude ao me dedurarem.

Não, as promessas estão confortáveis demais.

— Quem? — Higor pergunta, vasculhando o entorno.

Paro de repente e encosto no braço de Higor. Então, aponto discretamente com a cabeça o grupo de promessas que nos trucidam com o olhar. Ele analisa o bando de urubus por um tempo antes de voltar a me fitar. Há um leve traço de condescendência antes do sorriso gentil que tanto adoro se firmar em seu rosto.

— Não tem ninguém olhando, Clarissa. Impressão sua.

Ele acaricia meu cabelo, então aproveito o momento para beijá-lo. Devagar e suavemente, para dar tempo de todo mundo ver e lembrar que eu e Higor ainda somos os monarcas do Artolestro. Meu quase-namorado pode ser ingênuo a ponto de não perceber o veneno exalando de cada olhar, mas eu cuidarei de manter nossa posição intacta.

Quase me esqueço do motivo de tê-lo beijado quando o garoto retribui o gesto com vontade. É bom demais ter um pingo de normalidade em meio a todo esse caos.

Se acham que vão me derrubar, estão muito enganados.

CAPÍTULO 25

A palestra sobre saúde mental foi mais enfadonha do que ouvir dois adultos leigos debatendo política como se fosse um jogo de futebol. Só não peguei no sono porque tenho tido dificuldade para dormir nos últimos dias. Se não fosse isso, teria me juntado às dezenas de alunos que colocaram óculos escuros dentro do auditório para (falhar em) disfarçar o completo desinteresse no tema.

Compreensível. Este é o quinto bate-papo sobre o assunto desde Jade Lee. Os dois primeiros foram bem recebidos devido à comoção causada pelo suicídio. No entanto, agora, o interesse na prevenção da depressão está diminuindo. Isso sem contar os rumores circulando de que os artistas não deveriam buscar terapia, pois acreditam que o caos da mente é o terreno perfeito para o nascimento das melhores obras de arte.

Em alguns dias, tendo a concordar com essa visão melancólica, um tanto autodepreciativa, pois me lembro de meu pai dizer palavras semelhantes sobre o tema antes de ele decidir mudar subitamente de ideia e tentar me convencer a conversar com uma psicóloga, como se eu fosse louca e digna dos olhares condescendentes e julgadores que me lançaram por causa dos dias em que fiquei trancada no quarto.

Em outros, concordo com Higor. Para ele, esse pensamento é de uma estupidez atroz, especialmente quando nos confrontamos com mortes tão brutais e precoces como a de Jade. Só de pensar em findar minha passagem na Terra sem deixar nada digno de ser lembrado e, assim, cair para sempre no esquecimento da História, muito aquém do meu potencial… Isso desapontaria tanto meus pais. Um calafrio passeia pela minha espinha, devagarinho, a fim de me torturar.

Diante desses dilemas que requerem muita reflexão, tenho preferido mudar de assunto ou me colocar na pele da adolescente traumatizada que não consegue falar sobre a efemeridade da vida. Não que falar sobre o que aconteceu com a Jade seja algo fácil; é preciso esconder no fundo da alma diversos pensamentos intrusivos quando o tema surge. Na verdade, nos últimos tempos, tem sido difícil raciocinar com clareza acerca de alguns tópicos; sinto a necessidade de despender muito mais energia e ânimo que outrora.

E pensar que Daniela e Priscila tiveram a audácia de me culpar pelo ocorrido e jogar na minha cara acusações tão cruéis. Queria não sentir esse aperto no peito ao pensar sobre as duas.

Depois de dispensar três portentos da minha turma, que tentam preencher as vagas de vassalas *plus* deixadas por Dani e Pri, saio sozinha do auditório principal, o mesmo local onde ocorreu a cerimônia do Artovócia e que agora carrega o estigma de ser mal-assombrado por causa da morte de Pérola Santoro. Eu até perguntaria sobre a veracidade desse boato ao Américo, mas o garoto não fala direito comigo e não sei se quero a resposta de verdade.

Um grupo de portentos passa por mim e me cumprimenta, mas só de escutar a risadinha alegre deles, meu pavio é atiçado por faíscas de raiva. Da minha mochila, retiro um espelho de mão provençal para verificar se a maquiagem que apliquei para esconder as olheiras enormes precisa de retoques, e se meu rabo-de-cavalo está alto e liso o suficiente para ocultar os sinais de descuido dos últimos dias.

Tudo certo. Aprecio meus traços estonteantes – deveria ser crime pessoas tão bonitas assim vagarem pela Terra, juro – e ajeito o lacinho da minha gola antes de guardar o objeto e analisar meu entorno. Vi Higor sentado em uma das fileiras da frente, perto da pária Pétala, mas o perdi de vista no mar de cabeças que se avolumou ao dispensarem todo mundo dali. Infelizmente, meu quase-namorado tem o coração mole por trás da fachada arrogante que o ensinei a adotar e continua comungando com o inimigo por pena.

Avisto Marcel e Anna perto do toalete feminino, conversando de forma expansiva com alguns colegas do terceiro ano. O *bad boy* está cada dia mais bonito, o que contribui para que meu interesse por ele desapareça na mesma velocidade com que surgiu. Sou grata por nunca ter cedido à tentação de beijá-lo apenas pela aventura, ou talvez jamais conseguiria colocar de novo a coleira em Higor. E Higor é tudo o que eu preciso por ora. Inclusive, cadê ele?

Dou um passo em direção ao casal formalizado de namorados, mas paro ao sentir meu celular vibrar. O nome de Shadia aparece acima de dez novas mensagens no grupo da família Labaki. Ótimo, ela está discutindo outra vez com meu tio na frente de todo mundo. Por que ela simplesmente não consegue fazer como eu e ser uma boa filha? Abu Shadia é legal, não um babaca como era, sei lá, o avô de Higor. Custa ignorar as piadinhas que ele lança por lá? Ignoro por completo o teor das mensagens, pois mal estou lidando com temas que me afetam diretamente, imagina os que não têm nada a ver comigo. Isso me faz lembrar do *meme* sem graça que a idiota da Daniela gostava de usar um tempo atrás: "e como isso afeta o Grêmio?".

Guardo o celular e procuro por Higor outra vez, sem sucesso; mas Anna e Marcel continuam próximos ao toalete, então é para lá que vou.

Algum imbecil tromba comigo.

— Ei, olha por onde anda! — reclama o garoto que reconheço como sendo uma promessa do primeiro ano.

Ergo a sobrancelha em desafio.

— Como é? Olha você, seu esquisito.

Para minha total surpresa, ele solta uma risadinha cheia de escárnio.

— Eu sou esquisito? Tudo bem. — Ele dá de ombros. — Melhor do que ser uma assassina como você.

— Vá se foder, garoto!

Mas ele vai embora, sem nem olhar para trás. Algumas cabeças se viram na minha direção, mas não há tempo para sentir vergonha quando a raiva está transbordando. Quem essa promessazinha de quinta categoria pensa que é para falar assim comigo?

O peso aumenta em meu peito enquanto processo a acusação. Por breves segundos, luto para compreender por que estou sendo chamada de assassina: se é por Pérola Santoro, Antonella Granata ou Jade Lee. É óbvio que ele está se referindo à segunda opção, pois não há sequer um boato sobre meu envolvimento nos outros dois casos.

Então, não sou assassina, reforço a mim mesma.

Antonella não morreu no sentido denotativo do conceito. E não participei do comitê que a julgou. Além disso, como prometi a Higor, sugeri ao meu pai, na presença do garoto, considerar reverter a situação da italianinha em favor do marketing centrado na generosidade da Sociedade, visando acalmar uma minoria barulhenta. Não deu em nada até o momento, mas ninguém pode dizer que não tentei.

De todo modo, me obrigo a parar de encarar de forma assassina o babaca que me acusou injustamente. Pior que a cena criada, será se espalharem que me senti afetada por conta da opinião ridícula de uma promessa que ostenta com orgulho o uniforme nesse tom frívolo de laranja. Do primeiro ano do ensino médio, ainda por cima! Dessa vez, consigo dar três passos antes de parar abruptamente.

Higor caminha, vindo da direção oposta onde eu estava, ao lado de Daniela e Priscila. Meu coração, já pesado, congela ao ver a cena. Que merda é essa!? Já não bastou se sentar ao lado da Pétala?

Ele me vê e, pelo menos, tem a decência de parar e ruborizar. Com o olhar baixo, passa a mão pelo cabelo arrumadinho. Cruzo os braços enquanto ele murmura algo, inaudível na cacofonia de centenas de adolescentes, para as duas traidoras. Dani e Pri também me notam, mas disfarçam, virando as costas e se afastando de Higor como se ele fosse leproso. As duas são recebidas com entusiasmo por Anna, Marcel e outros portentos, e não posso evitar a sensação de traição por parte deles também. Desde quando as pessoas que eu cancelo não são canceladas pelos meus amigos?

Estou perdendo influência.

A sensação de ser uma mera plebeia não é nada boa.

Higor me alcança sob meu olhar acusatório e me beija, oferecendo o braço para sairmos da multidão. Aceito, e juntos nos afastamos. Trocamos algumas palavras sobre amenidades: como estamos, se gostamos da palestra e o quão quente está hoje. É só quando entramos em um corredor mais vazio, com estilo pós-moderno, que paro e o encaro com meu melhor semblante de megera.

— O que foi isso?

— Isso o quê? — Ele se faz de desentendido, o que apenas atiça minha impaciência.

— Você com a Pétala. E depois com as duas irmãs malvadas da Cinderela.

Ele baixa o rosto e passa de novo a mão pelo cabelo.

— Mano, eu e a Pétala somos amigos, você sabe disso. Ainda mais depois de Antonella... Ela precisa de um ombro amigo, Clarissa.

— E esse ombro amigo precisa ser o seu?

— Bom, sim, né? — Higor ergue uma sobrancelha. — Você fez questão de deixar claro pra todo mudo que a Pétala só não foi punida como a Antonella porque é uma portento, mas que ela é culpada e, por isso, merece cair no ostracismo social. Os portentos têm medo de se aproximar dela e ter o mesmo destino, e muitas promessas não confiam nela, porque a consideram culpada pelo que aconteceu com a namorada.

— Eu nunca falei nada sobre ela.

— Qual é, Clarissa. — Ele abre os braços, impaciente. — Você realmente acha que ninguém deduziu que foi você que vazou os vídeos da Antonella e da Pétala no Telegram? A sua fama te precede e todo mundo sabe as consequências misteriosas de quem te desagrada.

Ajeito a postura para mascarar minha surpresa com as palavras do garoto.

— Isso é...

— Clarissa — Higor me interrompe, segurando com força a câmera fotográfica presa ao pescoço. — Sabe que eu te adoro e quero seu bem. Mas é importante reconhecer que você não admite ser contrariada. E tudo bem, eu também sou assim às vezes. Arrumei treta com o Américo por anos devido a um mal-entendido. Não tô pedindo pra que você mude, apenas que respeite minhas amizades. Eu gosto da Pétala e não vou abandoná-la agora.

Cerro a mandíbula. Discutir com Higor sobre Pétala só vai fazê-lo se afastar e não posso perdê-lo nesse momento. Simplesmente não posso. Então, mudo de assunto.

— E a Daniela e a Priscila? Também são suas inestimáveis amigas? — Mantenho o tom ácido para deixar clara a minha desaprovação.

— Elas tão preocupadas com você, meu. Vieram me pedir ajuda. Só isso.

É a minha vez de rir, com deboche e indignação. As duas realmente pensam que podem colocar o Higor contra mim? Quanta audácia! O que as traidorazinhas contaram para ele? Se por acaso me deduraram sobre os bilhetes ou sobre a pegadinha com a Pétala durante o Artovócia, juro que farei da vida delas um inferno pior do que a tragédia poética da italianinha.

Respiro fundo, engolindo as palavras que se embolam na minha língua. Demonstrar raiva de forma incisiva, como tentei há pouco, só vai deixá-lo mais reativo. Adoto outra estratégia.

— Eu também me preocupo com elas, mas você sabe como as duas são... — choramingo, diminuindo a distância entre nós dois. — Tenho me sentido tão sozinha... Minhas amigas se afastaram de mim por nada logo depois de eu presenciar um suicídio. Isso é tão cruel.

Higor me abraça ao notar o embargo na minha voz. Aninho minha cabeça em seu peito e uma sensação boa se firma na minha barriga. Eu nem tinha me dado conta do quanto sentia falta de um aconchego em meio à ansiedade que me acompanha como uma sombra nos últimos dias.

— Calma, eu tô com você. Não vou te abandonar, Cacau.

Eu me permito ignorar o uso do apelido descabido e degustar o abraço e as palavras de conforto por alguns minutos antes de perguntar com a voz baixinha e melosa aquilo que esmaga meu coração.

— O que elas te disseram?

— Ah, nada demais. — Ele passa a mão pelo meu cabelo. — As mesmas coisas que você me contou: que tão preocupadas que sua paranoia possa te fazer agir de forma imprudente.

Choramingo mais, embora não seja exatamente tristeza que me invade, mas, sim, rancor.

— Eu jamais machucaria alguém ou a mim mesma. Você sabe disso. Você mesmo sempre me lembra o quanto detesto testemunhar qualquer coisa relacionada à morte.

Uso esse argumento para garantir que ele não tenha dúvidas sobre meu caráter. Já não basta minhas melhores amigas cogitarem a possibilidade de eu ser culpada por dois acidentes. Não sei se conseguiria suportar Higor me abandonando e também pensando coisas terríveis sobre mim.

Pelo amor de Deus, eu sou Clarissa Labaki, a melhor artista da minha geração. Não sou uma homicida! Repito essa frase, mas a cada repetição, ela parece ter menos força. Respiro fundo, ignorando o leve desespero que sobe pelo meu peito.

Por que meu mantra não faz mais sentido?

Respira fundo, Clarissa, está tudo bem. Não há motivos para essa taquicardia e esse suor nas palmas da mão, sabe?

— Eu sei, eu sei — ele diz com o queixo apoiado no meu cocuruto. — Não se preocupa. Tô aqui com você.

O carinho embutido em cada sílaba me acalma o suficiente para pedir que sigamos para a sala Tarsila do Amaral. Hoje é nosso último ensaio antes da apresentação final, na semana que vem, dia 15 de novembro. O projeto do Artovócia é apresentado duas semanas antes das provas finais, em uma tentativa de nos permitir organizar melhor nosso tempo de estudo e mão na massa. Vários alunos já expressaram o desejo de alterar a ordem das atividades, visando um tempo maior para a preparação do trabalho final, mas essas sugestões nunca foram levadas adiante. Os professores e diretores argumentam que, se as provas forem realizadas antes, os alunos do terceiro ano podem não se dedicar ao estudo delas devido à proximidade do Artovócia. Assim, essa dinâmica é comum em todos os Artolestros ao redor do mundo e, como sempre, não há perspectiva de mudança – viu, Clarissa, não são apenas as demandas das promessas que não são atendidas! É algo geral mesmo.

De todo modo, isso significa que tudo relacionado a "O Labirinto das Almas" precisa estar alinhado nos mínimos detalhes ainda hoje. E, devido aos contratempos envolvendo Antonella e Jade, nosso grupo se atrasou em diversos processos – atrasos que *eu* precisei correr para resolver sozinha, com a ajuda mínima do Higor, uma vez que Américo e Pétala demonstram zero interesse em superar o que afirmam ter sido um crime, quando foram eles que abandonaram a italianinha.

No tempo que fiquei trancada no meu quarto, aproveitei para revisar e concluir a escrita da parte teórica do trabalho e, assim que retornei ao Artolestro, fiz três entrevistas organizadas pelo Gael para substituir alguns detalhes de escultura que Antonella estava encarregada. As habilidades dela, embora bem desenvolvidas, não posso negar, não eram tão difíceis assim de encontrar entre alunos do segundo ano focados em Espaço. Ainda fiz ajustes no roteiro, ajudei Higor a decidir os melhores planos de gravação a partir da minha habilidade artística única e até alguns figurinos eu costurei. Quer dizer, pedi para a diarista que vai à minha casa nas quintas-feiras costurar, mas ninguém precisa saber disso.

Higor segura minha mão durante todo o trajeto e, quando chegamos, Pétala e Américo já estão posicionados, com o cenário todo montado. Os dois cumprimentam Higor, e Américo esboça um sorriso sem vida na minha direção. Pétala, por sua vez, não dá sinal algum de me notar. Quer dizer, tirando as rugas que se formam em sua testa quando ela desvia o olhar rapidamente do meu. Tudo que me vem à mente é a música *This is why we can't have nice things*, da Taylor Swift, mas até isso faz com que meus ombros tensionem. Dar uma chance para a artista pop do momento só aconteceu porque Pétala insistiu muito quando éramos melhores amigas.

Este evento, inclusive, marcou o início do arco de ruína dela: aos poucos, Pétala passou a mostrar interesse por temas e artistas que estavam fora dos cânones estabelecidos pela Sociedade; ou seja, pelos críticos de renome internacional. No início, resisti e ridicularizei sua veia rebelde, mas aos poucos cedi, especialmente quando descobri que

Daniela e Priscila também ouviam Taylor Swift e artistas similares às escondidas. No entanto, a partir desse ponto, Pétala se entregou aos ideais das promessas, e a entrada de Antonella em sua vida apenas solidificou nosso fim iminente.

Queria sentir falta dela como antes, mas tudo que resta em minha mente ao revisitar nossas memórias é um sabor amargo. Afinal, fui a primeira pessoa a quem Pétala contou não ser um homem, e fiquei muito feliz por ela confiar tanto em mim a ponto de compartilhar isso. Depois passei vários fins de semana a ouvindo, com atenção, falar sobre como a homofobia e a transfobia são heranças da colonização do homem branco, explicando que a visão de diversos povos indígenas sobre o tema é diferente, assunto que ela vinha se aprofundado mais por conta das pesquisas recentes de seu pai. Então, quando ela decidiu se declarar para todos uma mulher trans, eu estava ao seu lado nos momentos mais decisivos, desde comprar as primeiras peças íntimas femininas até acompanhá-la às consultas médicas para avaliar o uso de hormônios. É por isso que pouco me importa se ela vai me encarar nos olhos ou falar comigo, pois Pétala jogou toda a nossa história no lixo. Dela, quero apenas distância agora.

E vingança.

É por isso que preparei uma surpresinha para hoje.

Seguro as alças da minha mochila com mais firmeza, antes de esboçar meu melhor sorriso e adentrar a sala como uma rainha deve fazer. Deixo minhas coisas em uma carteira e pego o roteiro das cenas finais que precisamos gravar para, nos dias seguintes, trabalharmos na pós-produção. É claro que o projeto piloto não vai chegar nem perto de como o jogo será distribuído caso a ideia seja amparada por investidores, mas precisa estar o mais próximo disso o possível. A parte artística, claro, não a tecnológica que envolve o trabalho de programadores e outros profissionais sem veia artística alguma.

— Fiz ajustes no roteiro, conforme combinamos — anuncio, categórica.

Américo se aproxima e simula outro sorriso fraco ao chegar perto de mim, mas não diz nada. Pétala, por sua vez, puxa o papel com suas falas da minha mão e se afasta para decorá-las. Ignoro a grosseria, porque, à noite, seus pesadelos serão karma o bastante.

— Podemos começar quando quiserem — digo, sorridente.

CAPÍTULO 26

Às vezes sinto que ao meu redor só tem pessoas planas.

Tudo bem que na escrita criativa seja aceitável que um personagem tenha apenas uma camada de identificação para o leitor, não significando que o autor tenha feito um trabalho ruim. Porém, na vida real, entendo que todos desejam ser vistos como multifacetados e complexos – personagens redondos – independentemente de quem controle a narrativa. Mas duvido que a maioria dos alunos que está se formando comigo tenha alguma chance de ser vista como qualquer coisa além de medíocres.

Higor discordaria. Ele diz que eu não dedico nem cinco minutos de atenção aos outros para tentar encontrar alguma profundidade neles, mas como fazer isso se todo mundo é tão entediante e superficial? E, sejamos sinceros, o nível de qualidade do Artovócia deste ano é *mesmo* deprimente.

O grupo inicial serviu ao júri feijão com arroz, sem qualquer personalidade. Daria uma nota sete de dez por dó. Ok, admito que a instalação artística simulando um assassinato foi impactante e cumpriu seu papel de arrepiar minhas espinhas e cravar um incômodo em meu peito, ainda mais devido aos acontecimentos recentes aqui no Artolestro. E as obras tridimensionais dinâmicas e interativas inseridas em espaços específicos foram bem executadas, embora um tanto clichês.

De lá, fomos para a próxima sala. Ao contrário da maioria das apresentações práticas, no Artovócia não são os grupos que sobem ao palco dentro de um auditório; é o júri que se desloca de uma para a outra, assim como os alunos daquele ano que desejarem acompanhá-lo. Outros espectadores, como familiares e estudantes das demais séries, podem assistir às apresentações através de um telão e projetor holográfico no jardim principal, possibilitando interatividade quando aplicável. Alguns veteranos também preferem ver deste local, já que, por mais que as salas designadas para os projetos do Artovócia sejam espaçosas, acomodar umas cem pessoas de uma vez não é muito confortável.

Eu sou uma dessas alunas que preza o conforto, é claro.

Para ser justa, acompanhei o primeiro grupo presencialmente, mas, depois do fiasco, me reuni a Anna Carolina, Marcel, Higor, Julio e César no jardim. O *bad boy*, em uma clara tentativa de manter sua pose inabalável, é o único tagarelando e tecendo comentários maldosos – embora honestos – sobre o trabalho alheio. Anna reprime o impulso de levar as mãos à boca e roer a unha impecável de fibra de vidro ao cravá-las com determinação na pele do namorado, enquanto Julio e César trocam olhares significativos a cada elemento novo apresentado pelos grupos. Estamos bem, inclusive. Eles conversam comigo como se eu nunca tivesse brigado com os dois para defender Américo. Rancor ferve no meu peito ao lembrar desse episódio, de como fui idiota ao tentar ajudar a promessa ardilosa, mesmo que, naquele caso em particular, Américo estivesse com a razão.

Já o Higor continua sendo carinhoso que só. Eu o flagro observando meu rosto com frequência, em busca de sentimentos que guardo muito bem por baixo da máscara de soberba. *Baba* sempre diz que transparecer a ansiedade em momentos decisivos, como o Artovócia, é um equívoco do qual nos arrependeremos assim que sairmos da situação que nos aflige. Pior ainda, é um erro que pode desencadear outros capazes de destruir tudo pelo que lutamos para alcançar. E lutei muito para estar aqui hoje. Mereço ser recompensada pelos sapos que engoli e pelas noites mal dormidas por culpa de terceiros. Vendo a qualidade dos trabalhos apresentados, um a um, fica claro que o prêmio de melhor projeto só pode ser do meu grupo, apesar dos percalços que precisei controlar.

Pelo sorteio feito ontem, somos a décima terceira equipe. Eu queria ter permissão para estar na sala Tarsila do Amaral de modo a garantir que nenhum sabotador se sinta à vontade de agir enquanto os olhares estão focados em desfiles de samba repetitivos, espetáculos teatrais sem emoção e esculturas de vidro, argila e gelo que se desmancham na frente dos jurados – essa última criação foi cortesia do grupo da Priscila, da Estér e da Manuele. Segundo elas, embora eu não acredite nesta justificativa, a peça é uma homenagem à Jade: uma representação simbólica de que a Arte, assim como a vida, é efêmera e pode desaparecer a qualquer momento. Mas tudo bem, pois tenho certeza de que o júri vai ser condescendente devido à morte precoce da Jade. Em vez de um zero, talvez recebam uma nota sete, o suficiente para não serem reprovadas.

— Tadinhas...

— Deve tá sendo difícil pra elas.

Diversos murmúrios do gênero são escutados do jardim. Os portentos ao meu redor permanecem em silêncio, cientes de que são observados por promessas sedentas por discussões. Essas cenas aumentaram nos últimos dias, mas perderam força depois de Marcel nocautear dois alunos inconvenientes. Inclusive, ele e Anna se despedem rapidamente, pois serão os próximos. Não estou muito curiosa sobre o trabalho deles, pois ambos já mencionaram ter gravado um curta-metragem. E, pelo que conheço dos bonitos, será uma exibição bem dentro da média.

— Você tá bem? — Higor sussurra no meu ouvido, e sinto arrepios se instalarem no meu ventre.

— Maravilhosamente bem. — Eu o beijo com delicadeza, enquanto ele retribui o gesto e leva uma mão à minha nuca. — E você?

— Nasci pronto, princesa.

Mas noto sua perna inquieta, então rio com escárnio.

— Olha só quanto trabalho ruim. Certeza de que seremos os melhores — afirmo, deixando um beijo estalado na bochecha dele.

Ele sorri, sem convicção.

Higor sempre foi assim: por trás da pose segura que o ensinei, há um garoto pouco confiante. Mas não tem por que se preocupar. Fui eu quem deixou toda nossa apresentação organizada, de modo a garantir que Pétala e Américo não tentassem, sei lá, trocar a gravação do jogo outra vez. Reassisti a todo o material três vezes antes de dormir e não encontrei uma entonação errada sequer, ou algo sobrando no cenário, muito menos alguma falha no roteiro do projeto piloto. A fase onírica, cortesia minha, está perfeita, é claro. Além disso, os professores também estão mais atentos a sinais de sabotagem.

E há quem argumente haver beleza em não controlar tudo ao seu redor. Tenho certeza de que essas pessoas não alcançam sucesso na vida e repetem frases como essa apenas para se sentirem melhores diante do mar de frustrações que as afogam.

— Já sei! — digo, entusiasmada. — Vamos fazer uma viagem pra Ilha Grande enquanto esperamos pelo pódio na terça-feira. Só nós dois. O que acha?

A apreciação e análise completa de certas obras de arte, como a nossa, que possui elementos oníricos, muitas vezes demanda tempo além da mera observação. Por isso, o *ranking* dos melhores trabalhos não vai sair hoje. É compreensível que essa expectativa afete os estudantes do terceiro ano, levando muitos de nós a evitar a escola até o dia do resultado, optando por viagens ou festas para aliviar o estresse. E bem que viria a calhar um momento a sós com Higor, já que as irmãs malvadas da Cinderela não falam comigo e Deus me livre correr atrás de atenção.

— É uma ótima ideia. — Ele beija minha bochecha com carinho e me aperta mais contra si.

Ofereço mais palavras de conforto a Higor, como uma boa namorada faria – espero que ele perceba isso –, e finjo me entreter com a apresentação do grupo de Anna e Marcel. O trabalho deles é um dos mais aplaudidos até o momento e rende elogios por parte de alguns convidados externos presentes ao fundo. Mario e Maju Labaki não estão entre eles, é claro. Meus pais até me perguntaram se eu gostaria da presença dos dois aqui hoje, mas, como uma boa filha, engoli a mágoa e permiti que viajassem até São Paulo para uma entrevista em um desses programas conceituados de TV. "Partida" continua sendo um dos assuntos mais comentados do Brasil e de Portugal, com burburinho em Hollywood também. É melhor assim, de todo modo. Com os dois aqui, parte dos meus holofotes seria redirecionada para o casal de artistas mais amado do país.

— Achei tão promissor quanto "Partida" — escuto uma aluna comentar atrás de mim.

Higor percebe que ouvi o comentário, pois diz em seguida:

— Concordo. Achei muito bom o enredo.

Eu o encaro, incrédula.

— Esse filminho não chega nem aos pés do que minha mãe criou. Está mais pra uma cópia barata.

Higor ri e aperta minha bochecha, fazendo com que eu erga uma sobrancelha.

— Mano, fica tranquila. Eu não disse que é um filme bom o suficiente pra vencer o Artovócia ou, sei lá, o Oscar.

— Não estou preocupada, só achei ruim.

— Justo — ele diz, me abraçando.

— Credo, vocês tão melosos demais, véi — Julio reclama e empurra César para o lado. — Cansei de ser vela de casal. Tchau.

Então, os dois se afastam. Eu e Higor rimos. É bom ter um momento de tranquilidade em meio ao deserto escaldante de preocupações que minha mente está enfrentando. Permanecemos assim, descontraídos, até os primeiros dez minutos da apresentação do décimo segundo grupo. Do outro lado do jardim, Américo e Pétala já nos observam. Higor acena para eles, e em silêncio, nos dirigimos para a sala Tarsila do Amaral. Assim que destranco a porta e confirmo não ter nenhum detalhe fora do lugar, pergunto:

— Todo mundo sabe o que fazer e falar? Não tem espaço pra erros hoje.

Américo assente e Higor responde um sonoro sim, abafado pela frase amarga que sai da boca de Pétala:

— Claro, Presidente Snow.

Higor repreende Pétala em voz baixa enquanto Américo solta uma risadinha. Tenho dúvidas sobre qual deles devo fulminar primeiro com o olhar por terem engajado com a piada que me relaciona ao vilão da trilogia "Jogos Vorazes". No entanto, os conselhos do meu pai ecoam em minha mente, e eu simplesmente respiro fundo e me afasto, sentando em uma cadeira distante. Recapitulo mentalmente cada passo de como conduzirei o melhor trabalho do Artovócia deste ano.

O tempo passa diferente enquanto esperamos a chegada do júri. Às vezes, os minutos parecem horas e, depois, correm como guepardos. A comparação me lembra de quando escutei, às escondidas, meus pais conversando com amigos da idade deles sobre a primeira vez que experimentaram maconha, em Amsterdam. Eles comentaram que o bolinho era tão forte que parecia criar duas dimensões para além da nossa e que era difícil deixar a mente parada em apenas uma delas. Além da distorção espacial, o tempo ganhou vontade própria.

Eu me afasto da memória de repente, o coração acelerado, quando as vozes aumentam de volume no corredor. Nós quatro nos entreolhamos e, em silêncio, nos posicionamos conforme combinado.

— Preparados? — pergunta Gael assim que entra na sala, eufórico.

Ganhar o Artovócia não é bom apenas para os estudantes, mas também para o orientador. O prestígio por liderar um time campeão sempre rende aumentos salariais e convites para palestras e cargos concorridos. Não à toa Gael se empenhou em nos ajudar mesmo diante das adversidades; ele realmente acredita que iremos nos destacar.

Atrás dele, entram os outros jurados, provocando um suor constrangedor que desliza pelas palmas das minhas mãos e um incômodo que se instala no meu estômago. O júri consiste no orientador do projeto, dois professores convidados por ele, o diretor interino e cinco especialistas, cada um representando uma área artística: Som, Movimento, Imagem, Espaço e Palavra. Houve anos em que minha mãe ou meu pai foram convidados para integrar o painel do Artovócia, mas, por motivos óbvios, tipo eu ser filha deles, não foi o caso desta vez.

Identifico entre o júri o senhor Bianchi, o que aumenta alguns níveis da minha confiança. Ter aqui um dos melhores amigos de mamãe, que me adora, é uma boa âncora na hora de não sucumbir à ansiedade. Os outros rostos também são familiares, mas com nenhum tenho um contato mais íntimo. Ao meu lado, noto Américo e Higor respirando fundo e Pétala movendo os dedos da mão rapidamente.

Após os nove jurados, entram mais vinte ou trinta colegas. Há uma quantidade significativa de espectadores da nossa classe, mas isso já era esperado. Gael não manteve a boca fechada, então os rumores alimentaram a expectativa em torno do nosso projeto, considerado inovador e com grandes chances de vencer este ano. Além de ser encabeçado por mim e por Higor, é claro. É compreensível que muitos alunos queiram testemunhar a História sendo feita.

Esperamos quatro minutos, cronometrados pelo meu Rolex de pulso, até que todos estivessem acomodados nas carteiras ao fundo da sala. Decoramos o espaço com objetos escuros, vintage e exuberantes, seguindo a estética barroca e rococó, além de elementos abstratos e um incenso com notas terrosas e amadeiradas para trazer uma aura de misticismo. Cada detalhe da decoração foi cuidadosamente escolhido para enriquecer a experiência de vivenciar um dia dentro de "O Labirinto das Almas".

— Quando quiserem — avisa Ricardo Martinez, um sorriso que quase me faz tremer nos lábios.

Controlo esse ímpeto e aproveito a deixa para iniciar o discurso que refinei e ensaiei nas últimas semanas. É parecido com o da primeira vez que apresentei para Gael, no fatídico dia em que meus colegas de trabalho foram incompetentes até mesmo na hora de planejar uma autossabotagem. Não sou muito versada nas técnicas de Movimento, mas minha expressão corporal parece hipnotizar a audiência. Ninguém tira os olhos de cima de mim e percebo notas de admiração enquanto explico o que é "O Labirinto das Almas" e a ambição de torná-lo uma gamearte reconhecida no mercado dentro de, no máximo, cinco anos. Américo e Pétala foram bem treinados, pois não me interrompem uma vez sequer.

Quando Gael pede para que avancemos da parte teórica para a prática, meu coração dá um salto. Foi exatamente nesse momento que as coisas desandaram naquele dia, mas dessa vez fiz tudo ao meu alcance para garantir que a História não se repita. Engulo o nó na minha garganta e decido confiar no processo que cuidei com tanto esmero.

Tem que dar certo. Eu me esforcei tanto.

Desde a infância, ouço os adultos ao meu redor falarem sobre o meu futuro brilhante, cheio de prêmios, e como meu nome será aclamado por milhares. Não seria nada difícil acreditar nisso ao analisar meu histórico, inteligência, criatividade, resiliência e empenho, mas quando se coloca na equação que meus pais já ocupam o espaço do brilhantismo, tudo fica complicado. Para não ficar à sombra deles, preciso provar meu valor além do meu sobrenome. Ganhar o Artovócia é apenas o primeiro passo para Clarissa Labaki, a escritora, roteirista e diretora se consagrar na História. Não tenho outro caminho senão honrar o sobrenome que me deram, ao contrário de alguns covardes que tentam esconder a própria linhagem com medo de serem desmerecidos por quem jamais construirá nada. Tenho orgulho dos meus pais, e quero que eles se orgulhem de mim também.

Seguro umas lágrimas aventureiras antes que elas desbravem minhas bochechas. Eu vou conseguir. Vai dar tudo certo. Está tão perto agora.

Higor pressiona o botão de *play*, e a trilha sonora entra em cena, sincronizada com os efeitos acústicos à la Dorothy sendo levada por um furacão ao mundo de Oz. A câmera desliza através do cenário, simulando o despertar do jogador em um labirinto. Logo as figuras das gatas branca e preta, esculpidas pela italianinha, emergem, seguidas por Pétala, envolta em um vestido branco esvoaçante.

— Desperte, viajante — diz ela, a voz urgente. — Não há tempo a perder no Labirinto das Almas. O equilíbrio do mundo depende de você. Mas não tenha medo, não vais trilhar essa jornada sem amparo. Essas são Yuna e Auny, suas guias espirituais. E eu sou a alma do labirinto, Alina. Minha vitalidade está sendo drenada por uma força misteriosa e preciso da tua ajuda para enfrentá-la. Posso contar contigo?

A câmera assente como se fosse o jogador.

A gravação avança, nos conduzindo para a primeira missão dentro do labirinto e às duas primeiras escolhas simples do jogo. Não demora muito para o desafio de habilidades aparecer também. Meu coração dispara. Quando a voz de Pétala começa a recitar o poema, prendo a respiração:

— Neste labirinto de palavras e sombras / Onde almas perdidas clamam por luz / Desafio-te a criar poesia que desvende / As verdades ocultas na mentira que seduz.

Uma pausa. Não tiro os meus olhos da tela.

Pétala prossegue ao passo que Américo, interpretando Machado de Assis, traduz o poema na linguagem da dança.

— Mas lembre-se: o isolamento é uma armadilha / Que aprisiona mentes e sufoca a criação / Negando à Arte a riqueza da diversidade / E a verdadeira autenticidade da expressão.

— O quê? — esbravejo, os olhos arregalados.

Não, não, não, não, não! Não pode estar acontecendo de novo. É a minha mente pregando uma peça em mim, como fez no dia em que pensei ter visto o reflexo de Pérola no espelho do meu toalete. Só pode ser isso. A história não pode se repetir assim, não hoje, não durante o Artovócia, não comigo! Eu conferi o arquivo. Eu fiz tudo certo. Não fiz?

Procuro por Higor, que encara o chão, trocando o peso do corpo de um pé para o outro. No caminho, meus olhos cruzam com o de Gael, boquiaberto. Talvez meu semblante reflita o mesmo espanto, mas é difícil ter certeza, pois já estou correndo em direção ao *notebook* para interromper a transmissão. Quase consigo, mas Américo e Pétala são mais rápidos ao se colocarem como obstáculos na minha frente. Os lábios firmes numa linha fina e o brilho nas íris castanhas de Pétala são cruéis. Minha amiga não era assim. Era? Mas não tem como uma alucinação ser tão real, tem?

Pisco algumas vezes, aturdida. Os dois babacas permanecem ali parados, os braços abertos. É real. Eles realmente seguiram com o protesto, sem se importar com quem é machucado no processo.

Quero vomitar. É como se eu tivesse sido atropelada por um caminhão.

— Falam de elevação espiritual, esses poucos escolhidos / Enquanto vozes caladas clamam por isonomia / A Arte, que deveria ser ponte, é ilha isolada / Refúgio de justiças que não passam de fachada. — A voz de Pétala continua ao fundo, enquanto cadeiras são arrastadas e murmúrios ganham escala. Alguns jurados pedem silêncio, outros emitem ordens mais severas, como a interrupção imediata do Artovócia. — Ao explorar esses intrincados corredores / Desvendamos ilusões quebradas / Como a pureza cultural ser uma miragem / Em um palco onde a Arte é uma dança de vaidades.

Então, a tela preta coloca a sala Tarsila do Amaral outra vez em uma escuridão fúnebre.

O caos invade a sala não só através dos meus gritos de puro ódio e frustração, mas também devido ao falatório entre as testemunhas do ato rebelde e à gritaria que se inicia do lado de fora. Pouco depois, a porta é arrancada por um tufão, seguido de um grito ensurdecedor.

CAPÍTULO 27

É um protesto.

As promessas do ensino médio se uniram para fazer uma ação gigantesca contra o que eles chamam de privilégios dos portentos por conta do elitismo incrustado na Sociedade. Ou, pelo menos, boa parte desses alunos.

Pelo visto, não apenas Marcel praticava luta artística clandestinamente.

Agora, muitos estudantes com habilidades performáticas desferem golpes uns contra os outros, enquanto jurados e professores, que dispararam porta afora ao primeiro sinal de confusão, tentam conter os embates físicos. Há pessoas gritando que foram os seguranças que atacaram primeiro, enquanto outros dizem que a manifestação já tinha intenção de partir para a violência desde o início.

Nada disso me importa. Só consigo pensar sobre a utilidade de incentivar habilidades pouco refinadas, como esse grito supersônico de uma garota que se parece com a Canário Negro daquele filme tenebroso, "Aves de Rapina", lançado em 2020. Na verdade, para o campo artístico, qual é o valor de uma habilidade tão bruta, tão grosseira? Ela é uma portento ainda por cima.

Mas não tenho tempo para refletir sobre isso enquanto estou agachada embaixo da mesa do professor, ainda na sala Tarsila do Amaral. Gael e Bianchi fazem de seus corpos uma barreira de proteção, evitando que algum golpe me atinja ao mesmo tempo que bloqueiam minha visão dessa luta digna de um desses filmes toscos de super-heróis. Ou talvez seja uma proteção para Pétala, Américo e Higor, porque eu com certeza gastarei meu réu primário com eles.

Até onde a fuça detestável de Higor está envolvida nisso?

Grito e protejo a cabeça com meus braços quando uma labareda de chamas passa raspando o móvel onde estou escondida.

— Esses filhos da puta perderam a sanidade? — esbravejo.

Assustado com minha reação, Gael se vira e examina meu rosto e braços, procurando por algum ferimento.

— Você está bem?

Eu me liberto de suas mãos e o empurro para trás. Bianchi, porém, me impede de me levantar no último segundo.

— Clarissa, não é seguro.

Infelizmente, nós três não somos dotados da agora desejável habilidade artística-lutadora, digna dos bárbaros sem cultura pré-civilização. Se soubesse que precisaria lutar para me formar, talvez tivesse pedido aulas ao Marcel no final das contas. Como fui ingênua ao pensar que habilidades refinadas fossem úteis. Aparentemente, no mundo moderno, é necessário ter mil e uma profissões.

Bufo, irritada. Nesse contexto, tudo que sei é que permanecer aqui com esses dois não é tão seguro assim.

— Mas que inferno! Alguém vai mesmo se machucar — reclama Gael, tentando avistar alguma rota de fuga.

Reviro os olhos diante da constatação óbvia. Só me faltava essa: descobrir no meio de um ato de vândalos que os professores que tanto admirava são tão planos quanto meus colegas de classe.

Um grito se sobressai do lado de fora da sala e nós três nos encolhemos. Alguém se machucou. Muito provavelmente não é o primeiro caso.

— Precisamos sair daqui — afirmo entre dentes.

Bianchi acena, mas Gael balança a cabeça de um lado para o outro. Grande covarde.

— Cadê os seguranças? A polícia? Não é possível que não consigam conter um bando de adolescentes! — rosno.

— É uma escola, Clarissa. Nossos seguranças já estão lá fora, mas não possuem magia artística nem armas, sabe. — Em outra situação, eu concordaria com Gael que misturar crianças e armas não é lá uma boa ideia, mas agora só sinto raiva. — E já liguei pra polícia. Imagino que outras pessoas também tenham feito o mesmo.

— Nenhum professor daqui participa das lutas clandestinas, não?

Os dois me encaram, confusos.

Grito de ódio outra vez.

— Muitos alunos assistem e participam — informo, revirando os olhos. — Não acredito que todos vocês eram santos quando novos. Não é possível.

— Martinez está lutando pra proteger os alunos. Provavelmente alguns colegas das áreas de Movimento também estão, mas somos muito menores em números — constata Bianchi, sem responder à minha pergunta.

Sei da questão numérica, sei que os seguranças do Artolestro não podem entrar armados na escola e sei que ninguém imaginava um ato desses, muito menos dessa magnitude, hoje. Ainda assim, reclamar é a única coisa que posso, de fato, fazer. Ou isso ou serei obrigada a descontar minha raiva de forma nada saudável e sem planejamento. Ah, mas eu com certeza farei da vida desses idiotas um inferno quando a baderna for contida.

Reteso o corpo por um segundo. Há outra alternativa: correr em direção à saída da escola. Qual é a chance de ser golpeada no caminho? Os ataques estão sendo fortes o suficiente para machucar alguém de verdade? Alguém vai servir de barreira ou precisarei ir sozinha? Gael e Bianchi parecem petrificados, mas algo me diz que o senhor das lentes sabe que minha mãe o mataria com requintes de crueldade se eu fosse ferida.

— Cuidado! — Bianchi se joga na minha frente quando algo tromba na mesa que nos protege. Levanto a cabeça pouco depois e não é difícil perceber que o impacto foi todo na lateral do seu corpo. Ele geme de dor; ainda assim, é para mim que destina sua preocupação. — Você foi atingida?

Nego, os olhos ligeiramente arregalados. Meu tornozelo dói por ter se chocado com o metal da mesa quando ela tentou nos esmagar. Acredito que o latejar seja devido à porrada e nada esteja quebrado, mas uma leve histeria se infiltra nas minhas entranhas. A minha ficha cai: pela primeira vez, a morte está flertando *comigo*. Tive tanto medo de ela me perseguir em seu jogo sádico de me transformar em uma espectadora recorrente, que jamais imaginei que a finitude da vida também pudesse ser um fardo aplicado a mim.

Reis e rainhas também morrem. Efêmeros, apenas um sopro na História.

É uma constatação óbvia, do tipo que odeio que façam perto de mim. De todo modo, minha mente só a registra depois que a repito cinco vezes consecutivas. A solução para o dilema que me afoga – começou como chuviscos até se transformar em uma tempestade avassaladora – permanece a mesma: se a vida é passageira, perpétuo deve ser o legado.

Não vou morrer hoje aqui por causa de um bando de promessas extremistas.

Cerro os punhos e fecho os olhos. Então, inspiro, puxando uma grande quantidade de ar, e expiro pela boca sem pressa. Repito o processo cinco vezes até constatar que a tempestade se transformou em uma chuva moderada. Também reparo que a gritaria diminui de volume, indicando que os baderneiros se afastaram ou, pelo menos, não estão mais focando o ataque dentro da sala Tarsila do Amaral.

Ok, é hora de sair daqui.

— Consegue levantar? — pergunto para Bianchi, que geme baixinho.

Ele assente, mas o semblante de dor deixa claro que o baque não foi superficial.

— No três, a gente corre na direção contrária à aglomeração — informo, categórica.

— Eles se afastaram, Clarissa, é melhor ficarmos escondidos aqui — contrapõe Gael, visivelmente assustado. Ótimo.

— Eles podem voltar a qualquer momento. Além disso, o senhor Bianchi precisa de cuidados médicos.

— Eu estou bem — refuta o homem, sério.

— Não está, não. No três, hein.

Gael chama meu nome.

— Um — digo, já de quatro apoios.

— Vamos pensar melhor — ele diz, se sentando ao meu lado.

— Dois. — Preparo meus braços e pernas para me impulsionar para cima e iniciar uma corrida atabalhoada pelos corredores do Artolestro. A sorte é que a escola é imensa e, por isso, não existe apenas um caminho em direção à saída. É muito improvável que todos os trajetos estejam tomados por confusão.

— Espera…

— Três!

Gael até tenta me segurar, mas desvio das mãos dele. Os dois me xingam antes que o som da mesa e de algumas cadeiras sendo arrastadas atrás de mim deixe claro que eles aderiram ao meu plano. Mesmo mancando, Bianchi passa por mim e bloqueia a porta. Ele vasculha o lado de fora antes de sussurrar que o sigamos. Vislumbro o caos que se transformou o local por um breve segundo antes de acompanhá-lo. A decoração um tanto soturna ganha densidade com os móveis revirados e quebrados. Se alguém passasse por aqui desacompanhado, poderia confundir o lugar com uma instalação artística.

O lado de fora está ainda pior. Eu me pergunto como tudo isso começou, pois há mais gente lutando do que imaginei, inclusive artistas já formados, os quais vi no jardim assistindo às apresentações, e professores cujas habilidades performáticas eu desconhecia. Nunes, por exemplo, deu vida a quatro gárgulas que ornavam o pátio mais próximo. Agora ele e suas bestas protegem um grupo de estudantes trajados de borgonha que estão encurralados por uma onça pintada de argila vivíssima. Atrás do animal, cinco promessas erguem cartazes com dizeres como "reforma educacional já" e "oportunidades iguais para todos os alunos".

Do outro lado, a professora Mariângela está diante de um grupo de manifestantes como uma muralha, com braços abertos e semblante feroz. Ela enfrenta os seguranças, que empunham cassetetes – até então, acreditava que eles não tivessem acesso a nenhum tipo de arma, mas aparentemente são restringidos apenas quanto ao uso de armas de fogo e lâminas.

— Como é possível que aqueles que deveriam zelar pela segurança de *todos* os alunos sejam capazes de transformar, com ações precipitadas e truculentas, esta manifestação pacífica e democrática em um cenário de guerra? — Mariângela vocifera, o semblante contorcido em um misto de raiva e desespero.

Desvio o olhar dali. Há muita gritaria, temperaturas e odores ao redor; está difícil filtrar o que focar. Mas definitivamente, os apelos da Coitadolândia não têm espaço quando preciso garantir que não serei atacada por alguma estátua-viva, um lança-chamas ou até mesmo ser capturada por alguma dança hipnótica, como a que prendeu Higor do outro lado do pátio.

Xingo alto e estanco.

Gael esbarra em mim e quase cai. Bianchi também para à minha frente.

Higor está inconsciente. O que devo fazer? Socorrê-lo ou deixá-lo enfrentar as consequências de seus atos?

— Vamos logo — pressiona Gael atrás de mim. A gritaria aumenta quando um segurança imobiliza um garoto que pichava a parede do pátio.

Olho da promessa caída no chão para Higor e então para o caminho relativamente livre à nossa frente. Praguejo pela milésima vez neste dia infernal.

— Merda!

E corro em direção ao garoto, me massacrando por ser idiota, porque as chances de ele não estar envolvido nessa tentativa de golpe de Estado estudantil são nulas. Sou cuidadosa com cada movimento que faço, mesmo afobada. Se eu cair no erro de olhar para cima, para o casal dançando de costas para mim, vou acabar do mesmo jeito que Higor.

Uma mão toca meu ombro quando me ajoelho ao lado do meu ex-quase-namorado. Giro com o punho cerrado, pronta para acertar quem quer que seja com toda a força, mas paro ao identificar Gael ali. Bianchi está um pouco atrás, tentando nos proteger com o próprio corpo já debilitado.

Sem trocarmos palavras, erguemos Higor do chão. Ele é mais pesado do que eu suporia devido ao porte magro e não muito atlético. Então, o apoiamos entre nossos corpos, os braços encaixados em nossos ombros, e avançamos. Cada pequeno passo que demos para longe, meu coração acelera. Até que dispara de vez quando Bianchi ergue o braço direito, impedindo que continuemos.

Merda.

O caminho pelo qual seguiríamos agora está bloqueado por ninguém menos que Pétala e outras cinco promessas do nosso ano.

— Traidora — murmuro, as sobrancelhas juntas.

Higor se remexe e geme, retomando a consciência. Devemos estar longe o suficiente do território controlado pelos dançarinos.

É nesse momento que Pétala nos vê e abre um sorriso cínico. Ela, René Valverde, uma promessa cadeirante que já vi por aí com a Antonella, e mais dois alunos nas cores laranja-frívolo e preto estão segurando megafones. Não me surpreendo quando minha ex-amiga é a primeira a levá-los para perto dos lábios.

— Agora que temos a atenção de todos, vamos ao que importa — a traidora diz, a voz cheia de deboche. Ao meu lado, Higor balança a cabeça, meio confuso, mas com os olhos já abertos. — Olá, Sociedade das Ilhas Submersas. Sei que muitos de nós desejam ser imortalizados, então espero que este dia entre pros livros de História.

Ela acena para algo atrás de mim. Viro a cabeça em direção a este ponto, assim como Gael e Bianchi, e encontro uma promessa do segundo ano da linha de Imagem empunhando uma câmera de cinema cara. A filha da puta está transmitindo isso para o Artolestro inteiro, pelos telões espalhados pela escola? Ou para o canal exclusivo de membros da Sociedade? E o que aconteceu com todo mundo, que está estranhamente silencioso? Estão prestando atenção às palavras altas que escorrem da boca de Pétala?

E cadê a droga da polícia?

— Calma, não somos ingênuos ao ponto de acreditar que conseguiremos mudar o sistema depois deste protesto, muito menos acabar com as injustiças que vocês perpetuam por tanto tempo. Mas espero que hoje seja lembrado como o dia em que expusemos um dos maiores crimes cometidos dentro do Artolestro. E suspeito que tenha havido muitos outros casos abafados ao longo da História. Nosso colega, Américo Silva – ela aponta para um ponto atrás de mim, à esquerda, mas não me viro –, vem coletando relatos, digamos, curiosos de alguns espíritos que vagam por nossos corredores.

Ela faz uma pausa dramática. Sinto minha mandíbula doer, então a libero com medo de quebrar algum dente no processo, principalmente quando Pétala volta a discursar:

— Quantos artistas foram calados aqui dentro durante a Ditadura Militar, ainda mais quando eram classificados como promessas em vez de portentos? Quantos artistas negros, indígenas, LGBTQIAP+ ou de outras minorias nem sequer tiveram a oportunidade de entrar no Artolestro, pois nunca receberam seus convites simplesmente porque a Sociedade preferiu perpetuar preconceitos arraigados desde a invasão portuguesa no Brasil? E quantos desses conseguiram entrar, mas ainda assim precisaram lidar com uma estrutura que privilegia os portentos a qualquer custo? — Pausa dramática. — A Sociedade não se importa com nós, promessas; só se importam que os poderosos permaneçam poderosos e que nós, os marginalizados, continuemos a servi-los como energia, sem perturbar a ordem estabelecida. — Outro momento de silêncio calculado. Então, Pétala grita: — Quantas Antonellas e Jades teremos que perder todos os anos pra que a elite mantenha suas tradições, seus privilégios, seus preconceitos e sua visão distorcida do que é uma Arte pura e verdadeira?

— A Sociedade das Ilhas Submersas se coloca como crítica e progressista, mas tem centenas de casos no currículo que provam que ela é apenas mais uma mantenedora do *status quo* vigente em cada época — complementa René, erguendo um dos braços acima da cabeça. Ela usa uma faixa branca na testa com a palavra "justiça" e uma pulseira com as cores da bandeira lésbica. Suor reluz em sua pele branca e vários pedaços do uniforme estão grudados em seu corpo.

— Quanta bobeira! — alguém grita atrás de mim, mas não reconheço a voz.

— A Sociedade das Ilhas Submersas é uma farsa, Brasil! — esbraveja René por cima da voz contrária, arrancando vivas de algumas pessoas. — Precisamos de líderes que se importem genuinamente com o progresso de todos, não apenas com a perpetuação de seus próprios privilégios!

Neste momento, percebo minha ingenuidade. A transmissão não se limita à Sociedade; é para todo o Brasil, possivelmente por meio de alguma plataforma de *streaming*. Talvez contem com o apoio de jornalistas contrários às nossas práticas. Bianchi e Gael parecem ter entendido isso também, pois trocam olhares significativos entre si. De soslaio, noto meu orientador digitar algo no celular.

— Sei que vão mentir e dizer que nosso protesto nunca teve intenção de ser pacífico e que seremos rotulados como agressivos, baderneiros, rebeldes sem causa e outros adjetivos desmoralizantes — acrescenta um garoto negro, tão alto que me encolho. — Mesmo assim, convoco todos a refletirem: quem é o monstro e o humano quem é!?

A frase adaptada de "O Corcunda de Notre Dame", da adaptação da Disney, é tão clichê nessa situação que me desencadeia uma crise de risos. Nesse ponto, Higor já está bem acordado, embora continue em silêncio, apoiado em mim e no Gael. Ele me encara com incredulidade, e consigo discernir em suas íris castanhas que pensa que estou zombando do discurso. A verdade é que só discordo de partes dele.

De fato, considero as promessas do Artolestro um tanto hipócritas e com demandas despropositadas para o ambiente escolar, mas sempre defendi o direito de as pessoas viverem sem preconceitos e tudo o mais. A forma como tudo está sendo expresso hoje parece apenas uma militância vazia, exagerada. Sem contar a situação como um todo, que é para lá de esdrúxula. Estamos falando de questões sociais aqui ou de como as promessas são tratadas? O que uma coisa tem a ver com a outra? Genuinamente, estou confusa.

A crise de risos aumenta, e tanto Higor quanto Gael me pedem para parar com o deboche. Tento dizer que não é proposital. Não quero rir, de verdade. Tudo que não preciso é me tornar alvo da ira de várias pessoas que já me odeiam pelo simples fato de eu ser uma portento quando eles têm o controle da situação. Inclusive, onde está a merda da polícia que não chega nunca?

O riso é tanto que meu corpo curva para frente, e Higor desgruda de mim. Quero pedir para ele não se afastar, gritar que não sou o monstro que o garoto do megafone tentou pintar. Eu simplesmente não tenho controle do meu corpo, e essa constatação me leva à beira de uma histeria. Não sou inocente de imaginar ser perfeita por inteiro, embora eu seja perfeita nos aspectos que importam.

O fato é que sempre tento ser correta: não traio meus amigos, sou uma boa aluna, não faço nada fora da lei, sou a favor das igualdades racial e de gênero, luto para tornar realidade meus desejos mais profundos e acredito no poder da Arte de tocar os outros e trazer mudanças necessárias para a sociedade. Então esse discurso que me coloca como parte do Lado Sombrio da Força soa tão... não sei. É incômodo e injusto.

Lágrimas conflitantes já se acumulam nas minhas pálpebras quando escuto a voz odiosa de Pétala me chamando pelo megafone. Levanto o rosto e me deparo com seu semblante retorcido de ódio. E pensar que já nutri carinho por alguém que me detesta nesse nível.

— Engraçado tu rir da nossa luta, porém não me surpreende — ela afirma sem tirar os olhos de mim. — Como esperar empatia de uma pessoa que sentiu prazer ao deixar Antonella ser injustamente expulsa e transformada em energia pra sustentar um sistema que a odeia?

— Fui eu que deixei? Eu tentei reverter a sentença dela com o meu pai! — rebato o mais alto que consigo. Porém, o megafone dela afoga minhas palavras. — Foi você quem simplesmente permitiu que sua namorada assumisse a culpa sozinha! Se não fosse tão covarde, talvez ela estivesse aqui hoje participando desse showzinho.

Ela hesita por um instante, os olhos arregalados e os dedos apertando o megafone com mais força. Minhas palavras a acertaram em cheio, mas Pétala é astuta e equilibrada. Não surpreende que ela disfarce o impacto, ignorando a verdade contida na minha acusação, e continue com seu jogo calculado.

— Showzinho? — Ela ri com desdém. — Não dá mesmo pra esperar nada de ti, né? De uma garota tão confortável na própria bolha dourada que não consegue sair dela nem quando a verdade é espremida na tua cara. Égua, tu és incapaz de olhar criticamente pra Sociedade que tanto idolatras! E ainda se atreves a se dizer progressista... Mas só quando te convém, não é isso? Pois vai uma verdade: no fundo, só te toleram como és por causa do seu dinheiro e do prestígio do teu sobrenome. Que piada... sua idiota!

— Me toleram? Do que você está falando, sua maluca?

Mas ela não me responde. Apenas continua seu espetáculo:

— O que esperar de uma pessoa que criou vídeos falsos sobre mim e minha namorada e espalhou pelo Telegram sem remorso algum?

— Sua mentirosa! Duas caras!

Balanço a cabeça com veemência, pois duvido que o microfone esteja captando o que digo. Isso só aumenta minha raiva. Higor até tenta me tocar, mas me desvencilho dele ao dar um passo em direção à Pétala.

— Pior. — Ela sorri, maníaca. — O que esperar de uma pessoa que tentou me sabotar durante a cerimônia do Artovócia, mas acabou assassinando a diretora da escola?

CAPÍTULO 28

Paraliso, os olhos arregalados.

Impeço o vômito de escapar no último segundo. Engulo a gosma, o sabor azedo e ácido se impregnando na minha garganta. Sinto vontade de chorar. Eu me encolho. Como essa filha da puta tem coragem de dizer tais palavras e ainda abrir um sorriso vitorioso depois?

— Isso é mentira! — Fiz questão de me convencer desse fato ao longo dos últimos meses. Ela não tem o direito de trincar minha convicção como está fazendo.

Não ouso avaliar meu entorno, mas o silêncio súbito é indicativo de como a acusação já provoca estragos, talvez irreparáveis, no muro reputacional que construí. Percebo uma leve agitação ao meu redor e imagino que Gael e Bianchi tenham tentado se aproximar, porém foram impedidos por Higor, cuja silhueta vislumbro com a visão periférica.

— O que é isso? — Bianchi resmunga.

Pétala ri, cheia de escárnio.

É então que percebo. Não foi Higor quem os parou, foi a arte dela. A doida aperfeiçoou seu domínio sobre as sombras e, tal qual o garoto que evita esforços em Naruto, impede meus professores de moverem as pernas. Arrisco dar mais um passo à frente, e rosno ao constatar que também estou sob o controle dela.

— Mana, te orienta! Achas que és a única influente e com contatos por aqui? Se esqueceu que luto pelo direito das promessas, mas também sou uma portento. Tenho certeza de que escutaste o boato sobre a morte da Pérola não ter sido um acidente. — Congelo e descubro ter desaprendido a falar. Será devido ao dom da garota ou tem a ver com o estremecer dos meus membros e o esmurrar do meu coração sob a caixa torácica? Só sei que balbucio qualquer coisa inaudível, igual uma idiota. Escondo minhas mãos no bolso do vestido. — Esse boato foi esmagado bem rápido, né? Imagina só minha surpresa quando meu pai deixou escapar que foi o seu pai quem comprou o silêncio da polícia?

— O quê!? — Minha voz sai esganiçada. Os dedos de Higor tocam meu ombro com firmeza, mas não reajo ao contato. — Do que está falando? Dobre a língua ao falar do meu pai!

— Pétala, não é de bom tom fazer acusações sem provas — afirma Higor, a voz um pouco embolada. Uma leve irritação perpassa minha espinha ao identificar preocupação para com a garota.

— Já chega, Pétala. Está indo longe demais! — ralha Gael atrás de mim.

Alguns professores fazem coro às reprimendas. Em vão, pois ela prossegue como se não os tivesse escutado:

— Sem provas? Eu tenho provas! — ela grita, os olhos esbugalhados. O volume é tão alto que faz algumas pessoas se encolherem no pátio devido ao chiado no microfone. — Serve uma gravação da câmera na cozinha que prova que a princesinha Clarissa Labaki esteve lá? E que tal o testemunho de um dos cozinheiros demitidos injustamente, que a viu perto da lista, mas não ousou se aproximar com medo de ser repreendido pelo presidente da Academia?

— Você é uma mentirosa, Pétala! Uma invejosa cheia de problemas psicológicos. — Tento avançar em vão, pois ainda estou presa pela minha sombra. — Vai se tratar! Está tentando destruir a vida de uma das poucas pessoas que esteve sempre ao seu lado!

— Se és assim sendo minha amiga, imagina se fosse inimiga. — Ela, por outro lado, dá alguns passos em minha direção. — Aliás, que amiga usa a própria arte pra te dar pesadelos terríveis à noite, hein?

Um frio percorre minha espinha, a raiva me dominando por completo ao perceber lágrimas pingando no chão com brutalidade. Eu vou matar essa vagabunda!

— Já chega, Pétala! — Higor protesta. — O combinado era denunciar as injustiças da Sociedade, não massacrar uma única pessoa em rede nacional. Suas acusações são sérias demais pra serem feitas assim.

— Sérias? — ela zomba. — Sim, são bem sérias! Além de assassinar a diretora e ser encoberta pelo pai, ela ainda fez uma aluna cometer suicídio por causa de uma sabotagem de muito mal gosto, pra não dizer cruel!

— Eu vou te *matar,* Pétala. Sua mentirosa! Guarde minhas palavras — rosno, tentando me libertar.

Gael e Bianchi sussurram frases que imagino serem apaziguadoras, mas não discirno nada. Tudo que consigo assimilar é a expressão de triunfo e regozijo de Pétala.

Vou socar o rosto dela até ficar tão feio quanto seu caráter.

— Tu deverias tratar melhor tuas amigas, Clarissa. Talvez assim elas não sentissem vontade de te dedurar.

Ela ri com faíscas nos olhos. Eu grito. E de repente tudo está confuso demais. As vozes no ambiente são destoantes, e o chão parece se mover sobre meus pés.

O mundo gira, como se a gravidade estivesse enlouquecida. Ainda assim, consigo perguntar, entre dentes:

— Do que está falando? A única traidora aqui é você.

— É mesmo? Raquel, pode soltar a gravação que acabamos de mandar pra polícia.

Todo pátio conta com uma televisão, menor que o telão do jardim principal, mas ainda assim grande o bastante para transmitir alertas ou permitir que os professores usem os espaços ao ar livre para as aulas – mesmo que, na verdade, estejamos rodeados por uma imensidão azul que pode nos afogar caso um dos vidros rache. Reprimo o pensamento intrusivo e a aflição que ele me causa. Ninguém vai destruir nossas proteções, né? Pelo amor de Deus! Instintivamente, procuro pelo televisor. Eu o encontro à minha direita.

Em segundos, a tela preta ganha cores e revela uma sala de aula vazia construída no estilo contemporâneo brasileiro. Todos os alunos conhecem esse lugar; é uma área nova ainda não inaugurada, aqui perto. Muitos a utilizam como refúgio quando desejam solidão. Preferem este local à Sala Desbotada por considerá-lo menos deprimente ou, no caso das centenas de galerias na escola, menos propensos a serem incomodados.

A princípio, parece que será apenas isso, mas então a imagem treme, como se alguém tivesse ajeitado o celular. Ninguém aparece em cena, somente uma voz baixa se torna audível. É Pétala quem diz:

— Ninguém nunca vem aqui. Fiquem tranquilas, manas. O que querem me contar?

Há alguns segundos de hesitação antes de eu identificar Priscila e seu sotaque carioca carregado respondendo. Prendo o ar, e o mundo parece tremer com mais intensidade.

— Cara, você precisa prometer que não vai contar pra ninguém.

— Claro — confirma Pétala, que, obviamente, quebrou a promessa.

— Papo reto mesmo, Pétala.

— Pode confiar em mim, Pri. Juro!

Um suspiro.

— A Manuele comentou que a Jade vinha tendo pesadelos por um tempo. Pesados, bem pesados. — Outra pausa antes que Priscila prossiga. — Bom, ela acredita que eles contribuíram pro que aconteceu… E você também tem tido pesadelos, não tem?

— Como assim? Bom, sim, mas… Não entendi nada. Vais precisar ser mais clara, Pri.

Priscila balbucia algo, mas Daniela a interrompe:

— Só não leia mais nenhum bilhete que aparecer pra ti, ok?

— Por que não? — Outro momento de silêncio. — Égua, não! Não podes estar falando sério. Me diz que é mentira. Ela não faria isso.

Priscila e Daniela pronunciam palavras indiscerníveis, então Pétala pressiona por uma resposta mais clara.

— Priscila. Daniela. Vocês têm noção da gravidade disso? A Clarissa vem usando a habilidade dela nas promessas? Criando pesadelos? Ela chegou tão baixo assim? Pelo amor de Deus, a Jade se jogou da janela!

— A gente só te contou porque gostamos muito de ti, amiga. Não conta pra ninguém, por favor — implora Daniela. — E não leia mais nenhum bilhete.

— E, se possível, seria bom orientar as promessas pra não lerem mais também — corrobora Priscila. — Mas sem estardalhaço.

— Por que ainda se importam com ela? Clarissa é uma gala seca, trata vocês como lixo! Tu principalmente, Dani.

— Também não sei — Daniela confessa, triste.

— Égua, eu tentei tanto, mas tanto continuar sendo amiga dela. Mas não dá mais. Chega! Ela usa e é babaca com todo mundo!

— A parada é que, pra Clarissa, o mundo é um papel em branco pronto pra ser editado a seu bel-prazer — Priscila diz baixinho.

E, com isso, a gravação termina. A tela retorna ao preto tão repentinamente quanto minhas pernas ficam bambas. Minha boca seca e preciso pigarrear para desfazer o nó na garganta.

Daniela e Priscila me traíram. Aquelas duas irmãs más da Cinderela! Depois de tudo que fiz por elas, depois de toda reputação que as ajudei nutrir só de andarem comigo... Machuca, mas não me surpreende. Não é como se eu já não esperasse por algo do tipo.

Tenho certeza de que perdi o controle do meu corpo, porque Higor sussurra um "calma" bem audível. Arrisco erguer o rosto, mas me arrependo ao encontrar em suas íris castanhas uma mistura de dúvida, mágoa, raiva e pena. São sentimentos que preferiria não ver na única pessoa que já me magoou, mas que voltou arrependida mesmo assim. Higor não está preso nas sombras de Pétala, então se ele recuar um passo, meu mundo vai desabar por completo.

— É verdade? — ele indaga com um fio de voz.

— Claro que não! Você acha mesmo que eu faria isso?

Higor reflete sobre a pergunta por um instante. Então, se afasta, e a atitude dói mais do que descobrir que ele fez parte da sabotagem, pois sinaliza uma decisão. Definitiva.

Meus olhos voltam a transbordar. Eu os espremo, deixando cair a mágoa pela última vez. Pétala obteve o que queria, pelo menos por enquanto. Nada do que eu disser agora vai virar a audiência ou Higor para o meu lado, mas me recuso a deixar que a minha queda, já televisionada, demonstre o desespero dos culpados.

Eu não sou culpada. Não sou.

— A casa caiu, Clarissa. — Dessa vez, a voz da minha algoz não reverbera pelo megafone. Ela fala baixo, bem perto de mim. Enquanto eu assistia à traição das minhas então vassalas, ela aproveitou para se aproximar na surdina. — A polícia já tá com todas as provas pra prender tu e o tio Mario. E, então, talvez *isso* seja o suficiente pra incitar as mudanças necessárias aqui no Artolestro e, depois, na Sociedade.

É por isso então que a polícia está demorando a chegar. Mas já que as autoridades não estão por aqui...

Avanço contra Pétala com toda a minha fúria. Agarro o cabelo da garota e puxo com violência, enquanto ela solta um grito de dor e raiva. Ela se atraca ao meu também. Em um instante, estamos no chão, eu por cima dela, trocando tapas e unhadas. De repente, um soco atinge a boca do meu estômago fazendo o ar fugir dos meus pulmões. É o suficiente para braços nos arrastarem para longe uma da outra. Tento me desvencilhar dos meus captores e extravasar todos os sentimentos ruins que Pétala fez brotar em mim.

— Tão vendo!? — ela esbraveja, abrindo os braços e olhando ao redor. — É assim que os portentos agem! Viemos aqui pacificamente reivindicar nossos direitos e fomos recebidos com truculência por professores, alunos e seguranças. Depois nós que somos agressivos, né!?

Como ela ousa!?

Ainda estou lutando quando um novo burburinho começa, e sei que não tem a ver com a briga em que estou envolvida. Isso porque sinto como se estivesse dentro de um seriado policial ao ouvir:

— Todo mundo parado. É a polícia, porra!

Ótimo. Essa babaquice toda vai terminar. Uma leve onda de tranquilidade se apodera de mim e desabo no chão. Algumas pessoas me acodem e me ajudam a levantar e sou escoltada para fora, longe do mar de víboras em que me meti. Reparo que Higor não está entre essas pessoas, mas Bianchi, sim. Com tantas coisas acontecendo ao mesmo tempo, tento me proteger das vozes o máximo que posso. Minha cabeça lateja, minha garganta está extremamente seca e um sono louco se apodera de mim.

Durante o trajeto, o amigo da mamãe murmura algumas palavras reconfortantes, dizendo que tudo vai ficar bem e que já está em contato com meus pais. Apenas assinto, mas um nevoeiro envolve minha mente. Pergunto se ele pode me levar até em casa. Bianchi retesa o corpo e afirma não poder, que é melhor esperarmos pelo meu pai e nosso advogado. Uma pontada de irritação me invade. Não custa nada ele me deixar em segurança depois de tudo que aconteceu hoje.

De todo modo, agradeço a gentileza dos policiais que me guiaram até a saída e me despeço deles. Porém, para minha surpresa, em vez de me liberarem, eles me levam para dentro de um submersível que seguirá até a delegacia na ilha mais próxima da superfície, onde ficam situados os serviços essenciais não relacionados à Arte, como hospital, posto policial e estação de bombeiros.

— Não diga nada sem a presença do seu advogado, Clarissa — Bianchi berra, sem entrar no veículo. — Ele já está a caminho.

Vomito assim que me sento no banco do submersível, bem no pé do policial que me escolta. Bem-feito. Pelo menos o karma não me abandonou cem por cento.

CAPÍTULO 29

— Seu pai está aqui pra te buscar — avisa a policial simpaticíssima tal qual um ouriço do mar abraçando uma criança. O cabelo liso preso em um rabo de cavalo balança de um lado para o outro quando ela abre a porta para mim e tenho vontade de puxá-lo até que a mulher, com uns quarenta anos, fique careca.

Não faço isso, é claro, já não basta o lapso de inteligência que me fez agir de forma impulsiva e atacar Pétala na frente da câmera que transmitia para o Brasil inteiro a presepada que as promessas organizaram. Agora, em retrospectiva, tenho certeza de que Pétala me livrou das garras do seu dom das sombras de propósito. Ela *planejou* que me vissem descontrolada. Manipuladora do caralho! É por isso que não se deve perder o controle da vida. A gente sempre se arrepende ao dar vazão aos nossos lados mais selvagens.

— Onde está meu advogado?

O Dr. Dubois é um homem alto, com o rosto cheio de botox, extremamente branco; amigo do meu pai desde os sete anos de idade, quando passavam as férias juntos nas casas de praia que tinham, vizinhas, em Guarapari. Não tive muito contato com ele ao longo da vida, mas assim que coloquei um dedinho dentro dos domínios da delegacia, parecendo um fantasma de tão pálida, ele já tinha tomado as rédeas da situação.

Foi nesse momento que me debulhei em lágrimas como se eu fosse uma criança assustada. Mesmo agora, ao relembrar a cena, não consigo encontrar palavras que descrevam melhor meu estado. Tudo ainda está meio borrado, justo no dia em que eu esperava apenas receber elogios pelo meu projeto extremamente inovador e com um enorme potencial comercial.

Foi o Dr. Dubois que me conduziu pelos corredores da delegacia até nos acomodarmos nessa sala nada espaçosa, com Raíza Saito pronta para me interrogar sem um pingo de compaixão. Aposto que a delegada é uma dessas mulheres que se ressentem por terem nascido tão ordinárias que não servem nem mesmo para tentar simular uma carreira artística como um desses aspirantes que às vezes despontam na mídia. E ainda foi designada para a delegacia da Sociedade, onde há milhões de burocracias para preservar as identidades dos membros. Coitada. Sinto quase compaixão por ela, mas seu sorriso cínico ao responder à minha pergunta ajuda o sentimento a não vingar.

— Não se preocupe, princesinha. Não vou fazer nenhuma pergunta longe do Dr. Dubois.

Nem me dignifico a responder. Minha mente pode estar enevoada, mas não sou uma idiota. Minha situação não é das melhores. Pétala realmente enviou provas das acusações que fez, como os vídeos da minha passada na cozinha no dia da morte da diretora e os bilhetes que enviei para as promessas – mas, como não sou burra, eles são um tanto quanto inúteis, pois só funcionam na primeira vez que são lidos. Ou seja, não servem nem como peso de papel agora.

Mas, ao contrário do que supunha, Pétala não é uma rebelde parva. Ela foi bem eficiente ao conseguir apoio da mídia ordinária e da sociedade civil por meio do circo que armou na escola. Vou precisar guardar a coroa até ter certeza de que é seguro ostentá-la outra vez.

Por isso, me levanto, a postura ereta, mas não a encaro quando passo rente a Raíza. Antes de atravessar a porta em direção ao corredor, a delegada ergue um braço, barrando meu caminho. Eu enfim a fito com puro desgosto. Se está buscando um desafio, sou ótima em torná-los dignos.

— Você tem sorte de ser filha do presidente da Academia. Eu sei que você é culpada.

Sem mudar um milímetro da minha expressão neutra, respondo:

— Então prove.

— Com certeza eu vou.

Avanço um passo antes de parar abruptamente. Com um sorriso viperino estampado no rosto, declaro:

— Imagino o quão problemático seria se alguém gravasse um vídeo seu falando algo assim, né? Ou o princípio da presunção de inocência é só uma falácia na nossa Legislação?

Sorrio ao vê-la arregalar os olhos.

— Foi o que pensei.

Saio da sala, fingindo que a acusação dela não causou uma nevasca na boca do meu estômago. Olho para os dois lados do corredor, confusa sobre qual direção seguir, mas me recuso a perguntar à mulher atrás de mim. Então, recordo de ter visto a escultura da figura da Justiça à esquerda e sigo por ali. Não reparei quando cheguei, mas o lugar é bem bonito. O arquiteto que o construiu optou pelo grandioso, mas com simplicidade geométrica do estilo neoclássico. Todo o ambiente é sóbrio e pouco decorativo, embora aconchegante. As outras delegacias do Brasil deveriam adotar o conceito desta, na minha opinião.

O Dr. Dubois está parado na entrada da construção. Ao lado dele, meu pai.

Outra vez, dou vazão à impulsividade e corro até ele como uma criança feliz ao encontrar o Papai Noel com presentes nas mãos. Eu o abraço e lágrimas umedecem o terno grafite e macio dele. Pela primeira vez neste dia tenebroso, me sinto segura.

— Está tudo bem, meu amor — ele me diz enquanto acaricia meu cabelo.

Não digo o quanto estou assustada e envergonhada com tudo o que aconteceu. Se estivéssemos apenas nós dois aqui, eu deitaria a cabeça em seu colo e pediria para que ele me contasse uma história até pegar no sono. Sempre adorei aquela em que eu era uma fadinha explorando o mundo em grandes aventuras.

— Podemos ir embora?

— Claro. O Cris vai te acompanhar até o submersível. Vou conversar um pouco com a delegada Saito e pegar seus pertences antes de me juntar a vocês.

O Dr. Dubois toca meu ombro e eu me afasto do meu pai. Com a cabeça baixa, sigo com ele para fora da delegacia. Há muito cheiro de cigarro embora existam poucas pessoas por aqui, já que as promessas detidas foram levadas para a unidade de Paraty, na superfície, bem maior que essa. Reconheço, ainda assim, alguns professores e portentos vagando pelo local; mas, graças a Deus, ninguém vem falar comigo. Todo mundo parece meio infeliz.

Aproveito para agradecer em silêncio pela Sociedade ser responsável por permitir ou não a descida de não-membros às ilhas. Obviamente, hoje não deixaram nenhum jornalista chegar até aqui e, pelo visto, nenhum dos escritores que também exerce esse ofício quer cobrir o assunto. De todo modo, assim que saímos, viramos à esquerda e depois à direita com rapidez. Na esquina, o luxuoso e compacto submersível dedicado ao presidente da Academia nos aguarda.

— Onde está minha mãe? — pergunto enquanto me acomodo no banco de couro.

— Continua em São Paulo por recomendação da relações públicas dela — explica o homem, se sentando à minha frente. — Seria insensato destacar a gravidade do ataque à família Labaki na mídia. Pra manter uma aparência de normalidade, é importante que ela continue promovendo o filme.

Assinto, embora um pedacinho do meu coração se contorça por não ter mamãe comigo nesse momento. Mas tudo bem, faz sentido e aposto que ela deve ter me mandado uma mensagem de apoio. Além disso, de fato, nem deve ser uma crise tão grande assim. Amanhã já devo acordar bem melhor, revigorada.

Ficamos em silêncio até *baba* chegar acompanhado do piloto e carregando minha mochila. Ele não diz nada ao se sentar do meu lado e me entregar as minhas coisas. Assim que o submersível começa a se mexer, fecho os olhos, tanto para impedir o pavor que sempre me consome ao ficar presa dentro de uma caixa no oceano, quanto para dificultar novas lágrimas de escorrerem com tanta facilidade para as coxas do meu pai, onde minha cabeça repousa.

Ele e o Dr. Dubois conversam baixinho sobre os próximos passos, mas eu tento não prestar atenção. Ainda assim, capto fragmentos, como a grande probabilidade de pedirem para eu dar mais depoimentos e de saírem matérias bem tendenciosas na mídia, das quais eu deveria me manter afastada por um tempo. Essa parte não vai ser tão difícil, visto que eu não tenho redes sociais.

De qualquer forma, não quero ouvir mais nada. Assim, tiro meus fones de ouvido da mochila e aumento o volume da minha *playlist* oficial para momentos tristes, cheia de músicas de Elis Regina, Maysa, Djavan, Caetano Veloso e Legião Urbana. Não abro os olhos até meu pai me cutucar e avisar que chegamos em casa. Ao contrário do que imaginei, a noite ainda é tímida – as ilhas simulam o passar do tempo à semelhança do clima em Paraty, mas hoje bem que podia ter, sei lá, um eclipse para combinar com meu humor mórbido. O Dr. Dubois não sai do submersível, ao que meu pai explica que precisamos conversar a sós e que o advogado vai retornar para jantar com a gente mais tarde.

Eu me jogo no sofá e abraço Madame Bovary e Capitu assim que elas vêm me dar boas-vindas. Aproveito para verificar se minha mãe me mandou mesmo uma mensagem e me deparo com seis áudios, cada um com uns dois minutos. Sorrio, agradecida pelo carinho. Vou escutá-los mais tarde, no refúgio do meu quarto. Então, *baba* se junta a mim e, sem rodeios, mas com ternura na voz, entra no assunto.

— Como você está? — Ele acaricia meu cabelo e a vontade louca de dormir por dias retorna com força.

Dou de ombros. Logo eu, que nomeio tão facilmente sentimentos não consigo decifrá-los agora, pois há um emaranhado de tons digladiando dentro de mim. Às vezes, é o vermelho da raiva que mais se destaca; outras, é o lilás do medo ou o rosê da vergonha. Até mesmo o azul-claro da tristeza tem algum volume. Mas, entre todos eles, o que mais me assusta é o espaço que a cor cinza ocupa.

Por que sinto tanta culpa?

— Vou ser sincero, meu amor, as coisas não vão ser fáceis por um tempo. As promessas conseguiram fazer uma bagunça e tanto dessa vez.

— É, imaginei.

— Mas nada vai acontecer com você, ok? Isso eu te prometo. — Meu pai me abraça forte e sinto seu corpo tremer. Ele está realmente assustado. Será que eu deveria estar apavorada então?

Desabo.

Os soluços são intensos e, enfim, deixo as lágrimas escorrerem sem barreiras.

— Nunca me senti tão humilhada e injustiçada na vida — confesso, baixinho. — Estou com medo, *baba*.

Ele não tira as mãos do meu cabelo nem manda que eu me recomponha. Essa última parte ele faria se não lesse a situação como grave. *Baba* odeia dramas desnecessários, o que é uma ironia, visto que ele é um autor premiadíssimo de livros de drama.

— Sim, foi cruel o que fizeram. Mas não se preocupe, meu amor. O Cristiano é o melhor advogado que conheço e ele está agora mesmo montando um plano de defesa pra gente.

— Pra gente? — Franzo minhas sobrancelhas.

Não sei muito bem quais serão os próximos passos. Histórias policiais nunca me encheram os olhos. Sinto o ímpeto de escrever para Daniela, a louca do *true crime,* perguntando sobre isso, porque ela com certeza saberia responder, ou rir até não poder mais da situação com a Priscila. Mas não posso. Elas não são, talvez nunca tenham sido, minhas amigas. E Higor... A lembrança dele se afastando ainda me assombra.

Contenho a vontade de puxar meus cabelos até que doa.

— Sim. A Pétala também citou meu nome na transmissão. Ela me acusou de interferir em uma investigação policial. Além disso, como presidente da Academia, preciso me pronunciar sobre as denúncias apresentadas pelas promessas.

Não é a segunda afirmação que faz com que me distancie do meu pai alguns centímetros, para encará-lo nos olhos. Eu sabia que ele seria incitado a se posicionar sobre a estrutura social da Sociedade e do Artolestro, até porque, com os rebeldes tendo transmitido tudo ao vivo, muitas identidades foram reveladas e... bom, isso vai dar um problemão. Mas não quero refletir sobre isso. Não sou eu que precisarei resolver, então não tenho condições de me preocupar com mais um aspecto de todo o dano causado pela vagabunda da Pétala.

É a primeira parte do que ele disse que faz meu coração acelerar. Com um fio de voz, pergunto:

— *Baba*, você se intrometeu mesmo no caso da diretora Pérola?

Meu batimento cardíaco pulsa na garganta, tamanha a ansiedade pela resposta. Ele engole em seco. Prendo a respiração. Se ele está hesitando, é porque...

— Sim, meu amor.

— Por quê!? Como assim, pai? Eu não sou culpada!

Eu me levanto do sofá em um rompante, os punhos cerrados ao lado do meu corpo. Estou pronta para esbravejar que troquei apenas a bebida da Pétala, que eu nunca faria mal à diretora e que era um absurdo ele se preocupar a ponto de intervir por mim, como se eu fosse mesmo culpada pelo incidente – meu Deus, meu próprio pai duvida da minha índole! –, mas as palavras morrem na minha boca ao escutá-lo dizer:

— Eu sei, meu amor. Não fiz isso por sua causa. Você não fez nada de errado.

Minha cabeça tomba para a esquerda. Não estou entendendo mais coisa alguma.

— Fez por quem, então? — pergunto em um sopro de voz.

— Por mim. Porque estou envolvido com a morte da Pérola até o pescoço.

CAPÍTULO 30

— Como assim?

Recupero a capacidade de falar após segundos consideráveis de silêncio. Ok, meu pai está envolvido no caso por questões políticas, é claro. Ele é presidente da Academia das Artes Nacionais do Brasil, enquanto Pérola era diretora do Artolestro, a única escola no país ligada à Sociedade das Ilhas Submersas. É evidente que eles se conheciam e tinham algum tipo de envolvimento. Se o reitor da Artanum no Brasil tivesse sido a vítima, meu pai também estaria envolvido pelos mesmos motivos de Pérola.

Certo?

Ele hesita, o que intensifica minha ansiedade.

— *Baba*?

Ele fecha os olhos e noto uma sombra de vergonha na sua compleição. Por que meu pai está envergonhado? Ele nunca se sente assim, exceto quando minha mãe me conta as histórias antigas dos dois ou quando os amigos de infância relembram suas namoradas questionáveis até ele conhecer a Maju, o amor da vida dele. Na nossa relação, quem me faz sentir vergonha por meus erros, ainda mais os ordinários, é ele. O contrário não acontece nunca. Não é para acontecer. Tem alguma coisa muito errada aqui…

Quero chorar. Não, melhor, quero fugir.

— Não era para você se envolver, Clarissa. Fiz de tudo para deixar você fora dessa confusão.

— Envolver no quê?

— Nessa bagunça que foi a morte da Pérola.

Reteso o corpo, e meus lábios formam uma linha fina.

— Bom, acho que depois de hoje, estou bem envolvida — contraponho, ácida. Ele assente, o semblante contorcido. Ele está… segurando as lágrimas? — Pai, pelo amor de Deus, desembucha!

— Clarissa — ele começa, mas faz outra pausa dramática. Urro e balanço os braços. Até na vida real, *baba* valoriza o momento para criar tensão. — Você não matou a Pérola.

— Eu sei! — Ouvir do meu pai minha sentença de inocência libera uma sensação enorme de alívio pelo meu corpo, como se eu pudesse finalmente parar de me sentir culpada por algo que não fiz, mas, e se tivesse feito? Meu pai assente, me encorajando a cada sílaba que sai da minha boca. — Não troquei a marcação da bebida dela na lista. Troquei só a da Pétala, tenho certeza.

Engulo em seco.

Eu tenho, não tenho? As lembranças de eu ter alterado duas opções em vez de uma foram apenas uma pegadinha cruel do meu cérebro. É claro que eu tenho certeza! Eu me lembro bem desse dia. Não sou uma assassina.

Baba continua balançando a cabeça por mais alguns instantes antes de disparar:

— Sim, meu amor. Não foi você. — Engulo em seco outra vez. — Fui eu.

— O quê!?

Desabo no sofá, e os dedos de meu pai correm imediatamente para meu braço. Ele me acarinha, mas um arrombo de raiva me faz afastar seu toque. Tremo sem saber por quê. Aliás, não estou entendendo nada. De novo.

Esse dia é um inferno! Só quero que ele termine e que eu possa rir disso em algum momento, porque agora tudo o que quero fazer é chorar. Afinal, o que meu pai está confessando exatamente? Ele não pode estar dizendo, de forma literal, que foi ele quem matou Pérola Santoro, pode? Quer dizer, não propositalmente. Ele não é um assassino. Pode ser que tenha dito algo cruel para ela na véspera da morte e agora se arrependa das palavras. É isso, é só o remorso pregando uma peça, tipo o que aconteceu comigo. É um mecanismo travesso do nosso cérebro que acontece muito. Na ficção principalmente – e *baba* é muito criativo. Sim, só pode ser isso.

Né?

Ele não tenta me tocar de novo.

— A Pérola tinha concepções diferentes da alta cúpula da Academia em relação às atividades do Artolestro.

— E daí? — Ergo uma sobrancelha. — As pessoas divergem o tempo todo. É só dobrar elas com belas palavras e ceder em pontos menos relevantes pra elas terem a ilusão de vitória. Você mesmo me ensinou isso.

Não entendo por que me dou ao trabalho de explicar argumentos que ele já conhece. É óbvio que ele está ciente disso. Então por que lá no fundo prevejo o desenrolar dessa situação de outra forma?

Não, não quero nem cogitar essa hipótese.

— Sim, isso funciona com alguns tipos de pessoas. Pérola era diferente. Ela era determinada e convicta de suas ideias. Acreditava que as demandas das promessas eram válidas e mereciam ser debatidas com seriedade.

— Mesmo sendo uma portento.

Nem sei por que teço este comentário. Não é algo relevante no momento. Só sei que não quero que ele continue falando...

Mas *baba* assente e prossegue:

— Ela começou... a criar confusão entre a liderança e isso incomodou o Comitê Internacional da Sociedade.

Prendo a respiração. Não quero, mas preciso perguntar...

— Pai, o que você fez?

Mario Labaki desanda a chorar na minha frente. Isso é inédito. Ele coloca a mão sobre os olhos e simplesmente é incapaz de conter as lágrimas e o soluço. Os meus, por sua vez, estão tão esbugalhados que parecem querer pular fora do meu rosto.

— Eu não queria, mas me colocaram contra a parede...

— Pai, pelo amor de Deus. — Eu me ajoelho diante dele. Meu pai interpreta o gesto como um sinal de apoio e segura minhas mãos com firmeza. Porém, a realidade é que minhas pernas estão tão fracas que temo desabar quando ele confirmar minhas suspeitas. — Você... trocou a bebida da Pérola?

O movimento é sutil, quase imperceptível. Na verdade, o que confirma que ele está respondendo de forma positiva à minha pergunta é o brilho culpado que escapa de suas íris escuras, encharcadas. Sei que eu deveria sentir algo; talvez esteja sentindo, mas não consigo precisar o que acontece com o meu coração neste momento. De repente, todas as dores físicas causadas pelo golpe na mesa em que me escondia horas antes e pela porradaria com Pétala surgem, mas a dor emocional que deveria vir ao compreender a situação simplesmente não se manifesta. Não tenho nem forças para me afastar dele.

— Por quê? — É a única pergunta que consigo balbuciar.

Ele inspira profundamente.

— Pérola estava se tornando um estorvo, como expliquei. Diziam que ela deixava as promessas muito à vontade, que as incentivava a protestar. Contratou professores que foram promessas na época da escola e se mantinham simpáticos às mudanças pleiteadas. E, depois de hoje, isso ficou bem evidente para mim. — Meu pai para, mas o fito com tanta intensidade, que ele abaixa o rosto. — Precisávamos colocar alguém da nossa confiança no cargo.

O rosto de Ricardo Martinez pipoca na minha mente.

— Não era só fazer isso então? Não tinha *outro* jeito? — Minha voz sai mais esganiçada do que gostaria.

— Pérola era influente. Ela, com certeza, conseguiria outro cargo tão importante quanto ser diretora do Artolestro e criaria problemas.

Desisto de argumentar.

Meus membros pesam uma tonelada, meus olhos ardem e minha respiração está entrecortada. Dentro de mim, parece viver uma escola de samba. Será que as promessas fizeram algo às ilhas também, como diminuir o fluxo de oxigênio aqui embaixo? Seriam idiotas a esse ponto? A partir de hoje, não duvido mais de nada desses psicopatas. Uma vozinha grita que meu pai também tem esse mesmo transtorno de personalidade, pelo visto. Pisco rápido, afastando o pensamento. É culpa das promessas de novo, tenho certeza. E se elas planejaram sufocar todo mundo? E se, sei lá, quebraram um dos vidros impenetráveis que nos protegem para o oceano nos engolir? Eu morreria primeiro por afogamento ou por algo relacionado a uma possível explosão? Não faço ideia, nunca fui muito boa em ciências.

Preciso sentar. Eu me afundo no chão, meu movimento sempre acompanhado pelo semblante retorcido de *baba*. Embora discorde dele, meu pai parece tão convicto de sua posição que é inútil tentar dissuadi-lo de que havia alternativas. Além disso, não sei se ele suportaria chegar à conclusão de que talvez houvesse outro caminho... Afasto o raciocínio que afirma que talvez ele saiba disso, só não se importa de verdade. Para, Clarissa! Por que estou me torturando com esse tipo de viés? Pelo amor de Deus, eu amo meu pai. Ele é minha maior inspiração, é tudo para mim...

Pesco um fluxo menos doloroso e questiono *baba* sobre como ele decidiu que seria sensato agir durante a cerimônia do Artovócia. Eu preciso de explicações – ao mesmo tempo, quero jamais conhecer as respostas.

— Ouvi você conversando com a Priscila e a Daniela a respeito de assustar a Pétala. Achei a ideia genial e pensei em fazer o mesmo, já que a Pérola tinha, coincidentemente, a mesma alergia que o seu amigo. — Não corrijo o uso equivocado do pronome, porque está tão difícil respirar... — Quem diria, né? Era a oportunidade perfeita. Dois equívocos dos garçons levantariam menos desconfiança do que um único incidente com a diretora. Então, pedi ao Bianchi para fazer a troca. Ninguém desconfiaria dele. Clarissa, pare de tremer.

Calma, Bianchi também está envolvido? Pelo amor de Deus, ele veio me consolar logo após matar a diretora!

Mas é a ordem, proferida em um tom calmo e categórico, que é o combustível final para me fazer explodir. Eu me levanto rápido demais, um pouco tonta, e o ato afugenta Madame Bovary e Capitu para a cozinha.

— Eu fiz uma pegadinha! Eu sabia que a Pétala não iria morrer. Você deliberadamente matou uma pessoa, pai!

— Sim, porque foi necessário, meu amor — ele gagueja com uma voz sofrida. — Ainda adicionamos um pouco de arsênico na bebida, já que alergias a frutas não costumam ser fatais. Não poderíamos arriscar. E, de todo modo, a ideia do veneno era a original, mas faltava uma boa oportunidade, sabe? — Não sei por que ele me conta isso, mas seu semblante suaviza e os ombros ficam mais relaxados, como se confessar esse segredo tirasse um peso enorme das suas costas. E o colocasse nas minhas. — Entenda, Pérola era uma mulher inteligente, perceberia que armamos para ela e poderia nos denunciar. Seria o fim da nossa família. Do jeito que fizemos, ninguém vai descobrir.

— Porque vocês compraram os médicos e a polícia também. — Ele não hesita em confirmar. — Pai — sussurro —, você é um assassino.

É a vez dele estourar. Recuo três passos e esbarro na mesinha de centro enquanto ele se levanta. Meu pai é muito mais alto do que eu, então me encolho quando ele abre os braços e grita, os olhos arregalados:

— O que você queria que eu fizesse, garota ingrata? Era ela ou eu perdendo o cargo. E me recuso a deixar minha família na merda!

— A gente não ficaria na merda se você perdesse o cargo de presidente da Academia! Você e mamãe continuariam sendo artistas respeitadíssimos e, sabe, até que ganhamos bastante dinheiro com o trabalho de vocês — rebato com a maior convicção que consigo.

Ele ri, cheio de escárnio.

— Achei que você fosse inteligente, Clarissa, mas vejo que é tão idiota quanto as promessas que organizaram essa presepada hoje. — Meu pai fecha os olhos e, quando os abre, parece mais calmo. — Não haveria novos prêmios ou divulgações certeiras pra gente. Quem está em cima dita os nomes que podem crescer ou não. E você sabe que existem barreiras para produtos culturais brasileiros se destacarem em nível internacional. A gente conseguiu superar algumas por ter os contatos certos, mas imagina se esses contatos passassem a nos odiar? — Ele se aproxima e repousa as mãos nos meus ombros. Uso todo meu autocontrole para não fugir do toque lacerante. — Enfim, não apenas eu e sua mãe seríamos boicotados, você também seria. Você nunca nem sentiria o gostinho do sucesso.

Arregalo os olhos, surpresa pela perspectiva. Ela esmaga meu peito com crueldade. Não tinha considerado esse ângulo; jamais passou pela minha mente que a hipótese de eu não ser minimamente reconhecida pelo meu trabalho existisse. Ela se crava no meu peito como espinhos embebidos de veneno. Tudo que batalhei… O que seria de mim sem o reconhecimento da minha arte?

Mesmo assim… tirar a vida de alguém ultrapassa todos os limites éticos possíveis. A morte jamais deveria ser uma opção, mas *baba* se viu tão acuado que recorreu a ela… Por quê? Por que sequer cogitar isso?

A melhor maneira de evitar que um prisioneiro escape é garantir que ele nunca saiba que está na prisão.

Eu me afasto do meu pai e retorno ao sofá. Eu me sento nele e abraço meus joelhos. A frase atribuída a Fiódor Dostoiévski perambula pela minha mente, tecendo um raciocínio dolorido, repleto de angústia, medo e uma grande dose de raiva. Afinal, se nem meu pai, quem eu considero poderoso, está imune às engrenagens da Sociedade, então eu certamente não estou. E se estou sujeita à vontade dos outros ao ponto de ter que fazer coisas que abomino, então... sou uma prisioneira. Assim como *baba*, que nem mesmo percebe estar em uma cela.

A constatação é um golpe pungente bem no meu estômago. Reprimo a vontade de vomitar outra vez, enterrando minhas unhas nas minhas coxas, protegidas pelo uniforme quente do Artolestro. A percepção de que o ar está reduzido aqui dentro retorna, assim como a espiral que berra dentro de mim que estamos no meio de um ataque coordenado das promessas para nos matar sem ar...

Meu pai me abraça, murmurando palavras de conforto que finjo não ouvir. Está tudo tão confuso... Por que o toque dele me causa ojeriza? Isso por si só me dá vontade de gritar. Não quero sentir nojo do meu pai. Pelo amor de Deus, eu o amo tanto!

Tenho certeza de que meu corpo treme, da cabeça aos pés, mas não consigo evitar, não consigo controlar o rumo dos pensamentos... *Baba* é um homicida, premeditou tudo e não parece se arrepender. Pior! Ele me deixou acreditar que *eu* poderia ter matado Pérola por acidente, que *eu* era uma assassina! E esse tempo todo sabia da verdade. Foi *ele*...

Verbalizo meu incômodo, ao qual meu pai apenas responde entre carícias:

— Não imaginei que você fosse se culpar por algo que nem fez...

Nem eu, mas, pelo visto, tenho um pingo de discernimento do que é certo ou errado!

O *baba* tem? E a mamãe?

Meu Deus, será que essa é a primeira vez ou há outros segredos perversos em seu passado?

— Você podia ter me contado! Podia, sei lá, ter trocado a bebida de outros alunos também pra despistar ainda mais... Se tivessem errado a bebida da Dani, da Anna Carolina, do Marcel, do Higor, da Pri, da Estér, do César, do Julio, tanto faz!, eu saberia que não tive nada a ver com isso porque são nomes bem diferentes de Pétala! Mas não! Do jeito que você fez, era óbvio que eu me culparia!

Ele abaixa o rosto.

— Desculpa, meu amor. Não pensei por esse lado... Só foi... necessário.

— Necessário? — Não consigo esconder a mágoa.

— Sim, veja bem: seria muito arriscado embaralhar todas as bebidas. Alguém poderia gritar que recebeu a opção errada antes da Pérola ingerir o suco de uva...

— E como o Bianchi adicionou o veneno na taça dela afinal?

— Ele se ofereceu pra ajudar os garçons a servir, pra ser mais rápido. Mas não se torture com isso, meu amor. — Balanço a cabeça, incrédula. *Baba* parece não notar, pois continua seu raciocínio. — Agora você sabe a verdade e pode parar de se culpar.

A verdade.

Pois é, agora eu a conheço.

E quem disse que a verdade machuca, acertou em cheio. Abençoadas são as almas que vivem convictas de suas mentiras confortáveis.

Preciso sair daqui.

Baba chama meu nome repetidas vezes, mas faço um gesto displicente enquanto cambaleio até meu quarto e me tranco, acompanhada apenas das verdades engasgadas na garganta.

CAPÍTULO 31

Quando ouvi a expressão "as paredes têm ouvidos" pela primeira vez, não a compreendi…

— *Não acredito que ela tem a cara de pau de aparecer aqui, juro.*

Hoje, ela faz completo sentido…

— *Eu nunca fui com a cara dessa nariguda mesmo. Sebosa demais essa assassina!*

O termo sugere que segredos ou conversas privadas podem ser descobertos com certa facilidade…

— *Senhoras e senhores, testemunhem um arco de ruína na vida real!*

Mesmo quando se pensa que algo está sendo dito em confidência, há sempre a possibilidade de que alguém possa ouvir e espalhar a informação…

— *Tadinha, tá tão sozinha e deprimida que até enfeiou. Como pode?*

Ou talvez os comentários maldosos proferidos conforme vago pelos corredores do Artolestro não tenham o intuito de serem discretos, pois aí seriam murmurados, não expelidos, como uma naja negra, em alto e bom tom por portentos e promessas. O segundo grupo em nada me abala ou surpreende, mas o primeiro evidencia que quem te cobre de flores com a mão esquerda, te prepara armadilhas com a direita.

O Artolestro ficou fechado por duas semanas até a polícia concluir que é seguro reabrir para os alunos. Muitos pais e responsáveis pediram pelo fim do ano letivo, mas o diretor Martinez insistiu ser importante retornar às aulas ainda este ano para provar que tudo está sob controle. Dezenas de estudantes e um punhado de professores que os ajudaram na manifestação foram suspensos, mas ninguém foi expulso graças ao meu pai, claro. Lembro de quando o sugeri essa mesma tática para com Antonella, de modo a, em uma jogada de marketing, provar o quão bonzinhos somos e o quão loucas são as promessas por espalharem mentiras por aí. No fim das contas, talvez eu seja competente em fazer política.

Sorrio, sem humor, enquanto engulo a raiva no meu peito e dou boas-vindas à apatia. Ela é *tão* superior.

Aconchego este estado de espírito com facilidade por não acompanhar notícia alguma em qualquer mídia que seja. Primeiro, porque meus pais proibiram e, segundo, porque não quero. Tudo que sei é filtrado pela Shadia, a única pessoa fora os meus pais que fala comigo. De relevante, ela me contou que Pétala se recusa a voltar para o Artolestro e que ela, Higor e outros membros ativos durante o protesto vão lidar com as consequências do ato na Justiça. Ótimo, pois eu também vou precisar provar minha inocência em relação à morte da diretora – calafrios me assolam só de pensar – aos bilhetes "maldosos" e aos vídeos de Pétala e Antonella no Telegram.

Uhul! Que vença o melhor!

É obvio que não estou preocupada – até porque não *estou* nada nos últimos dias –, mas, de fato, sou inocente aos olhos da lei. A investigação acerca do Telegram e dos bilhetes que hipoteticamente incentivaram Jade Lee a se jogar de uma janela não constatou ligação alguma comigo por enquanto e, bem, eu realmente não matei a ex-diretora, e Antonella violou mesmo as regras da escola.

Já sobre a Sociedade, sei que estamos sendo massacrados pela opinião pública e que a transmissão ao vivo do ato rebelde revelou dezenas de identidades de artistas. Meu pai, que antes dava declarações como presidente da Academia com modulador de voz e sem dizer seu nome e mostrar o rosto agora dá entrevistas como ele mesmo – e vem tomando muito *hate*, ainda mais porque está sendo investigado, assim como eu, pela morte de Pérola Santoro e algumas questões administrativas que eu não quis saber a fundo. A repercussão em longo prazo sobre isso tudo é uma baita especulação, da qual tento ao máximo me manter alheia. Não dá para controlar essa parte do futuro, então adotei o lema de que a ignorância é uma bênção.

Mas não quero refletir sobre nada disso. Já não bastam os pesadelos todas as noites. Então, apenas deixo meus pés vagarem por aí, sem rumo, por corredores pouco frequentados pelas minhas ex-amigas. Daniela e Priscila me mandaram dezenas de mensagens, as quais excluí sem nem ao menos ler; e Anna Carolina, Marcel, Julio e César viraram a cara hoje de manhã, fingindo que não me viram, então não serei louca de procurar por eles.

Estanco de repente. Sem querer, eu me deparo com a placa "Sala da Preservação e Memória: o santuário vital da Sociedade, alimentado pela energia dos talentos perdidos". Eu a encaro, ignorando o incômodo no meu estômago, por alguns segundos até perceber que não estou sozinha aqui. À minha direita, Américo e duas promessas cochicham sobre mim. É só o que me faltava. Bufo e me viro para deixá-los sozinhos, pois não tenho condições de conversar com o garoto agora, muito menos escutar deboche de gente inútil.

A raiva sobe outra vez e, devagar, a engulo.

Apatia, Clarissa, apatia.

Tentei persuadir *baba* e mamãe a convencerem o Martinez de que eu não precisava fazer as provas finais, pois já possuo nota suficiente para me formar. Só que o diretor interino, que deve ter o cargo concretizado no ano que vem, veio com o mesmo papinho sobre ser importante que eu volte para a escola, de modo a mostrar aos meus colegas que sou inocente e não tenho nada a esconder.

O fato de eu ser inocente não reduz o tormento que fincou raízes no meu coração.

E eu sou inocente?

Já tinha me afastado alguns passos quando sinto um toque apressado no meu pulso. Subo o olhar da mão preta retinta e encontro Américo me encarando com indiferença, mas sem agressividade. Ainda assim, não quero conversar com ele. Tudo que desejo é passar por esse intervalo incólume, fazer as duas provas restantes do dia, e então as da semana, e me esconder em casa por tempo indeterminado. Para sempre parece um bom período. Pelo amor de Deus, já estamos em dezembro. Seria pedir muito me preocupar apenas com o que vou ganhar de Natal?

— Tá tudo bem? — ele indaga, levando os dedos para brincar com a guia em seu pescoço.

— Sério mesmo?

— Tá, pergunta estúpida.

— O que você quer, Américo? Sinceramente, não estou pra papo hoje.

— Nem eu, viu? Só preciso te dizer uma coisa, porque, ó… Mesmo que o povo todo fale que você é a rainha da crocodilagem, não acho certo o peso desse sistema todo cair só sobre seus ombros. Isso nem seria inteligente, porque você é sintoma. Combater só o que você faz seria uma cortina de fumaça. Aposto que muita gente do seu lado quer isso mesmo, pra abafar o caso depois, né não? — Ergo uma sobrancelha diante da sensatez imprevisível, acompanhada nas entrelinhas de um toque de acusação sobre eu não ser uma boa pessoa. — Não te acho uma santa, Clarissa, longe disso. Muito menos te quero por perto. Mas espero que aproveite sua segunda chance, porque ela virá. Não sou abestalhado de acreditar no contrário.

Solto uma risada cheia de escárnio.

— Segunda chance? Estou destruída, Américo. Ninguém nem fala comigo.

— Isso vai passar, Clarissa. Infelizmente pra alguns e felizmente pra você, terá uma segunda chance. E, quando ela chegar, espero que demonstre maturidade pra apresentar ao mundo outra Clarissa, não essa aí acusada de crimes horríveis.

— Eu não sou culpada de nenhum deles — rebato, entre dentes.

Américo ergue as mãos, sério.

— Oxe, eu não sou ninguém pra te julgar, não, Clarissa. Quem faz isso é a Justiça e Deus. Quando eles decidirem, vou respeitar a decisão que for. Até lá… Bom, a gente nunca foi amigo mesmo, então só te dou esse conselho e espero que você encontre seu caminho.

O garoto não espera uma resposta para se afastar. Boquiaberta, eu o observo partir. Então, de repente, ele vira para trás e me flagra desnorteada.

— Higor tá na Sala Desbotada. Se quiser falar com ele…

Ignoro dois fatos gritantes: o primeiro é que, por vontade divina, os dois garotos parecem ter criado uma certa amizade; e o segundo é que meu ex-quase-namorado, que me odeia, encontrou uma maneira de invadir o local, trancado desde Antonella.

— Ele não quer falar comigo…

Américo dá de ombros.

— Bom, vocês dois tão aqui, não dependem mais de uma conversa por WhatsApp… A decisão é sua.

Ele volta a conversar com as duas promessas, que me analisam de cara feia. Permanecem em frente à Sala Desbotada, então imagino que estejam de vigia para Higor fazer sabe-se lá o que lá dentro. Espero que a sensatez também o tenha visitado e não seja nada passível de prejudicá-lo nas investigações policiais. Mas por que me importo? O garoto me traiu, não responde minhas mensagens, que passei por cima do meu orgulho para enviar, e talvez nunca tenha me amado. Eu me pergunto se sua reaproximação foi planejada para me manter fora do caminho deles conforme davam prosseguimento à organização do protesto.

Ainda assim, dou um passo à frente, depois outro, e, quando percebo, minha mão já segura a maçaneta. Não olho para trás de modo a descobrir se Américo me observa, apenas puxo a porta e sou abraçada por centenas de obras de arte desvanecendo no tempo. A iluminação parece mais fraca do que eu me lembrava, e a sala está abafada. Por estar trancada há algum tempo, imagino que tenham desligado ou diminuído a potência dos ares-condicionados ou qualquer que seja o sistema que mantenha essa sala distante de se assemelhar a uma sauna.

— O que você tá fazendo aqui?

A voz de Higor não é gentil e vem de algum ponto à minha esquerda. Não demoro a avistá-lo próximo a um pedestal. Não me movo, contudo. Seus olhos semicerrados, os lábios em uma linha reta e os ombros tensionados não são um convite para um diálogo. Onde eu estava com a cabeça para escutar Américo? Clarissa Labaki não rasteja pela atenção de ninguém; os outros que rastejam por ela.

— Já vou embora — afirmo, pegando a maçaneta.

— Não — Higor declara, me fazendo olhar para ele outra vez. — Pode ficar. Eu vou.

O garoto cessa a distância entre nós antes que eu encontre as palavras certas para rebater ou retome o controle do meu corpo para escapar dessa armadilha. De repente, a sala esquenta ainda mais e se torna sufocante quando ele para na minha frente, os traços bonitos de seu rosto irreconhecíveis pelo rancor. Ele parece ter emagrecido, e a pele está mais pálida também.

— Licença?

Automaticamente, recuo.

Higor desvia o olhar assim que toca na maçaneta. E, antes que eu recupere o bom senso e minha dignidade, deslizo os dedos pelo ombro dele.

— Higor, eu…

O garoto se afasta abruptamente.

— Não, Clarissa. Não temos nada a conversar.

— Temos muito a conversar.

— Eu não quero, mano. Já caí demais nos seus joguinhos. Pra mim, deu.

— Que joguinhos? Nunca foi um jogo entre nós dois…

Ele solta um riso debochado.

— Você tá certa, claro. Não era um jogo *entre* nós. Sempre fui apenas o brinquedo e você, a minha dona.

Arregalo os olhos.

— Do que você está falando, garoto? Isso não faz sentido.

— Clarissa — o tom dele é categórico. — Se você me respeita um pouco que seja, vai me dar espaço. Não consigo lidar com você agora.

— Por que não?

— Porque eu gosto de você, que droga! — Ele passa os dedos, trêmulos, pelo cabelo enquanto fita o chão. — Mas você só gosta de você mesma e, bem… não reconheço a Clarissa das mídias.

Engulo em seco, um misto de gratidão e raiva fluindo até Shadia, que não me mostrou nada de como "a Clarissa" está sendo retratada nas mídias.

— Higor… — Tento tocá-lo outra vez, mas ele recua e me mostra as palmas da mão, em um claro sinal de repulsa. Engulo em seco. Em seguida, eu me vejo ultrapassando um novo limite de dignidade. — Desculpa, ok? Me dá o benefício da dúvida pelo menos.

Mas Higor não me responde. Apenas baixa o rosto e sai da sala.

Não sei quanto tempo fico estática, fitando a porta com as mãos trêmulas e engolindo o choro por ter me rebaixado e pedido desculpas à toa. Muito menos tenho noção de por que meus pés me guiam até o local onde Higor estava – isso vem acontecendo bastante no dia de hoje. Quando dou por mim, estou diante de um pedestal alto, no estilo greco-romano. Sobre ele, uma cobra esculpida em cristal me encara, a boca aberta em posição de ataque.

Rio da ironia ao ler o nome na placa.

— É claro que a energia da italianinha seria personificada em uma cobra.

Eu a analiso por muito tempo. De todos os ângulos. É uma obra sacal em todos eles.

Dando atenção a um pensamento intrusivo, agarro a peça para estilhaçá-la na parede. Para a sorte de nós duas, a cobra-Antonella está grudada ao pedestal, que está fincado ao chão.

Então, desando a rir sem motivo algum. Rio bem alto, me contorcendo. Em algum momento, levo as mãos ao cabelo e me agacho. Minha barriga dói, minhas pernas não me aguentam e meus dedos tremelicam contra minha vontade. Permaneço assim por muito, muito tempo, ainda mais quando pensamentos estranhos ganham fluxo dentro de mim, como... E se meu pai não estiver errado apenas em relação à Pérola?

Não.

Mas e se...

Não, Clarissa!

Mas e se talvez... Só talvez, eu realmente tenha feito merda.

E se Pétala, Higor, Antonella e Américo estiverem certos no fim das contas? Os privilégios dos portentos literalmente matam. O elitismo mata. Matou Pérola. E Antonella. Meu peito se contorce com o pensamento, porque, certo, não fiz nada contra a diretora, mas contra a italianinha...

Balanço a cabeça, me recusando a refletir mais a fundo sobre meu papel no suicídio da Jade.

E, no fim, para que serviu eu ser leal à Sociedade como meu pai? Perdi minhas amigas, perdi minha *melhor amiga*, perdi Higor. Perdi minha coroa e posso ter perdido meu futuro. Minha reputação está manchada, com chances de jamais ser reparada.

E tudo isso... por causa do meu pai.

E eu achava que era a Pétala quem não enxergava o mundo ao seu redor, mas talvez seja eu quem realmente não perceba as coisas...

Não, não quero chegar a essa conclusão, porque se essa *for* a conclusão, isso significa que preciso odiar *baba*. Foi a decisão de tirar a diretora do caminho que arruinou minhas oportunidades de fazer História como ele e mamãe fizeram. Ele pode argumentar que seríamos boicotados se não seguíssemos os interesses dos bambambãs da Sociedade, mas é um fato que, do ponto onde meus pais chegaram, é difícil cair completamente. Eles também têm seus contatos e muitos os enxergam como ídolos, além de serem extremamente talentosos. E, como *baba* mesmo disse, a diretora Pérola poderia retornar caso fosse apenas removida do cargo, então por que não a gente? Logo...

Eu me levanto e analiso a escultura de Antonella uma última vez.

Deixo as lágrimas apaziguarem o *tsunami* de emoções dentro de mim.

É difícil chegar a uma conclusão quando todos os caminhos irradiam dor.

CAPÍTULO 32

— Oi, meus amores!

Madame Bovary e Capitu são as primeiras a me recepcionarem quando largo a mochila em cima da mesa da sala. As duas miam e roçam os pelos macios na minha perna, o que me faz rir de forma genuína pela primeira vez hoje.

— Clarissa, és tu? — Mamãe grita ao longe, e meu sorriso desaparece de imediato. — Estamos no quarto!

Respiro fundo, mas, como uma boa filha, vou até meus pais avisar que cheguei da escola. Madame Bovary reclama quando me afasto das duas, então volto para pegá-la. Ela ronrona no meu colo conforme subo as escadas bem devagar.

Encontro meus pais de frente para o espelho orgânico com iluminação de *led* na parte posterior. Meu semblante murcha ainda mais ao analisar as roupas deles. Tinha esquecido que os dois vão para um evento importante da Academia.

— Como foi voltar à escola, hein? — Mamãe pergunta depois de marcar minha testa com seu batom nude. Ignoro o retesar dos meus ombros com o beijo. Afinal, não tem por que ficar nervosa perto dos meus pais, né? Coisa idiota de acontecer.

— Foi bom — minto. — Martinez estava certo.

Não vale a pena contar o quão constrangedor foi toda a experiência de vagar como uma plebeia pelo Artolestro, pois eles me diriam que estou lidando com a situação da pior maneira possível. Mas como agir naturalmente quando seu mundo rui aos seus pés?

Madame Bovary pula do meu colo ao notar Capitu saltando na cama *king size*. Fecho a porta atrás de mim, me prendendo com os dois num ambiente que já julguei estiloso, mas hoje parece meio triste com os diversos tons de branco e cinza e o cheiro do aromatizador amadeirado com notas de âmbar e baunilha. Desconfortável.

— Que bom, Clarissa — *baba* fala, me avaliando por dois segundos. Desvio o olhar com um sorriso tímido. — Não quer mesmo ir com a gente hoje?

Nem lembro o motivo do evento, para ser sincera, mas tenho certeza de que a resposta seria negativa mesmo se fosse, sei lá, a premiação do Oscar. Simplesmente, minha bateria social arriou depois de fazer quatro provas, de ser ignorada por todo mundo que lambia meus pés até mês passado e de conversar com Américo e Higor.

— Preciso estudar pras provas de amanhã. Melhor não.

— Tudo bem, princesa. — Mamãe gesticula para que eu me aproxime. Quando o faço de forma automática, ela me abraça. Tento soltar os músculos do pescoço, mas eles viraram pedra. — Se quiseres miminhos hoje, eu não vou, tudo bem?

Nego com a cabeça. Jamais pediria isso. É evidente que ela quer ir ao evento ou não estaria usando esse vestido cinza com pedraria, muito menos teria obrigado meu pai a tirar o *black tie* do armário. Então, mamãe me vira de frente para o espelho.

E eu congelo conforme eles aconchegam os braços ao redor dos meus ombros e sorriem para nossos reflexos, que nos sorriem de volta. Como uma família feliz. Bem, pelo menos por parte deles, pois meu sorriso tímido some à medida que meus olhos aumentam de tamanho e o coração acelera.

— Este momento merece uma foto, né? — mamãe diz sem notar a mudança no meu semblante. Então, pega o celular na penteadeira atrás da gente.

Enquanto me obrigo a sorrir para a captura do momento, a voz da idosa fantasma que Américo invocou me arrepia de dentro para fora. Eu me forço ao máximo para não esbugalhar ainda mais os olhos quando ela sussurra para mim:

— *Pois então olhe para além do seu reflexo no espelho, Clarissa. Lá você vai encontrar quem te sabota.*

Só que além do meu reflexo estão os das pessoas que mais amo no mundo. Sem contar que essa pista serviu para descobrir o envolvimento do Higor na sabotagem, não?

Seguro o vômito que irrompe pela minha garganta.

Não, esse conselho não faz sentido agora, nesse contexto e tal...

Então, por que me desvencilho dos meus pais, lanço a desculpa de que preciso ir ao toalete e me tranco no meu quarto ao som da Fairuz assim que mamãe diz que a foto ficou linda?

Minha cabeça gira ao me jogar na cama, o rosto espremido contra o travesseiro para abafar o grito. Não é possível que os dias infernais não acabem. Não é possível que eu não consiga nem mesmo encarar meu pai no rosto sem que um milhão de sentimentos negativos se manifestem, ou me sentir feliz por mamãe ser tão avoada por ser bem-sucedida que não percebe a própria filha espatifada em um abismo, incapaz de escapar dele.

Minutos depois, batidas na porta.

— Estamos a sair, meu amor — mamãe anuncia, sem pedir para que eu destranque a fechadura. — Tem jantar pronto no fogão e no frigorífico, tá bem?

— Beleza! — respondo o mais alto que consigo.

— Te amo. Até mais tarde, filha! — berra meu pai do lado de fora.

E enfim me deixam sozinha no meio de um turbilhão de pensamentos. Os dois continuam protagonizando o filme de suas vidas, roteirizado, produzido e dirigido com esmero pela Sociedade. Mas agora eu fui cortada do elenco principal e estou presa em um filme de baixo orçamento com texto ruim.

De repente, a conversa que tive com Shadia na minha festa de dezoito anos vem à tona.

— *Brigamos pelo motivo de sempre...* — ela disse ao comentar sobre seu relacionamento com tio Osmar. — *Eu tentando romper o ciclo de traumas geracionais e tal... Um dia você ainda vai entender,* amari... *Você vai perceber que a gente ainda pode amar nossos pais e não concordar com tudo que eles fazem. Que eles podem ter milhares de acertos, mas dezenas de erros também.*

Mas mesmo se eu perceber, o que faço com essa informação? Não tem como simplesmente apagar tudo que fiz. Nem sei se quero. Porque se eu quiser, quem é Clarissa Labaki ao final disso? Somos feitos das nossas escolhas, não somos? Muitas histórias afirmam isso. Mas uma escolha diferente não tem como apagar todas as anteriores, tem? Pelo amor de Deus, isso seria uma quebra gigantesca da construção do meu eu como personagem.

Quero vomitar.

Contra todas as recomendações em sinal de náusea, eu me levanto em um rompante. Cambaleio até uma caixa lilás em cima da minha escrivaninha, a qual remexo há alguns dias, e a trago para a cama. Abro a tampa e despejo todo o conteúdo em cima do colchão: fotos e mais fotos caem por todos os lados. Pego uma delas a esmo: é do meu aniversário de seis anos. *Baba* e mamãe beijam as bochechas de uma mini Mulan sorridente. Todos diziam que eu deveria me vestir de Jasmine quando criança, que combinaria mais comigo; porém a força da Mulan e sua vontade de honrar a família sempre fizeram dela a minha princesa favorita. É uma memória boa, da época em que não doía ser abraçada pelos meus pais.

Como uma tempestade de verão, escapa de mim um urro profundo. Espremo os olhos, de início controlando a enxurrada de lágrimas, mas então as deixo caírem livremente – tudo ao som potente da Fairuz. Algumas mancham a fotografia. Tudo bem, pois em seguida eu a amasso. E rasgo. E jogo cada pedacinho no lixo.

Então, a voz de Higor me faz cerrar os punhos e batê-los contra o colchão dezenas de vezes.

— *O problema é que você se colocou nesse pedestal, sustentado por expectativas inalcançáveis, e não percebe ele se estilhaçando bem aos seus pés.*

Levanto a cabeça e encaro pela janela o oceano embaçado pelo meu pranto. Não seria uma tragédia poética se Poseidon se enfurecesse e acabasse com tudo?

Tudo que fiz, que construí, que sou... Em vão.

— *Desça, Clarissa* — sussurra Higor. — *Todo pedestal é uma prisão.*

Todo pedestal é uma prisão.

E a melhor maneira de evitar que um prisioneiro escape é garantir que ele nunca saiba que está na prisão...

Você vai perceber que a gente ainda pode amar nossos pais e não concordar com tudo que eles fazem.

Eu me sento, enxugando as lágrimas, e atiro todas as fotografias no chão. Derramo e então pisoteio por longos minutos os fragmentos de uma Clarissa que não existe mais.

Por fim, retorno à cama, pego meu celular e pressiono o botão para enviar um áudio para Shadia.

— Prima, acho que finalmente te entendi.

Cansei de ser prisioneira.

É hora de viver em voz alta.

É hora de descer do pedestal.

CAPÍTULO 33

3 ANOS DEPOIS

Faltam cinco minutos para meu pai liberar minha entrada na sala de reunião com toda a diretoria da Academia das Artes Nacionais do Brasil. Sentada em uma poltrona vitoriana bem confortável, ergo o olhar pela quinta vez apenas para flagrar a recepcionista me encarando. Ela desvia o rosto, tímida, ao perceber que eu a notei. Três anos atrás, eu teria certeza de que a mulher, parecida com a Camila Cabello na versão loira de farmácia, estaria flertando comigo. Hoje, não tenho tanta convicção. Pode ser apenas curiosidade.

Mantenho minha análise sobre a garota e identifico o leve remexer de seus braços magros. Ela digita algo, e eu poderia inferir ser no teclado do computador à frente dela, mas a falta de som das teclas sendo pressionadas apenas confirma minha segunda hipótese: está conversando com alguém por mensagem no celular. Eu me pergunto o rumo da conversa. Podem ser tantos, desde "amiga, a mulher mais gata que já pisou na Terra está sentada na minha frente" a "aquela filha polêmica do presidente da Academia está aqui para apresentar aquele jogo *hypado* para a diretoria". Ou um misto dos dois.

Ela até que seria uma boa adição ao meu PPBB. Sorrio com o pensamento.

— O senhor Labaki já vai permitir sua entrada — ela diz com a voz fina e melódica ao subir o olhar na minha direção. Sua expressão é séria, profissional, mas não duvido que ela esteja enfiando uma unha na própria perna devido ao nervosismo. Para deixá-la mais inquieta, modifico meu sorriso singelo para um mais sedutor ao responder:

— Tudo bem. Não vou a lugar algum.

A mulher assente e, ruborizando, abaixa o rosto outra vez. Solto uma risadinha enquanto pego o fone sem fio da bolsa ao meu lado e o ajeito no ouvido. As primeiras notas de *Mastermind*, da Taylor Swift, me preenchem. Cantarolo a letra na minha mente. Sem dúvidas, essa é uma das minhas preferidas da loirinha. Particularmente, a parte em que ela diz ser enigmática e maquiavélica porque se importa sempre me faz sorrir.

Mais de dez minutos se passam quando a recepcionista chama meu nome. Sei disso porque estou cantarolando o melhor trecho de *Who's afraid of little old me* quando ela me interrompe. Finjo não escutá-la até terminar a parte que diz:

So tell me everything is not about me
But what if it is?
Then say they didn't do it to hurt me
But what if they did?
I wanna snarl and show you just how disturbed this has made me
You wouldn't last an hour in the asylum where they raised me[3]

— Senhorita Labaki? — ela repete, um pouco irritada.

De forma dócil, tiro os fones da orelha e a encaro.

— Sim?

— Seu pai disse que você já pode entrar.

— Obrigada.

Eu me levanto devagar, controlando cada movimento. A ala em que fica a sala de reunião principal da Academia reúne móveis elegantes e robustos, esculpidos em madeira nobre e adornados com detalhes refinados. Então, ao empurrar a porta imponente alguns passos à minha esquerda, não me surpreendo ao encontrar quinze artistas banhados por uma luz suave e indireta proveniente de um majestoso lustre sobre a enorme mesa de madeira. A atmosfera é acolhedora, propícia à reflexão. Alguns quadros renascentistas também decoram as paredes, mas não os examino a fundo. Minha única preocupação é exibir meus dentes brancos para todos aqui presentes.

É um dia para fazer História.

— Clarissa, meu amor. Seja bem-vinda!

Meu pai me abraça e afundo minha bochecha em seu peito por alguns segundos. Ao abrir os olhos, encontro expressões felizes e comovidas com a cena. A apresentação de hoje é mera formalidade no fim das contas. "O Labirinto das Almas" está em pré-venda, mas já é um sucesso. Os influenciadores da área de videogames simplesmente se apaixonaram por ele. Uma euforia total.

Apesar do fracasso do Artovócia em 2023, o jogo capturou a atenção de investidores. Naquele ano, não ocorreu a tradicional premiação dos melhores projetos,

3 Então me diga que nem tudo é sobre mim / Mas e se for? / Depois diga que não fizeram isso para me machucar / Mas e se fizeram? / Eu quero rosnar e te mostrar o quão perturbada isso me deixou / Você não duraria uma hora no hospício onde me criaram

tampouco houve reprovação de qualquer aluno. Isso porque a tentativa de golpe estudantil recebeu amplo apoio social durante meses, inclusive do presidente da República. Foi um inferno, mas renderam frutos interessantes.

Dois dos desdobramentos do evento conhecido agora como "O Dia D das Promessas" foram a reformulação do sorteio do Artovócia para permiti-los também serem cabeças de chave e a construção de dormitórios para esses alunos nas ilhas submersas, diminuindo o tempo de locomoção diário, já que os antigos ficavam em Paraty. Três unidades ainda estão em desenvolvimento, mas duas já foram inauguradas no fim do ano passado, e a ação foi celebrada como um marco importante.

Os protestos também geraram um debate gigantesco, em nível internacional, acerca da necessidade de reprovar alunos para que eles se tornem energia para a Sociedade. No entanto, ainda não se chegou a uma decisão definitiva sobre o tema. Ah, e a sentença de Antonella foi revogada, em vista de que os outros envolvidos haviam despejado toda a culpa nela, mas foram descobertos – ou confessaram, não sei ao certo. Depois do seu *plot twist*, ela meio que desistiu de ser artista nos moldes tradicionais e agora investe todo seu tempo no ensino de ginástica artística para crianças. Por mais que insistam, a italianinha não dá entrevista sobre os meses que permaneceu como obra de arte na Sala Desbotada. Circulam boatos de que ela precisa de remédios psiquiátricos fortes até hoje por conta do episódio e nunca mais falou com ninguém do seu grupo do Artovócia. Bom, pelo menos em relação a mim, os rumores são verdadeiros.

Por outro lado, as acusações de Pétala não resultaram em danos irreparáveis. Em partes, digo. Conforme prometido por meu pai, não foram encontradas provas do meu envolvimento, nem do dele, nem mesmo de Bianchi na morte de Pérola. Embora alguns jornais de pouca credibilidade insinuem que a polícia foi subornada, já não há tanto alvoroço em torno da trágica morte da diretora alérgica a uvas. Também não comprovaram vínculo meu com o suicídio da Jade; só nos vídeos do Telegram, mas este episódio não teve tanta repercussão quanto os outros dois. Precisei desembolsar uma quantia bem gorda de indenização à Pétala e à Antonella em um acordo.

Meu pai não mencionou mais nada sobre a reação dos poderosos da Sociedade, mas acredito que também tenham mexido seus pauzinhos e estejam satisfeitos com esse desfecho, ao contrário da quebra imposta contra a vontade deles do anonimato de diversos membros da Sociedade brasileira. Isso ainda rende bons barracos midiáticos.

Mesmo assim, devido ao escândalo na imprensa e à condenação no caso do Telegram, não fui aceita na Artanum de Palavra da Grécia, que eu considerava ter o programa mais adequado para mim. Da mesma forma, minhas candidaturas foram recusadas na Argentina, Irlanda e Japão. Decidi não tentar na Nova Zelândia, pois a Pétala ingressou lá depois de ter sido reprovada em todas as outras unidades nas quais concorreu, e não estou interessada em manter contato com ela.

No final, acabei escolhendo estudar na unidade do Líbano, junto com minha prima, pois gostei de Beirute depois de passar três meses por lá assim que a polícia permitiu minha saída do país. Tem sido uma experiência interessante, embora muitas vezes tenhamos que estudar de forma remota por conta da guerra absurda no Oriente Médio. Mas tem sido legal aprender mais sobre o Islã com a ajuda de Shadia, sem todo o estigma existente no Brasil sobre essa religião. Participei do Ramadã pela primeira vez neste ano.

Estou cada vez mais convencida de que são os humanos que corrompem a fé ao tentar usá-la como instrumento de controle. Assim como a Sociedade faz com suas regras, que, no fim das contas, também são prisões. E eu odeio ser cerceada. Afinal, artistas são espíritos livres e já estou crescidinha demais para confundir ética e moral – além, é claro, de ser apta a decidir o que é melhor para mim.

Abro um sorriso invisível aos olhos de qualquer um, graças ao abraço de meu pai que cobre meu rosto. Ele me solta em seguida, então retorno à minha pose confiante, porém desprovida de arrogância. Depois de um burburinho de vozes me parabenizando e dando boas-vindas, meu pai diz:

— Estamos todos ansiosos para você nos explicar cada detalhe de "O Labirinto das Almas". — Baixinho, acrescenta: — Estou tão orgulhoso de você.

Simulo um sorriso tímido e ajeito meu vestido sem mangas, em popeline de algodão da Burberry, com estampa de cisnes e uma gola laço. O corte regular e a saia evasê contribuem para a imagem recatada que desejo transmitir. Sem contar o arquinho inspirado na Blair Waldorf, minha grande musa.

— Assim que quiser, pode começar — meu pai avisa e, depois, ele mesmo me ensina a usar o controle do projetor atrás de mim.

Quando sinalizo que estou pronta, ele se senta na cabeceira oposta da mesa. Antes de dar *play* na versão finalizada do jogo, declamo o *pitch* que ensaiei centenas de vezes. Será memorável, não tenho dúvidas.

Estou preparada para a segunda chance que Américo afirmou que eu teria.

— Senhoras e senhores, obrigada pela oportunidade de estar aqui hoje com vocês apresentando o meu primeiro grande trabalho como artista. "O Labirinto das Almas" surgiu como projeto do Artovócia ao lado de Higor Otsu, Américo Silva, Pétala Tupinambá e Antonella Granato. Como sabem, Pétala e Antonella abriram mão de suas participações nesta iniciativa depois do aporte dos investidores. E Américo e Higor infelizmente não puderam estar aqui hoje entre nós.

Porque, na verdade, eles nem estão cientes de que fomos convidados pela Academia para esta reunião. Organizei todo esse evento envolvendo o mínimo de pessoas possível. Além disso, como Américo e Higor não falam comigo a não ser o necessário para o desenvolvimento e a viabilidade comercial do jogo, não foi difícil esconder este convite, especialmente porque a alta cúpula dos investidores e desenvolvedores me considera muito encantadora. Desde o incidente de três anos atrás, precisei trabalhar bastante na minha imagem de menina malvada à la Regina George. Contar com os conselhos de uma boa agência de relações públicas, ter me afastado de pessoas tóxicas e falsas como Daniela e Priscila, além de seguir os conselhos de Shadia, têm ajudado.

— Portanto, sejam bem-vindos ao Labirinto das Almas, onde a fronteira entre o mundo real e o dos sonhos pode ser quebrada. — Já repeti essa frase tantas vezes depois que a adotamos como *slogan* oficial que perdi a conta. Boa parte deste *pitch*, na verdade, foi importado daquele primeiro que apresentei a Gael, tanto tempo atrás. — Cante, dance, escreva poemas, tire fotos. Sonhe. Desbloqueie portais com melodias, desvende segredos ao fotografar e resolva quebra-cabeças com coreografias. "O Labirinto das Almas" não é apenas um jogo; é um campo de experimentação da Arte aqui — abro os braços — e aqui. — Então levo as mãos para minha cabeça.

— Lindo, lindo! — uma diretora comenta.

— Julgo que me estender nessa apresentação será perda de tempo visto o tanto de notícias sobre esse jogo nos últimos meses — digo da forma mais simpática que consigo. — Se não houver nenhuma dúvida teórica, podemos passar logo para demonstração prática, que creio ser o motivo principal para empolgação. Tenho certeza de que será inesquecível.

— Absoluta certeza — meu pai corrobora, orgulhoso.

Ninguém contradiz meu ponto.

— Vamos então? — Apago as luzes. — Tenho uma novidade que vocês vão adorar. Essa versão é especial, mais avançada do que a que está sendo comercializada hoje.

Os murmúrios de surpresa e aprovação se espalham. Meu pai me olha admirado.

— Qual é a diferença? — o diretor da área de Espaço, se não me engano, pergunta.

— É ainda mais imersiva — respondo sem titubear. — Tem mais do desenvolvimento do meu talento onírico e, digamos, do meu amadurecimento.

Na Artanum, ampliei minha habilidade de mergulhar nos sonhos dos espectadores a novos níveis. Contudo, ainda necessito de mais treinamento para aplicar esses conhecimentos em um projeto tão complexo quanto "O Labirinto das Almas" em grande escala. Além disso, não seria estratégico lançar uma versão mais avançada do jogo quando a concebida três anos atrás já é disruptiva o bastante. As inovações serão implementadas aos poucos, conforme orientação dos profissionais de Marketing e Produto da empresa investidora. Trabalhando com eles, inclusive, descobri que existem pessoas inteligentes para além da área artística. A Clarissa adolescente ficaria chocada.

— Por favor, menina, estou sedento por essa experiência — o homem pede, eufórico.

Abro os braços teatralmente e repito o *slogan* mais falado dos últimos meses:

— Bem-vindos ao Labirinto das Almas, onde a fronteira entre o mundo real e o dos sonhos pode ser quebrada.

De costas para o telão, saio da frente dele e dou *play* no jogo. Tomo cuidado para não virar para trás, me concentrando apenas nos olhares admirados da diretoria da Academia das Artes Nacionais do Brasil. Quando a voz da atriz substituta de Pétala ecoa, meu coração dispara:

— Desperte, viajante. Não há tempo a perder no Labirinto das Almas. O equilíbrio do mundo depende de você. Mas não tenha medo, não vais trilhar essa jornada sem amparo. Essas são Yuna e Auny, suas guias espirituais. E eu sou a alma do labirinto, Alina. Minha vitalidade está sendo drenada por uma força misteriosa e preciso da tua ajuda para enfrentá-la. Posso contar contigo?

Então… está feito.

Os semblantes dos membros da diretoria permanecem inalterados, imóveis até mesmo quando tento atrair a atenção deles movendo os braços ou chamando por seus nomes. Ninguém nem ao menos pisca.

Sorrio.

— Essa é a melhor instalação artística já feita — murmuro, encantada.

Pois durante três anos eles vão percorrer os mistérios do Labirinto. Só sairão depois de completá-lo. Confesso que devo agradecer ao ex-parceiro de luta clandestina do Marcel pela inspiração – qual é o nome dele mesmo? Tenho certeza de que a crítica vai à loucura quando as notícias sobre meu feito forem disseminadas. Pela primeira vez, alguém consegue dar vida à Arte tão poderosa, tão imersiva. O melhor debute já visto!

Clarissa Labaki… Não.

Cacau Labaki para sempre ficará na História.

Pego minha bolsa e coloco o fone nos ouvidos, sem jamais olhar para a tela do jogo. Antes de sair da sala, inspeciono pela última vez o semblante de deslumbramento que vai perdurar em seus rostos por um bom tempo. Dedico um momento especial ao meu pai. Espero que ele compreenda minha decisão quando voltar à realidade, assim como precisei aceitar sua escolha a respeito de Pérola Santoro – e fechar os olhos para outras situações semelhantes que descobri depois, nas quais também pareceu haver o dedo dele. Mamãe também vai passar por essa fase de assimilação, mas tenho certeza de que vai me perdoar quando minha atitude melhorar nossa reputação. Além disso, era a melhor alternativa para ter de volta o futuro que *baba* me roubou. Como diretora de "Partida", ela, acima de todos, deve compreender.

Deixo em cima da grande mesa a carta explicando meus motivos e o que fazer com as pessoas presas na imersão. Espero que quem entrar primeiro leia o bilhete que vou deixar na porta, alertando a não fitar o telão se não quiser ter o mesmo destino que a diretoria.

Os primeiros versos de "Look What You Made Me Do", da Taylor Swift, ecoam nos meus ouvidos: *I don't like your little games / Don't like your tilted stage / The role you made me play of the fool / No, I don't like you*[4]. É reconfortante saber que ela tem uma música para cada momento da minha vida. Para mim, a Taylor faz parte da Sociedade das Ilhas Submersas, mas se isso não for verdade, quem liga?

Sem olhar para trás, deixo a sala quando o primeiro "*Ooh, look what you made me do*[5]" toca.

---

4 Não gosto dos seus joguinhos / Não gosto do seu palco inclinado / Do papel de bobo que você me fez interpretar / Não, eu não gosto de você

5 Ooh olha só o que você me fez fazer

EPÍLOGO

Cacau Labaki: justiceira ou manipuladora?

O caso conhecido como "O Labirinto das Almas", que chocou o Brasil há dois anos, ainda divide opiniões

por Raynara Simões - 06/12/2028

A escritora, roteirista e cineasta brasileira Cacau Labaki vem provocando intensos debates desde que, dois anos atrás, aprisionou a alta cúpula da Academia das Artes Nacionais do Brasil, incluindo seu próprio pai, então presidente da instituição, o escritor premiado Mario Labaki, dentro de um jogo de videogame que só terminará daqui a um ano. A atitude é considerada, na mesma medida, cruel e justa no Brasil e no mundo.

A questão que continua gerando acalorados debates em mesas de bar é: Cacau agiu por justiça, um grito desesperado para ser inocentada pela opinião pública das acusações que mancharam seu currículo durante a apresentação de seu Artovócia, ou está manipulando a todos?

Em novembro de 2023, durante uma transmissão via *streaming*, Cacau foi acusada por sua ex-amiga e colega de turma, a atriz Pétala Tupinambá, de vários crimes. O mais impactante foi a denúncia de que ela, inadvertidamente, alterou a marcação da bebida que a então diretora do Instituto Artolestro de Criação Artística para Portentos e Promessas, Pérola Santoro, iria consumir durante a cerimônia do Artovócia daquele ano.

Esse incidente resultou na morte da mulher por anafilaxia, devido ao suco de uva que ela ingeriu sem saber. As investigações inocentaram tanto Cacau quanto Mario Labaki, que foi acusado de subornar a polícia para encobrir o caso.

Cacau Labaki, a justiceira

Assim que aprisionou a diretoria da Academia numa espécie de Jumanji da vida real, Cacau deixou uma carta detalhando seus motivos para ter tomado tal atitude radical, além de orientações sobre como proceder para garantir a saúde física dos prisioneiros do jogo.

Em um dos trechos, ela explica que acredita que a Arte possui caráter formativo por transmitir mensagens cruciais que nos levam a refletir sobre nossas ações e nos ajudam a evoluir como indivíduos.

"Nem toda Arte busca apenas encantar com sua beleza estética; algumas retratam momentos de horror, tristeza e vazio. Essas obras muitas vezes despertam emoções intensas em nós, às vezes até mais do que aquelas que apenas nos entretém", escreveu.

Ela afirmou também que, se as obras de arte evocam, em geral, emoções e sentimentos intensos e catárticos, também podemos estimular nosso senso crítico ao proporcionar a reflexão do espectador: "sim, a Emoção e a Razão podem se aliar para despertar no ser humano a vontade de mudança ética e moral".

Esses foram os argumentos utilizados por Cacau para converter a sala de reuniões da Academia das Artes Nacionais em uma instalação artística durante os três anos decorrentes, destinada a fomentar o debate sobre ética e moral na Arte. Até o momento, ninguém conseguiu reverter o efeito de seu projeto.

De acordo com a artista, "O Labirinto das Almas" como obra de arte para além do jogo de videogame era essencial e, talvez, seu maior trabalho da vida.

"Foi isso que busquei transmitir com 'O Labirinto das Almas'", ela escreveu. "Alguns podem considerar minha decisão moralmente questionável, enquanto outros podem pensar no nível ético e chegar à conclusão de que eles mereceram, de que foi uma justiça poética. Afinal, reconheço agora a validade das reivindicações do 'Dia D das Promessas' e a importância de debatê--las e ouvi-las com respeito. O elitismo perpetuado pelos bambambãs da Sociedade das Ilhas Submersas causa sofrimentos profundos. Infelizmente, meu pai era um desses indivíduos".

Higor Otsu, cocriador da gamearte e fotógrafo renomado, reatou o namoro com Cacau este ano. Ele defende a companheira com convicção: "Cacau sempre demonstrou coragem. Revelar os problemas da Sociedade, de dentro para fora, para o mundo todo, não é tarefa simples. Ela está prosseguindo com o que tentamos iniciar lá em 2023. Observem já o impacto gerado, os avanços sociais que conseguimos".

Como avanços sociais, ele se refere tanto às mudanças nos regimentos internos do Artolestro quanto às da Sociedade. No primeiro caso, três marcos importantes foram o fim da separação dos alunos entre portentos e promessas, o fechamento da tão conhecida e macabra Sala Desbotada por tempo indeterminado e a criação de alojamentos estudantis nas ilhas submersas.

No segundo caso, uma primeira grande vitória pode estar próxima, já que tramita no Congresso Nacional um projeto de lei que visa proibir o anonimato dos artistas vinculados a essa entidade artística. Além disso, cresce a pressão da sociedade brasileira — acompanhada por movimentos em outros países — para a realização de uma auditoria externa.

Essa auditoria seria responsável por investigar as denúncias de que a organização secreta teria deliberadamente colaborado com regimes escravagistas, autoritários e misóginos, falhando em sua obrigação ao não convocar determinados indivíduos identificados como portadores de magia artística. A partir dessas investigações, busca-se estabelecer um protocolo de reparação histórica que reconheça e corrija as injustiças perpetuadas ao longo dos anos.

Quando perguntado se possíveis motivos egotistas teriam motivado Cacau, Higor foi enfático: "Não, ela não é mais a garota mimada e ingênua da adolescência".

Cacau Labaki, a manipuladora

Mas será que essa decisão é verdadeiramente altruística ou é apenas uma manipulação para melhorar a própria reputação e impulsionar uma carreira de sucesso? É o que algumas pessoas se questionam.

Enquanto os admiradores de Cacau Labaki acreditam que suas ações são motivadas por um desejo genuíno de justiça, há aqueles que argumentam que a artista está utilizando sua história para obter simpatia e poder, sem se preocupar realmente com as mudanças sociais que ela afirma defender.

Desde 2023, em todas as entrevistas concedidas aos veículos de comunicação, Pétala Tupinambá tem acusado a escritora de manipulação e oportunismo. "Sério mesmo que acreditam nessa pouca vergonha? A verdade é que a Clarissa está apenas buscando vingança disfarçada de justiça. Ela é uma hipócrita de marca maior, nunca entendeu de verdade as nossas lutas. Ela só culpa o pai pelo que aconteceu com ela, daí sua atitude", critica a atriz.

Quando perguntada pela equipe de "A Mensageira" sobre os motivos de acreditar nisso, a atriz desconversou: "Não posso falar muito a respeito por questões legais, mas tenho fontes que afirmam terem sido acuadas pela família Labaki para abafar os casos que denunciei".

Pétala denunciou vários casos, mas apenas um foi decidido a seu favor até o momento: o que envolvia a divulgação de vídeos falsos criados por inteligência artificial, nos quais apareciam sua voz, seu rosto e o de sua então namorada, Antonella Granata. Em março de 2024, ela venceu o processo por difamação e injúria contra Cacau Labaki. O valor da indenização pago às duas não foi divulgado à imprensa.

A atriz ainda enfrenta processos de calúnia, movidos por Mario e Cacau Labaki, em relação à falsa acusação de assassinato e obstrução da Justiça, no caso de Pérola Santoro, e de envolvimento no suicídio da ex-estudante do Artolestro, Jade Lee.

Tanto o caso "O Dia D das Promessas" quanto "O Labirinto das Almas" continuam a gerar audiências — especialmente este último, que ainda está longe de um desfecho e pode resultar na condenação ou absolvição de Cacau Labaki.

Entenda o caso "O Labirinto das Almas" na Justiça

Até 2023, pouco se sabia sobre "A Sociedade das Ilhas Submersas", a organização artística mais poderosa

Oi **autoralaisnapoli@gmail.com**

Para ler a matéria completa, assine a revista "A Mensageira" por apenas R$ 15,90 por mês.

Assine agora

Já é assinante? **Trocar de conta.**

POSFÁCIO

Talvez você já tenha se perguntado como é o processo de escrita de um livro. Embora eu não possa falar por todos os escritores, posso compartilhar um pouco sobre o meu – especificamente neste, que teve suas particularidades. E já adianto: talvez ele tenha sido o que mais exigiu de mim.

Isso porque escrever uma protagonista vilã é desafiador.

E quando essa vilã está impregnada de preconceitos, o desafio triplica. Se, em algum momento, a leitura foi desconfortável para você, saiba que, para mim, também foi. E, tudo bem, talvez você tenha terminado pensando: "*Ah, mas ela nem é vilã de verdade*" ou "*A Clarissa é a pior pessoa que já existiu*". Seja qual for sua impressão, fico feliz, porque isso significa que cumpri meu papel: provocar reflexão e despertar algo em você, não te deixar passivo em relação ao conteúdo que encontrou aqui.

Se você já me acompanha há algum tempo, sabe que acredito na literatura como um instrumento político. As histórias carregam mensagens, e mensagens poderosas têm o potencial de mudar pessoas – sempre torço para que seja para melhor. No entanto, essas mensagens nem sempre precisam ser transmitidas por histórias em que o que é ético/correto está cristalino desde o início. Às vezes, é necessário encarar zonas cinzentas, para que possamos desenvolver o pensamento crítico e, por meio de um processo individual de reflexão, chegar às nossas próprias conclusões.

Como escritora, não posso – nem deveria – te forçar a pensar como eu, mas posso pavimentar o caminho para que você pense como você ao apresentar perspectivas diferentes acerca de determinados assuntos – sejam essas perspectivas éticas ou não. Foi isso que tentei fazer ao longo de ASDIS. No fim, são a sua bagagem, visão de mundo, moral e ética que moldarão as conclusões que tirará desta história.

Por que escolhi esse caminho, mesmo sob o risco de ser má-interpretada? Porque acredito que o desenvolvimento do pensamento crítico, a construção de conhecimento e a desconstrução de preconceitos não podem ser alcançados de forma passiva. Essas habilidades precisam ser praticadas, trabalhadas e desafiadas.

Esse processo é individual e não deveria ser terceirizado.

Eu, por exemplo, gosto de exercitar meu pensamento crítico ouvindo pessoas. Durante a escrita deste livro, esta foi uma das minhas principais ferramentas. Adoro ter muitos betas, editores, leitores sensíveis e outros profissionais do mercado editorial lendo meu texto antes de ser publicado, porque curto conhecer visões de mundo diferentes da minha. Sei que alguns escritores não apreciam ter tantas pessoas envolvidas na produção de seus livros com o argumento de que essa abertura pode indicar falta de confiança e autonomia, ou que tentar agradar a tantos pode confundir mais do que ajudar.

Eu discordo. Acredito que é no caos de percebermos que talvez não saibamos tanto assim sobre determinado tópico que produzimos conhecimento.

Ouvir opiniões diversas me ajuda a ampliar minha compreensão, enxergar possibilidades que talvez eu não visse sozinha e tomar decisões de forma mais consciente. É nessa troca que me fortaleço, pois, por mais que eu me esforce, reconheço que não sei tudo e posso ter algum entendimento enviesado que me conduzirá para algum erro.

Enfim, sei que estar na mente da Clarissa não foi confortável – nem era para ser. Mas espero, de coração, que você tenha tido uma experiência de leitura enriquecedora.

AGRADECIMENTOS

Escrever “A Sociedade das Ilhas Submersas” foi um desafio, mas também uma jornada enriquecedora graças ao apoio de muitas pessoas. Obrigada, de coração, a todos que dedicaram tempo precioso de suas rotinas agitadas para betar alguma versão desta história, discutir aspectos específicos do enredo, avaliar as mensagens nas entrelinhas ou mergulhar nos arcos dos personagens. E, claro, por ouvirem meus surtos ocasionais (risos).

Em ordem alfabética, agradeço a Ariani Castelo, Bettina Winkler, Bianca Jung, Franciely Oliveira, Julie Pedrosa, Liv Salgado, Marina Rezende, Sabrina Silva, Tania de Miranda e Tayana Alvez. Vocês foram fundamentais para a construção deste livro.

Um agradecimento especial à Bianca, Bettina, Julie, Tania, Englantine e Ines Gouvea, que também contribuíram com um olhar atento para garantir uma boa representação dos sotaques presentes no livro. Sou também profundamente grata às leituras sensíveis de Ariel Hitz, Dayane Borges e Magda Jaber, cujas sugestões foram essenciais para dar vida à melhor versão desta história.

À equipe da Qualis, especialmente Englantine e Simone Fraga, minha gratidão pelo carinho e pelas reflexões político-filosóficas que enriqueceram tanto o processo.

Não posso deixar de destacar, de forma especial, a Fran, a primeira fã desta história, que acreditou nela desde os primeiros rascunhos. Sua animação foi meu combustível nos momentos mais desafiadores do processo de escrita.

Meu eterno agradecimento ao meu marido, João Gonzalez, à minha mãe e ao meu pai, Cláudia e Marlon Napoli, e à minha irmã, Luiza. Vocês foram e sempre serão meu alicerce nessa jornada tão rica e desafiadora que é ser escritora no Brasil. Ah, e obrigada Karlinha, minha irmã de coração, por ter emprestado seu sobrenome para o Higor.

E a você, leitor, agradeço a confiança no meu trabalho. Seu apoio é o que me inspira a continuar criando histórias que emocionam e provocam reflexões. Espero que nos encontremos novamente nas páginas do próximo livro ou nas redes sociais.